KB124711

별에 어른거리는

별에 어른거리는

다와다 요코   정수윤 옮김

은행나무세계문학 에세 · 12

은행나무

등장인물

• Hiruko

중국 대륙과 폴리네시아 사이에 떠 있는 열도에서 유학 온 여성. 귀국 직전 태어난 나라가 사라져 북유럽을 전전하며 살고 있다. 그 과정에서 스칸디나비아 사람이라면 대략 알아들을 수 있는 언어 '판스카'를 직접 발명했다. 자신과 같은 모어(母語)로 말하는 사람을 찾고 있다.

• 크누트

덴마크에 사는 새싹 언어학자. Hiruko와 인공어 '판스카'에 매료되어, 사라진 나라에서 온 사람을 찾는 Hiruko의 여행에 동행한다.

• 아카슈

독일에서 유학 중인 인도인 남성. 여성으로 살자고 결심한 후부터 외출할 때마다 붉은색 계열 사리를 입는다. 트리어에서 Hiruko와 크누트를 만난다.

• 나누크

그린란드 출신 에스키모. 닐센 부인의 지원을 받아 덴마크로 유학을 왔고 어학 수업이 지루해지던 차에 방학을 맞아 여행을 떠난다. 스시의 나라 출신으로 오해받는 일이 잦다가 마침내 어학 재능과 손재주로 스시 요리사를 연기하기에 이른다. 여행길에 트리어에서 빈털터리가 되어 노라의 도움을 받지만 노라에게서도 도망치고 만다.

• 노라
트리어의 박물관에서 일하는 독일인. 나누크를 위해 다시와 우마미를 주제로 한 이벤트 '우마미 페스티벌'을 기획했다. 그곳을 찾은 Hiruko, 크누트, 아카슈와 교류한다.

• 닐센 부인
크누트의 어머니. 외국인 유학생을 대상으로 하는 자선사업의 일환으로 나누크에게 학비와 생활비를 대주고 있다.

• Susanoo
언제부터인가 나이를 먹지 않게 되었다. 후쿠이에서 태어나 조선업을 배우려고 독일로 유학을 떠났지만, 우여곡절 끝에 지금은 프랑스에서 스시 요리사로 일하고 있다.

1권《지구에 아로새겨진》

유학 중 태어난 나라를 상실한 Hiruko는 텔레비전 프로그램 출연을 계기로 알게 된 청년 크누트와 함께 같은 고향 사람을 찾아 여행길에 오른다. 최초의 단서는 트리어에서 열릴 예정인 '우마미 페스티벌'. 두 사람은 그곳에서 인도인 아카슈와 독일인 노라를 만나 친구가 된다. 노라로부터 스시의 나라 출신이라는 나누크의 이야기를 들은 Hiruko와 친구들은 그를 만나러 오슬로로 떠난다. 나누크로부터 자신은 스시의 나라 출신을 연기한 에스키모지만 Susanoo라는 사람을 알고 있고 아마도 그가 아를에서 스시 요리사로 일하고 있는 것 같다는 이야기를 듣는다. 이 정보를 바탕으로 각자 아를로 향한 일행은 Susanoo를 만나지만 그는 말을 하지 않는다. Susanoo가 실어증에 걸렸다고 생각한 크누트는 그 분야 전문가인 선배를 만나러 가자고 제안한다.

핀란드

러시아

폴란드

우크라이나

튀르키예

그리스

차례

1장

문문은 말한다

비는 정말로 멋져. 아무런 불평 없이 인간들 발자국을 쏴쏴 씻어주니까. 더러운 얼룩은 가느다란 갈색 선이 되어 옆으로 퍼졌다가 어느새 보이지 않게 된다. 길컨에는 아마도, 지하도로 이어지는 비밀의 문이 있겠지. 그렇게 길을 씻고, 씻고, 또 씻다 보면 비도 진이 빠진다. 숨을 헐떡이며 쏴, 아, 쏴, 아, 간격이 벌어지네. 진짜 피곤할 거야, 인간들 발자국 씻어내는 일은.

어라, 흰 우산을 쓰고 걸어오는 저 여성, 아는 얼굴이야. 흰 가운 차림이 아니라 달라 보이지만 언젠가 '고양이의 혀'라는 과자 상자를 선물해준 간호사다. 다른 사람보다 출근이 늦은 이유는 딸을 멀리 있는 학교까지 차로 데려다주고 오기 때문이라고 했다. 하이힐 소리가 또각또각, 또각또각 다가오더니 여성의 무릎과 나의 눈높이가 같아졌다. 그렇게 생각한 순간, 다리가 오른쪽으로 휙 돌아 시야에서 사라졌다.

이곳은 반지하. 밖에서는 우리가 보이지 않는 모양이다.

비타와 나는 반지하에서 설거지를 한다. 뜨거운 물줄기가 세차게 뿜어 나오는 은색 메탈 호스를 우리는 항상 '뱀'이라고 부른다. 용솟는 온수를 접시에 대면 찌꺼기가 떨어져 나간다. 접시가 원래대로 하얗게 되면 칸이 나눠진 플라스틱 통 안에 세워 넣는다. 빈틈없이 다 채우고 통 끝을 가볍게 툭 치면 마치 전철처럼 레일 위를 달려 터널 속으로 스윽 들어간다. 터널 안에서는 엄지손가락 크기의 투명 인간들이 접시를 솔로 쓱쓱 싹싹 문지르며 구석구석 묻은 얼룩을 지우고 있으리라. 반대편 통로로 빠져나온 접시들은 하얗게 반짝반짝 빛나며, 더러웠을 때보다 더 둥글어진 것만 같다.

종종 접시에 묻은 얼룩 모양이 신경 쓰여 손동작을 멈출 때가 있다. 점심 메뉴로 뭐가 나왔을까. 접시에 소용돌이 모양을 남기는 사람이 꼭 한 명은 있다. 먹다 남은 마요네즈나 소스를 마지막까지 빵으로 훑어내면 그렇게 된다. 같은 생각을 몇 번이고 하다 보면 머릿속에 소용돌이 모양이 생기는지도 모른다. 빙글빙글 도는 거다. 접시에 마요네즈나 소스로 여자 가슴과 엉덩이 곡선을 그리는 사람도 꼭 한 명은 있다. 누군가 떠올리며 밥을 먹었겠지. 제일 별로인 건 타원을 그린 다음 그 위에 사선을 죽죽 그어 타원을 부정하는 사람이다. 큰 얼룩 하나만 남기는 사람도 있다. 접시 전체에 두드러기가 난 것처럼 반점을 남긴 사람은 식사 후 표범으로 변신했을지도 모른다. 접시는 납작해진 인간의 영혼이다.

작업하는 사이 안경이 흘러내렸다. 어깨를 턱 가까이 대고 안경을 밀어 올렸다. 젖은 고무장갑으로 렌즈를 만지고 싶지 않았으니까. 접시 얼룩에 묻은 운명을 열심히 해석하고 있는데 비타의 시선이 느껴졌다. 얼굴을 드니 역시 나를 보고 있다. 앞니가 빠져 생긴 가늘고 긴 어둠이 귀엽다.

"우리, 못 읽지라라."

"난라라, 읽을 수 있어라라."

"문문은 신문라, 읽을 수 있어라라?"

"우린 접시라, 읽을 수 있어라라. 접시라도 신문라라야. 뿐만 아니라라 달라라 읽을 수 있어라라. 달라도 신문라야."

"달은 아직 안 떴어라라."

"밤이 되어야라, 달이 떠라라."

"어디서라 나오라라?"

"나도 몰라라라. 나도라 멀리서 왔다라라."

"별라라는?"

"별라라는 여기로라 안 와라라. 저기라에 떠 이야기해라라."

비타와 말할 때는 우리가 만든 특별한 언어를 쓴다. 평범한 말투로 대화하면 혀가 굳어 곧장 다음 소리로 넘어가기 어렵다. 그래서 말을 더듬고 머뭇거리게 된다. 어릴 때 한번은 "너는 뱀처럼 혀가 길구나"라는 소리를 들은 적이 있다. 진짜 뱀이라면 엄청난 거다. 비타도 자기 혀가 길다고 했다. 그래서 혀가 남아도는 부분에 라라를 덧대어주었더니 말하기가 쉬워졌다. 딱히 엄격한 규칙이 있는 건 아니다. 말하기 쉽게 적당히 라라를 넣으면 된다.

나는 내가 어디서 왔는지 알지 못한다. 낳아준 부모를 모른다. 무지무지하게 먼 곳에서 태어났는지도 모른다. 다른 별에서 태어나 지구로 뚝 떨어졌는지도 모를 일이다. 정신을 차려보니 코펜하겐 근처에 사는 교사 부부의 외아들이 되어 있었다. 낳아준 부모, 바다의 부모*, 숲속의 부모, 마을의 부모, 길러준 부모**, 시

---

* 낳음[生み]과 바다[海]는 일본어로 둘 다 우미라고 발음한다.

** 친부모를 대신해 아이를 양육하는 사람을 일컫는 사토오야(里親)는 마을과 부모의 합성어다.

부모***, 가짜 부모. 부모에는 아주 많은 종류가 있다는 걸 알게 되었다. '문문'은 나의 양부모가 부르던 호칭이다. 학교 졸업 후에는 이곳 대형 병원에서 숙식하며 일하고 있다. 비타도 같이 고용되었다. 비타는 내 여동생도 아닌데 거울 앞에 나란히 서면 나랑 얼굴이 꼭 닮았다.

접시를 넣은 통이 빨려 들어간 기계의 네모난 입구. 그 바로 옆에 이름을 새긴 금속판이 고정되어 있다. 기계를 만든 회사 이름일까. 얼룩을 모아 씻어내는 회사 이름. 나는 알파벳을 찬찬히 뜯어보는 것을 좋아한다. R은 배가 불룩 튀어나와서는 한 발을 비스듬히 옆으로 내밀고 선 자신만만한 사람이다. i는 어쩐지 어린아이 같다. 작은 머리가 목에서 떨어져 공중에 떠 있는 게 걱정스럽지만. 과식해서 살이 찐 g. 배가 아파 몸을 둥글게 말고 있는 e. 병에 걸린 게 아니어야 할 텐데. t는 무덤가의 십자가다.

점심 접시를 다 씻고 한숨 돌리고 있을 즈음, 비타와 나의 저녁식사가 날라져 온다. 오늘의 요리는 표면이 바삭하고 한 입 베어 물면 뜨거운 육즙이 입 안 가득 번지는 갓 구운 프리카델

***　혼인한 상대의 부모를 일컫는 기리노오야(義理の親)에서 기리(義理)는 진짜 혈족은 아니지만 이와 거의 맞먹는 관계를 뜻한다.

레르*. 잘게 썬 오이는 새콤하고 수분이 많다. 감자는 마요네즈를 듬뿍 머금었다. 영혼의 흔적이 남지 않도록 접시를 깨끗이 핥는다.

나와 비타는 건강하기 때문에 환자들과 달리 맛있는 식사를 먹을 수 있다고 '상담사'가 알려주었다. 환자들은 지방분, 당분, 염분을 조절해야 해서 심심한 맛의 식사밖에 제공되지 않는다. 안됐어, 설탕과 소금과 버터까지 줄여야 한다니. 하지만 마요네즈는 괜찮은 모양이다. 접시를 씻으며 환자들의 오늘 식사는 무엇이었을까 늘 생각한다.

나와 비타에게는 담당 '상담사'가 있다. '상담사'는 매월 이곳에 방문해 누가 신체를 만지지는 않았는지, 불쾌한 농담을 하지는 않았는지, 업무를 밀어붙이지는 않았는지, 맘대로 사진을 찍지는 않았는지 등의 다양한 질문을 한다. 언젠가 비타가 "환자들 메뉴는 우리들 메뉴랑 다릅니까?" 하고 물어본 적이 있었다. 아마도 그저 문득 생각나서 물어본 것이었을 텐데, 상담사는 몹시 당황하며 곧장 식사 관리부에 전화를 걸어 문의했다.

여유 있게 생각할 틈도 없이 하루하루가 바쁘다. 나와 비타가

---

*　다진 고기에 양파와 달걀, 밀가루 등을 넣어 둥글게 반죽한 뒤 기름에 지져 진한 소스와 채소, 감자를 곁들여 먹는 덴마크 전통 요리.

아침식사를 마치고 잠시 쉬고 있으면, 아침밥을 빨리 먹는 일부 환자들이 식사를 마쳐서 최초의 가장 먼저 더러워진 접시가 리프트를 타고 반지하로 운반되어 온다. 설거지를 마친 뒤 점심을 먹고 꾸벅꾸벅 졸고 있으면, 어느새 환자들의 더러워진 점심식사 접시가 도착한다.

저녁에는 작업이 순조롭지 않다. 팔이 나른하다. 천장에 걸린 은색 뱀의 목을 잡고 온수로 접시에 묻은 얼룩을 지우는데, 저녁 뱀은 자기 멋대로 구불구불 움직이기 때문에 다루기가 어렵다. 오늘은 환자들의 저녁식사에 갈색 소스를 친 요리가 나온 모양이다. 기름진 갈색으로 쓴 메시지는 연노랑 마요네즈보다도 분명하다. 메시지가 눈으로 날아들었을 때, 나는 그만 놀라 접시를 떨어뜨리고 말았다. 바닥에 부딪히자 산산조각으로 부서져 사방으로 하양이 튀어 올랐다. 비타가 내 팔을 잡으며 물었다.

"무슨 일이라?"

"접시라 읽었어라."

"뭐라고 쓰여 있었어라?"

"오늘 내 형이라 온다라."

"형? 너한테 형이 있어라라?"

"있는 모양이라. 오늘 온다라라."

"오늘? 어떻게 알아라?"

"접시라 보고라라."

"접시라에 쓰여 있어라라?"

"쓰여 있어라. 아를에서 온다라라."

"아를? 그게 어디라?"

"프라랑스. 접시를 아무리 씻어도라 씻어도라 과거는 사라지지 않아라라. 아를은 아를. 언제까지나 아를."

말을 하면서 더욱더 흥분이 되었다. 위쪽 뺨에 씰룩씰룩 경련이 일었다. 비타는 내가 웃는다고 생각하고 따라 웃기 시작했다. 나는 유쾌하지도 않으면서 계속 씰룩씰룩했다. 즐겁고, 무섭고, 분명 무슨 일인가 벌어질 듯했지만, 어떻게 하면 좋을지 알 수 없어 외쳤다. "아, 아, 아, 아, 밖에 비 온다. 하지만, 하지만."

접시를 닦는 동안 흥분이 가라앉아 마음이 편안해졌다. 설거지를 마치고 멍하니 창밖을 바라보았다. 벌써 어두워지려 하고 있었다. 이제 곧 아무것도 보이지 않게 된다. 어라, 검은 사람의 형체가 다가온다. 젊은 남자다. 꽤 늦은 시간인데. 우산을 어깨에 걸쳐 비스듬하게 쓰고 있다. 머리칼이 새카맣게 반짝이는 건 젖었기 때문일까. 그게 아니면 밤을 머리에 이고 왔나. 발을 지면에서 거의 떼지 않는 걸음걸이다.

잠시 후 엘리베이터 문이 열리고 그 남자가 반지하에 나타났다. 어째서 비타와 내가 있는 곳으로 왔을까. 이곳은 식기를 씻는 곳이야. 병을 치료하는 데가 아니라고. 버튼을 잘못 눌렀나. 환자는 모두 위층으로 간다. 지상보다 낮은 곳에는 설거지하는 이 공간과 서류를 보관하는 창고밖에 없어.

지하에는 시체를 넣어두는 방도 있다고 비타가 말한 적이 있다. 죽 늘어선 철제 서랍을 열면 머리를 바깥쪽으로 두고 하늘을 향해 누운 시체가 들어 있으며 복도에는 해골이 굴러다닌다고 한다. 비타가 꿈을 꾼 것이겠지. 그게 아니라면 영화의 안과 밖이 뒤섞였거나.

남자는 내 얼굴을 빤히 쳐다보더니 친구를 대하듯 무슨 말인가 했다. 이름을 부른 모양이었다. 내 이름은 '문문'인데, 그렇게 들리지는 않았다. 다른 이름이다. 사람을 잘못 봤나.

"의사 선생님은 위층에 있어요. 위에, 위에, 한참 위에 있어요."

몇 번이고 알려줬지만 전혀 못 알아듣는 눈치다. 아무래도 '보통의 언어'를 이해하지 못하는 외국인 같다. 하는 수 없이 내가 지상으로 향하는 버튼을 눌러주었다.

"접수창구로 가보세요. 당신 의사 선생님이 어느 층에 있는지 알려줄 겁니다."

초록 불이 한동안 제일 위층에 멈춰 있어서 엘리베이터가 좀처럼 내려오지 않았다.

"당신, 이름이 뭔가요?"

'보통의 언어'로 물어보아도 그 사람은 물끄러미 나를 바라보기만 하기에 손바닥으로 내 가슴을 탁 치며 "문문"이라고 말해보았다. 그러자 손가락으로 자기 코끝을 가리키며 "Susanoo"라고 말했다. 이 남자 이름인가. 하지만 어째서 손가락으로 코끝을 가리켰을까.

이윽고 엘리베이터가 와서 문이 열렸는데도 Susanoo가 망설이며 타지 않기에 가볍게 등을 밀어주었다. Susanoo는 로봇처럼 무릎을 삐거덕삐거덕하며 엘리베이터에 올라탔다. 문이 닫힌 순간, 비타가 화장실에서 돌아왔다.

"그 사람이 왔다라, 왔다라."

"형이 온 거야라?"

"아니. 이름이 Susanoo라라던데."

비타는 깔깔대고 웃기 시작했다. 그렇게 웃긴 이름인가.

"슷사, 슷사, NO, NO, NO!"

비타가 가락을 붙여 노래하기 시작했다. 나도 그 가락에 맞춰 노래해보았다.

"슷사, 슷사, NO, NO, NO!"

머리가 좌우로 움직이는 메트로놈이다. 비타의 허리가 살랑 살랑 흔들렸다. 나도 골반을 흔들며 비타에게 다가갔다. 둘이서 마주 보고 격렬히 춤을 추었다.

얼마나 췄을까. 비타가 돌연 움직임을 멈추고 가쁜 숨을 몰아 쉬며 거실로 들어갔다. 나는 뒤따라갔다. 비타가 소파에 몸을 내 던지기에 나도 곧바로 옆에 털썩 앉아 두 팔로 비타를 껴안았다. 비타는 내 팔을 떨치며 일어서더니 화난 사람처럼 볼멘 얼굴로 텔레비전을 켰다. 장난꾸러기 같은 미소를 띤 남자가 화면 가득 모습을 드러냈다. 머리는 좋아 보여도 어린아이 같은 일을 꾸미 고 있을 것만 같은 표정이다. 비타는 제자리에 서서 그 얼굴을 가만히 들여다보았다. 누굴까, 텔레비전 속 저 남자는. 어린아이 도 아니면서 장난꾸러기처럼 반짝이는 눈을 가늘게 뜨고 높은 톤의 쉰 목소리로 그네 타듯 흔들흔들 이야기한다. 말이 끊기자 프로그램 사회자가 물었다.

"그런데 저 영화는 어느 시대 배경을 염두에 두고 찍으신 겁 니까?"

갑자기 어려운 단어가 기관총처럼 난사되었다. 남자의 얼굴 이 화면에서 사라지고 대신 어둡고 쓸쓸하고 눅눅한 장소가 나 타났다. 돌로 된 벽으로 둘러싸인 골목. 비가 내리면 깨진 돌길

웅덩이에 고인 물이 내내 마르지 않을 것만 같은 곳이다. 카메라가 스튜디오로 돌아오자 사회자가 물었다.

"당신에게 유럽은 저렇게 어두운 장소였습니까?"

게스트가 질문에 대답했지만, 그 사람 말이 내 머릿속에 전혀 들어오지 않았다.

"시시한 프로그램이네라라."

비타는 즐거운 듯 말하더니 텔레비전 앞에 정좌했다. 시시하다면서 코가 화면에 딱 붙을 지경으로 열심히 보고 있다.

"채널라를 돌릴까라."

"채널라를 돌려라서는 안 돼라라. 귀신 나온다."

나는 와하하 하고 웃었다. 채널을 돌리면 귀신이 나오나. 그것도 나쁘지 않네. 나와라, 나와라, 귀신아, 귀신아라, 귀신아라라. 귀신이 텔레비전보다야 훨씬 재밌지. 비타는 시시한 프로그램이라더니 화면에 얼굴을 바싹 댄 채 눈도 깜박하지 않고 보고 있다. 분명 이 남자가 마음에 든 것이다.

"이제 자자."

"나는 더더 텔레레비전 볼래래. 좋아하는 사람이 나왔으니까라라. 헤헤헤."

"누구루?"

"라라스 폰 트리리에. 영화 만드는 사람."

24

"흠, 시시한 직업이네."

"우리는 모두, 영화 속에 살고 있는 거라라."

"무슨 소리야?"

"글쎄."

비타는 자기가 한 말 뜻을 모를 때가 있다. 실은 나도 그럴 때가 있다. 딱히 거짓말을 하려는 것은 아니다. 그저 말이 자연스레 입에서 튀어나오고 만다.

아침은 힘들다. 자명종이 프라이팬 속에서 지글지글 나를 굽지만, 따뜻하게 몸을 감싼 이불을 박차고 나올 마음은 들지 않는다. 귀를 막고 그대로 가만히 있었다. 자명종 소리가 멈추었다. 아아, 다행이다, 한숨만 더 자자, 그러면서 몸을 뒤척이는데, 이불이 휙 젖혀지며 스포트라이트가 쏟아졌다. 눈이 부시다. 비타가 태양처럼 내 머리 바로 위에서 나를 내려다보고 있다.

"어서 일어나."

벌렁 드러누워 있던 나는 몸을 휙 뒤집어 엉덩이를 높이 올리고 팔로 턱을 받치며 천천히 고개를 들어 올렸다. 이게 일어나기 제일 편한 방법이다. 드러누운 상태로 일어나려 해도, 배가 방해를 해서 일어날 수 없다.

오늘도 비가 오면 좋겠네. 잘 때 태양이 이글이글 타오르는 것은 끔찍하다. 나는 비가 좋다. 비타는 해를 좋아해서 밝은 날이면 얼굴이 빛난다. 여성에게는 그런 경향이 있는지도 모른다. 사실 내게는 태양 같은 누나가 있는데, 태양계라는 이름의 회사 사장이고 항상 밝게 빛나고 있어서 지칠 일도 그늘질 일도 없다. 어릴 때 그런 이야기를 지어내서 친구를 놀라게 한 적이 있었던 것 같은데, "태양 누나, 태양 누나" 하고 노래하기 시작하면 이상하게 뒤이어 "달 형"이라는 말이 튀어나왔다.

그날 아침식사 접시에는 온통 누텔라가 잔뜩 묻어 있었다. 어째서 다들 누텔라를 빵에 바르지 않고 접시에 바를까. 끈적끈적해서 닦아내기 어려워. 겨우 다 씻고 한숨을 돌리며 거실 소파에 몸을 맡긴 순간, 닥터 베르마가 반지하에 나타났다. 내가 유일하게 이름을 알고 있는 의사다. 병원에는 수많은 의사가 있지만 나머지는 그저 흰 가운을 입은 익명의 존재일 뿐이다. 나에게 말을 거는 일이 없고, 나도 말을 걸지 않는다.

그런데 반년 전쯤 베르마가 갑자기 반지하로 내려왔다.

"일을 도와줘. 다음 주에 언어 연구의 실험 대상이 되어줘."

모르는 의사이기는 했지만 일을 부탁받은 게 기뻐서 고개를 끄덕였다. 다음 날 상담사가 왔기에,

"저는 실험용 쥐가 될 거예요."

라고 했더니 황급히 변호사를 데려와 내가 자유의지로 실험에 참여하는 게 맞는지 몇 차례나 말을 바꾸어가며 확인했다. 어째서 '실험용 쥐'라는 말을 쓰면 안 되는지도 정성껏 알려주었지만 설명이 너무 길어서 다 잊어버렸다.

"자네가 이상한 말을 해대서 내가 아주 곤욕을 치렀어."

베르마는 나중에 그렇게 불평을 했지만 동시에 버터가 가득 들어간 스코틀랜드 쿠키를 주었다. 물론 뇌물을 받았다고 의견을 바꿀 생각은 없다. 그 부분은 상담사한테 집요하게 들었다. "선물을 받았다고 상대방을 위해 거짓말을 해서는 안 돼. 그걸 뇌물이라고 하는데 받은 사람도 형사책임을 진다"고 했다. 그 뒤로 텔레비전에서 정치가가 토목건설회사로부터 뇌물을 받았다는 뉴스를 볼 때마다, 아아, 저거구나, 싶다. 정치가는 쿠키를 한 상자가 아니라 열 상자쯤 받지 않았을까. 살짝 부럽다.

그 뒤로 베르마는 종종 반지하로 내려와 내게 도움을 요청했다. 오늘도 그랬다.

"자네 정신은 지루할 거야. 너무 심심해서 쇼펜하우어라도 읽고 있나. 하하하. 번거롭게 해서 미안하네. 하지만 혹시 독서 중이 아니라면 일을 좀 도와줘."

그러면서 싱글벙글 웃었다. 나는 고개를 끄덕이며 일어섰다.

쇼펜하우어라는 것도 물론 재미있겠지만 병원 복도만큼 재미있지는 않을 것이다. 하얀 타이츠가 성큼성큼 걸어간다. 간호사들이다. 얼굴을 가린 큰 마스크. 푸른 쓰레기봉투처럼 생긴 옷. 막 수술이 끝나 미간에 푸른 혈관이 튀어나온 의사. 수많은 관이 꽂힌 인간을 태우고 이동하는 바퀴 달린 침대. 주머니가 출렁출렁 늘어진 흰 가운을 입고서 여유롭게 걸어가는 의사. 파란색 세로 줄무늬가 들어간 잠옷을 입은 환자. 극도로 여유로워 보이는 사람들과 극도로 바빠 보이는 사람들이 같은 복도를 쓰고 있다.

나는 베르마의 등짝을 놓치지 않으려고 애쓰며 서둘렀지만, 곁눈질하지 않고 걷는 것은 무리였다. 제일 재미있었던 것은 휠체어를 탄 백발의 단발머리 여성이다. 복도 한가운데서 가만히 천장을 노려보고 있었다. 나도 따라 천장을 보니, 작은 공 하나가 벌어진 천장 틈에 끼어 있었다. 입원 중이던 아이가 던진 것일까.

그러다가 베르마가 어떤 방의 문을 열고 안으로 들어가기에 나도 따라 들어갔다. 예전에 와본 적 있는 방이다. 베르마가 캐비닛을 열자 가장 아래에 커다란 나무 상자가 들어 있었다.

"상자를 꺼내 안에 있는 물건을 테이블 위에 늘어놔줘. 자네도 알지만 나는 요통이 심해서 웅크리기는커녕 구부리지도 못하니까."

28

베르마는 그때 그 이상한 놀이를 또 하려나 보다. 환자에게 장난감을 보여주고 "이것은 무엇입니까?" 하고 질문하는 놀이다. 목소리를 내면 환자의 패. 말없이 꾹 참으면 환자의 승. 이상한 게임이다.

부드럽고 귀여운 곰, 끈적끈적한 고무 뱀, 반짝이는 유리알 눈이 박힌 털 달린 딱딱한 토끼, 잎사귀, 돌멩이, 나이프, 못, 지우개. 더 있다. 상자 속에 손을 넣고 손에 닿는 순으로 끄집어내어 책상 위에 늘어놓았다.

"문문, 자네는 몸이 참 유연해. 아마도 정신이 유연하겠지. 하지만 유연하다는 게 반드시 장점은 아니라네. 왕국병원처럼 큰 조직을 이끌어가는 데는 견고한 정신이 필요해."

베르마가 하는 말은 약간 이상하다. 하지만 뜻을 못 알아들을 정도로 이상한 건 아니다. 예를 들어 텔레비전에 종종 나오는 카우보이는 모두가 알아들을 수 있게끔 찬찬히 설명하지 못한다. 그래서 화면 하단에 투명 인간이 숨어 있다가 이어지는 대사를 보통의 언어로 줄줄 번역해서 글자로 만든다. 그 속도는 믿을 수 없을 만큼 빨라서 알파벳을 들여다볼 여유도 주지 않는다. 베르마의 말이 카우보이의 말만큼 이해 불가능인 것은 아니지만, '보통의 언어'만큼 쉽게 소화할 수 있는 건 아니다. 살짝 어긋나기도 하고 다른 길로 빠지기도 하고 멍해지기도 한다. 언젠가 상담

사가 찾아왔을 때 뭐든 물어봐도 좋다기에,

"닥터 베르마의 언어는 어째서 보통의 언어와 다른가요?"

하고 물어보았다. 상담사는 내 질문이 나와 비타가 차별받았
다는 이야기가 아니라는 데 안심했는지 표정을 부드럽게 풀고
대답했다.

"당신이 보통의 언어라고 부르는 것은 덴마크어입니다. 닥터
베르마는 스웨덴 사람이니 아마도 스웨덴어로 이야기하시겠
죠."

내가 책상 위에 장난감을 다 늘어놓았을 무렵, 키가 큰 간호사
가 환자를 데리고 안으로 들어왔다. 엇, 어제 길을 잃고 반지하
로 내려왔던 남자다. 어제는 병원에서 묵었나. 입원한 거라면 병
이 깊은가. 이름이 Susanoo였지. 남자는 나를 보자 베르마를 무
시하고 대뜸 내 쪽으로 다가와 손을 꼭 잡더니, 다시 그 언어로
말을 내뱉었다. 그것은 내 이름인 '문문'이 아니었다. '츳코미'*
로 들렸다. 나는 "Susanoo"라고 불러보았다. Susanoo는 기쁜
듯이 내 얼굴을 빤히 쳐다보았고, 베르마의 존재 같은 건 잊어버

---

* 　일본어로 맹렬히 추구함, 파고드는 열의. 혹은 이인조 만담에서 바보 역할을 맡
　은 보케를 따끔하게 지적하는 사람.

린 듯했다. 베르마는 쿵쿵 발소리를 내며 앞으로 나와 눈썹을 찡 그리고 헛기침을 하더니,

"제가 닥터 베르마입니다. 자, 앉으세요."

하고 말했다. Susanoo는 베르마를 보고 눈을 한 차례 크게 떴 지만, 곧장 눈길을 돌려 의자에 앉았다. 아까 왔던 간호사가 파 일을 품에 안고 돌아왔다. 베르마는 거드름을 피우는 목소리로 말했다.

"지금부터 실험을 시작하겠습니다. 눈을 감아주십시오."

Susanoo의 속눈썹은 짙고 색이 새까맣다.

"오른쪽 귀를 당겨주십시오."

Susanoo는 어째서인지 오른손이 아니라 왼손으로 오른쪽 귀 를 당겼다. 나라면 오른쪽 귀는 오른손으로 당길 텐데.

"두 무릎을 들어주십시오."

여기까지 진행되었을 때, 나는 중요한 사실 하나를 눈치챘다. 베르마는 늘 쓰던 언어로 말하지 않고 있다. 그것은 보통의 언어 가 아니었고 물론 카우보이의 언어도 아니다. 그런데도 나는 그 뜻을 속속들이 다 이해할 수 있었다. 분명 처음 듣는 언어인데 그리운 느낌이 든다. 도대체 무슨 일일까.

Susanoo는 시키는 대로 두 무릎을 들었다가 다시 내렸다. 베 르마와 달리, 복부의 근육이 단단한 듯하다. 서서 그 상황을 지

켜보던 간호사가 베르마에게 물었다.

"환자분이 프랑스 사람입니까?"

"프랑스인은 아니야. 하지만 프랑스어를 할 수 있지. 나도 물론 프랑스어쯤은 가능하고."

베르마가 으쓱대며 대답했다. 그렇다는 건 나도 프랑스어를 할 수 있다는 뜻이네. 그런 생각은 이제껏 해본 적 없었다.

베르마는 한동안 서류에 무언가 적어 넣더니, 그제야 다른 의사들이라면 처음부터 묻는 질문을 했다.

"이름은?"

Susanoo는 대답하지 않았다. 어제 나한테는 말해줬는데. 나하고는 말이 통하지 않아도 제대로 대답해주었다. Susanoo가 말이 없어서 내가 대신 대답했다.

"Susanoo입니다."

"자네한테 물은 게 아니야. 잠자코 있어."

베르마는 화난 얼굴로 나를 노려보더니 다음 질문으로 넘어갔다.

"어디서 왔습니까?"

누구나 쉽게 대답할 수 있을 만한 종류의 질문은 아니다. 내가 만약 그런 질문을 받았다면 답변은 공백이다. 별에서 왔습니다,

라고 대답해버릴지도 모른다.

"무슨 일을 하십니까?"

매번 대답 대신 침묵이 돌아왔다. 베르마는 그 침묵을 꼼꼼히 서류에 기입했다. 그때 내가 재채기를 하고 말았다. 콧속으로 동물의 털이 들어왔나. 베르마가 돌아보았다.

"도구 진열이 끝났으니 자네는 방으로 돌아가도 좋아."

"프랑스어."

"그게 뭐."

"알아들을 수 있어요, 전부 다. 어째서일까요."

"흠. 자네 프랑스어를 알아듣는가."

"네."

"어쩌면 자네 부모가 프랑스인이었을지도 모르겠군."

"부모?"

"자네한테도 어머니 아버지는 있었을 거 아닌가. 없었다면 태어났을 리가 없지. 그 어머니 아버지가 프랑스인이고 자네를 덴마크로 입양 보냈을 수도 있겠군. 국제 입양 말이다. 아버지 성함이 장 자크 루소였을지도 모르지. 하하하."

부모님이 프랑스인? 하지만 프랑스에 대한 기억은 아무것도 없다. 장 자크 루소가 누구지. 그러고 보니 장이라는 이름의 곰이 있었다. 곰이 아니라 곰 같은 인간, 인간 같은 곰. 어릴 때 병원에서 이상한 테스트를 받았던 일이 갑자기 떠올랐다. 장난감을 보여주며, "이게 뭔지 알겠니?" 하고 상냥한 목소리로 물었던 기억. 너무 상냥해서 무서웠다. 지금 베르마가 하는 것과 같은 테스트다. 그래, 생각났어. 곰 인형을 건네받았다. 팔다리가 부드러운 곰이었다. 가슴에 껴안고, "Jean de l'Ours"라고 대답했다. 거기가 프랑스였구나.

Susanoo는 묵묵히 베르마의 흰 가운 가슴팍에 달린 이상한 배지를 빤히 노려보았다. 실은 나도 그 배지를 신경 쓰고 있었다. 자와 컴퍼스가 가위표로 겹쳐진 모양 한가운데에 대문자 G가 태아처럼 박혀 있다. 만져보고 싶었지만 의사 가슴에 달린 배지를 만지기는 쉽지 않다. Susanoo가 갑자기 벌떡 일어나 성큼성큼 두 걸음을 베르마에게 내디뎠다. 그러더니 겁도 없이 배지를 손에 쥐고 기계를 조작하듯 오른쪽으로 돌렸다. 베르마는 눈썹을 치켜올리면서도 두 손은 두 팔 아래로 툭 떨어뜨린 채,

"지금 뭐 하시는 겁니까."

하고 소심하게 항의했는데 Susanoo는 태연했다. 마치 베르마가 로봇이고, 손에 쥔 것을 돌리면 로봇을 조작할 수 있다고 생각하는 듯했다. 투두둑 하는 소리가 나자 베르마가 몸을 떨었다. Susanoo는 "파르동, 무슈" 하고 배지에서 손을 뗀 뒤 자리로

돌아갔다. 말을 했어. 아까부터 입을 꾹 다물고 있던 Susanoo가 입을 열었다고. 베르마는 콧구멍을 크게 벌리고 소리 없이 웃었다. 역시 그런 거였나, 말하는 쪽이 패.

Susanoo는 줄이 풀린 꼭두각시 인형처럼 의자에 앉아 축 늘어져 있었다. 나는 용기를 내 Susanoo에게 다가가서는 어깨에 손을 올리며 "힘내세요" 하고 귓가에 속삭였다. 그러자 Susanoo는 내 얼굴을 물끄러미 바라보며, "Tsukuyomi"라고 친근하게 속삭였다. 이번에는 제대로 들었다. 뜻은 몰라도 '츠쿠요미'*라고 했다. 베르마가 듣더니 갑자기 얼굴이 환해져서는,

"프랑스어다. 알아듣겠나."

하고 흥분하며 내게 물었다.

"모르겠는데요."

"T'es couillon me라고 한 거야."

"아니요, 츠쿠요미라고 했어요."

"그건 아무 뜻도 없잖아. T'es couillon me는 프랑스어다. 이건 제대로 된 문장이야. 그냥 단어가 아니라고."

그때 문이 열리고 젊은 남녀가 들어왔다. 남성은 어딘가 곰 인

---

*　일본 신화에서 달의 신.

형을 닮은 듯한 분위기다. 여성은 마르고, 눈이 별처럼 빛나고, 윤기 나는 검은 머리칼을 가졌다. Susanoo와 얼굴이 약간 닮은 걸 보면 친척일지도 모른다. 베르마는 남성을 보자마자 싱글벙글했다.

"오오, 크누트구나. 기다리고 있었다. 혈색이 좋아 보이는군."

크누트라는 이름의 청년이 같이 온 여성을 소개했다. 이름이 Hiruko라는 것 같다. 두 사람의 관계가 뭐랄까, 무척 신기하다. 연인 사이처럼 서로 몸을 맞대고 있지만, 잘 보면 둘 사이에 약간의 틈이 있다. 상대방 신체에는 결코 닿지 않는다. 말할 때도 상대방 얼굴을 보지 않는다. 그런데도 어딘가가 연결되어 있다. 이런 남녀는 본 적이 없다.

크누트는 Susanoo에게 다가가 "오랜만이에요" 하고 인사를 하며 어깨를 두드렸지만, Susanoo는 무표정하기만 했다. 크누트가 온 게 별로 기쁘지 않은가. Hiruko가 옆에서 얼굴을 들이밀자 Susanoo는 명백하게 얼굴을 돌렸다.

놀랍게도 크누트는 내게도 악수를 청했다. 기뻐서 그 손을 꽉 잡았다. Hiruko도 악수를 청했다. 아주 특이한 악수였다. 부드럽고 따뜻한 두 손으로 내 손을 맞잡고 가볍게 머리를 숙였다. 이런 것도 악수라고 할 수 있을까. 나는 두 사람이 곧바로 좋아졌다.

"자네는 이제 작업장으로 돌아가게."

베르마가 까칠한 목소리로 말했다. 평소라면 반항하지 않았겠지만, 이때는 꼭 그 자리에 남아 있고 싶었다.

"여기에 조금 더 있고 싶습니다."

깜짝 놀랄 정도로 큰 목소리가 나왔다. 베르마는 눈이 휘둥그레졌지만, Susanoo가 나를 향해 '거기 있어도 돼요'라는 듯이 손을 움직였고, 크누트도 "괜찮잖아요, 여기 있어도" 하고 말해 주었다. 베르마는 흥, 하고 콧방귀를 뀌며 말했다.

"식사 시간이 되면 반지하로 돌아가. 안 그러면 동료한테 폐가 될 테니."

베르마에게서 곰 인형을 건네받은 Susanoo는 소중히 품에 안고 눈을 감았다.

"곰을 본 적이 있습니까?"

베르마가 물었다. Susanoo는 대답하지 않았지만, 잠시 후 Hiruko가 부서진 수도관에서 물이 뿜어져 나오듯 말을 하기 시작했다. 처음에는 물방울이 똑, 똑 새는 정도였는데, 어느새 물보라가 튀겼다. 그때도 그랬다. 반지하에서 수도관 사고가 났을 때다. 처음에는 천장 구석이 얼룩지며 물방울이 떨어지더니, 잠깐 사이에 방 안에 폭우가 쏟아져 바닥이 물에 잠기는 지경이 되었다. 비타는 신이 나서 비를 멎게 하는 노래를 만들어 불렀고, 실은 나도 아주 조금 즐거웠다. Hiruko의 입에서 쏟아져 나오는 언어의 기세가 그때 그 물난리 같다. 이런 식으로 말하는 사람은 이제껏 살면서 처음 보았다. 부러워라. 박수를 치고 싶었지만 박수 칠 틈도 주지 않고 쉼 없이 이야기를 이어갔다.

Hiruko가 쓰는 말은 거의 다 보통의 언어였지만 어딘가 이상했다. 손에 잡힐 것만 같아서 손을 뻗으면 허공을 잡게 된다. 발을 내디뎌도 괜찮겠다고 생각했는데 바닥이 뚫린다. 하지만 어쩐지 전반적으로 내게 말을 걸고 있는 것만 같아서 귀를 쫑긋 세우게 된다.

베르마는 거칠게 콧김을 내뿜으며 Susanoo의 손에서 곰 인형을 빼앗아 들고 대신 박제 토끼를 건네주었다.

"이것은 무엇인가."

Susanoo는 말이 없다. 베르마를 싫어하는지도 모르겠다. 그 침묵을 뒤덮듯 Hiruko가 또 입을 열어 말하기 시작했다. 크누트도 베르마도 열심히 귀를 기울이고 있다.

베르마가 이번에는 고무 뱀을 손에 들었다. 그러자 뱀이 꿈틀대며 천장으로 뛰어올랐다. 와하하 웃는 소리가 나는 듯했다. 별들이 웃었나. 실제로 웃은 것은 나 혼자였다. 웃음은 곧 얼어붙었다. 베르마가 뱀과 진지하게 사투를 벌이기 시작한 것이다. 베르마는 뱀을 붙잡아 휘두르더니 책상 위에 내동댕이쳤다. 그러자 뱀이 뿅 하고 튀어 올라 베르마의 목에 감겼고 목젖 부위를 단단히 조였다. 숨 쉬기가 힘들어진 베르마가 이상한 목소리를 냈다. 나는 도와주어야 한다고 생각했지만 몸이 움직이지 않았다. 크누트와 Hiruko도 당황해서 어쩔 줄 모른다. Susanoo만이 침착했고, 얼굴에 은근히 미소를 감추고 있는 것처럼 보인다. 혹시라도 Susanoo가 뱀을 조작해서 일부러 활개를 치도록 만들었을까.

베르마는 겨우 목에서 뱀을 떼어내 책상 위에 꽉 눌렀다. 그런 뒤 아까 내가 테이블 위에 올려둔 포크를 집어 뱀을 푹푹 찔러댔다. 뱀의 몸통에서 투명한 피가 흘렀다. 눈물 같다. 뱀은 부르르 떨더니 움직이지 않게 되었다. 베르마가 천장을 노려보며 "언더 컨트롤" 하고 소리쳤다. 카우보이어다.

하지만 그때 생각지도 못한 일이 벌어졌다. 뱀이 또다시 꿈틀꿈틀 움직이기 시작하더니 베르마의 손을 휙 빠져나가 몸을 비틀며 공중으로 날아오른 것이다. 나는 무서워서 그곳을 뛰쳐나와 반지하로 달아났다.

소파에 앉아 담요로 몸을 감싸고 벌벌 떨고 있는데, 비타가 화장실에서 나와 진지한 얼굴로 물었다.

"무슨 일이야? 드디어 귀신이 나왔어라라?"

"베르마가 춤을 추어라라 뱀이 춤을 췄어라라."

"춤을 췄다라? 누가 췄다라?"

"뱀."

"우리라도 춤을 추자라라, 라라라!"

비타에게는 공포가 조금도 전해지지 않은 모양이다. 무서워하는 기색이 요만큼도 없다. 뱀이나 귀신도 텔레비전 만화영화에 나오는 유쾌한 친구들이라고 믿고 있으리라. 비타가 라디오의 머리 부분을 툭 치자 줌바, 줌바, 삼바, 삼바, 람바, 람바 하고 음악이 흘렀다. 덩실덩실하는 비타의 몸에 붙어 있던 살들이 흔들, 흔들, 흔들렸다. 유혹하는 리듬. 춤이 시작되면 방 안의 냄새가 바뀐다. 나도 일어나 허리를 좌우로 흔들기 시작했다. 그러자 차차 머릿속에서 무서운 장면이 떨쳐져 나갔다. 역시 춤이 제일이구나. 춤을 추며 비타의 허리를 양쪽으로 안았다. 신나게 춤을 춰서 등이 땀으로 흥건하게 젖어 있었다. 비타는 춤추기를 멈추고 소파에 앉았다. 나는 싸늘해져서 몸을 벌벌 떨었다.

"벌버루벌버루 몸이 떨려라. 한기가 들어라라."

"샤워할래래? 따뜻한 물로 몸을라 씻어라라."

비타의 말에 옷을 벗기 시작하는데 베르마가 방으로 들어왔다.

"정리를 도와주지 않겠나. 바빠서 혼자는 어렵군."

베르마의 목소리는 낮고 진지했다. 눈빛이 희번덕희번덕 빛났다. 뱀 남자 같다. 나는 하반신이 수축되는 듯했다. 그 방으로 돌아가기 싫다. 하지만 Susanoo가 나의 도움을 기다리고 있다면 가고 싶다. 게다가 아까는 크누트와 Hiruko에게 작별 인사도 하지 못하고 방을 뛰쳐나와버렸다. "어서, 어서" 하고 베르마가 보채기에 막 벗었다 입은 셔츠의 단추를 서둘러 채우고 운동화를 구겨 신은 채 베르마의 하얀 등을 따라나섰다.

아까 그곳으로 돌아왔더니, 고무 뱀이 축 처져 테이블 위에 모로 누워 있을 뿐 아무도 없었다. 뱀은 고무 장난감으로 돌아온 듯했지만 방심해서는 안 된다.

"뱀은 이제 안 위험해요?"

"어째서 위험하지?"

"아까 움직였어요. 춤을 췄어요."

"무슨 소릴 하는 거야. 호러 영화를 너무 많이 봤군. 밤에 텔레비전만 보지 말고 일찍 자거라."

그러고 보니 확실히 영화 안과 영화 밖에서 일어난 일이 엉망으로 뒤섞인 적이 있다. "우리는 영화 속에 살고 있어"라고 비타가 한 말은 이런 걸 말한 것인지도 모른다.

베르마는 바빠서 도와달라고 해놓고, 자기는 중학생처럼 책상에 앉아서 정리를 시작한 나를 상대로 말을 걸기 시작했다.

"자네는 자기가 아웃사이더라고 느낀 적 없나."

"없습니다."

나는 곧장 그렇게 대답했다. 아웃사이더란 검정색 가죽점퍼를 입고 머리칼을 끈적하게 뒤로 쓸어 넘긴 오토바이족을 말하는 것일 텐데, 나는 자전거도 못 타고 검은 옷은 안 어울린다.

"자네는 정말로 스스로 아웃사이더라고 느낀 적이 없다는 말인가. 흠, 행복한 녀석이군. 나는 언제나 나만 혼자 소외된 기분이 들어. 다들 둥글게 원을 이루고 즐거운 듯 모여 있는 걸 보면 화가 치밀어. 온통 잘못된 것투성이인데 다들 눈치를 못 채는 척하지. 내가 그걸 지적하면 모두 흥이 깨져서 나를 불편한 놈 취급해. 그래서 나 혼자 원 바깥으로 쫓겨나. 다 같이 둥글게 모여 앉은 곳이 덴마크야."

나는 베르마를 이해하려 노력하며 말했다.

"스웨덴에서는 네모지게 둘러앉았나요?"

그 소리에 베르마는 배를 문지르며 유쾌한 듯 웃었다. 뚱뚱해 보이지는 않지만 아무래도 복부에는 지방이 꽤 쌓였다.

"서류는 네모나지. 뾰족한 곳을 피하기 위해 각진 부분을 빼버리면 둥글어지겠지만, 그렇게 되면 이미 서류가 아니야. 병원 건축물도 네모다. 갖가지 곡선은 타협이라네. 혹시 자네 데니시라는 기묘한 이름을 가진 빵을 좋아하나."

"좋아합니다."

"그 빵은 빈의 빵이라고도 불리는 모양인데, 그런 게 맛이 있나."

"아주 맛있습니다."

"프로이트도 빈의 빵에 불과해."

"프로이트?"

"들어보게. 언어를 잃어버린 환자에게는 오만 가지 약을 투여해도 의미가 없고, 메스로 뇌를 열어 사전을 집어넣는 일도 불가능해."

무슨 소리인지 모르겠지만 방을 정리하며 가끔씩 "맞습니다, 분명 그렇지요" 하고 맞장구를 쳤다. 아마도 베르마는 이야기를 들어줄 사람이 없는 모양이다.

"그러니까 정신분석밖에 없어. 하지만 나는 정신분석이 정말로 마음에 안 들거든. 내가 그걸 사용하면서도 무심결에 비웃고 싶어지지. 하지만 사람을 비웃는 문화도 여기서는 받아들여지지 않아. 이대로 아웃사이더가 된다면 결국 이 병원에서 자리를 잡지 못할 거라는 말에 프리메이슨에 들어갔다네."

베르마는 가슴에 단 배지를 잡고 들어 올려서 내게도 잘 보이도록 해주었다.

"하지만 이것도 그만둘 생각이야. 여자친구가 그 조직을 싫어해서. 그런데 어떻게 그만둬야 할지 솔직히 감이 안 잡혀. 말하자면 난처한 상황이라는 이야기지. 누구나 지하실에 시체 하나는 묻어두고 있다는 속담을 알고 있나."

"모릅니다. 저는 지하실에서 일하고 있습니다. 반지하입니다."

베르마는 갑자기 내 팔을 세게 붙잡으며,

"염색체 수 같은 건 신경 쓰지 말게."

하고 격려하듯 말했다. 나도 보답으로,

"다들 당신을 싫어해도 신경 쓰지 마십시오."

하고 대답했다.

저녁식사 식기를 다 씻고 멍하니 창밖을 내다보며 오늘 있었던 일을 떠올렸다. 비타가 꽤 오래 텔레비전 앞에 앉아 있다는 건 알고 있지만, 함께 텔레비전을 볼 마음이 안 생겼다. 비타가 좋아하는 그 영화감독이 또 화면에 잡힌다면 기분이 잡칠 것이다. 유리창 너머 어두워진 하늘을 보는 편이 낫다. 하늘은 먼지 같은 구름에 덮여 있다. 이런 시간에 병원을 찾는 사람은 아무도 없다. 밖으로 나가는 입원 환자도 없다. 하지만 밖에서 낮게 중얼중얼하는 소리가 들렸다. 나는 거실로 뛰어가 비타에게 말했다.

"들려려?"

"뭐가?"

"중얼중얼, 중얼중얼. 누가 있어라라."

"어디 있어라?"

"밖에."

"응."

비타는 전혀 관심이 없는지 계속 텔레비전만 보았다. 평소에는 밤에 밖으로 나가지 않는다. 금지된 것은 아니지만 춥고 어둡기만 할 뿐이고 나갈 이유도 없다. 하지만 이때는 묘한 예감이 들어 실내에 앉아 있을 수가 없어서 얼른 뛰어나갔다. 정문을 향해 달렸다가 멈춰 서서 돌아보니 병원이 거대한 괴물처럼 솟아 있었다. 우리 병원이 저렇게 컸나.

"츠쿠요미!"

비스듬히 뒤편에서 사람 목소리가 들려 배 속이 뒤집어질 정도로 놀랐다. 돌아보니 수국이 가득 핀 화단 뒤편에서 Susanoo가 나왔다.

"츠쿠요미, 너는 프랑스어를 할 수 있지."

나는 고개를 끄덕였지만, 내 입으로 말할 줄은 모른다.

"너는 태어난 나라가 그리운가."

나는 보통의 언어로 대답했다.

"태어난 나라는 기억이 안 나."

Susanoo는 분위기로 뜻을 이해하는 듯했다.

"기억이 안 나는구나. 부럽다. 나는 떠올리고 싶지가 않아. 떠올리고 싶지 않다는 생각조차 하지 않고 살았지. 그러다가 크누트와 녀석들이 나타난 거야. 그랬더니 지금까지 살던 삶을 계속할 수 없게 되었어. 말할 수 없다는 것도, 떠올리고 싶지 않다는 것도 괴로워졌지. 그래서 여기 온 거야. 크누트에게는 감사하지만 얼굴을 보면 화가 치밀어. Hiruko한테는 훨씬 더 화가 나고. 왜 그런지 이유를 모르겠어. 하지만 널 보면 내가 끔찍한 짓을 저지를 것만 같은 불안감이 사라져. 내가 그리 싫지는 않아."

나는 베르마가 싫은지 묻고 싶었지만 묻지 못했다. 그러자 Susanoo는 먼저 베르마에 대한 이야기를 꺼냈다.

"베르마는 자기 연구를 위해 내가 여기서 지내는 비용을 전부 지불한다지. 어찌나 고마운지. 그 의사는 자기 감정도 조절하지 못하고 다른 사람 감정에도 공감하지 못하는데, 나한테도 그런 경향이 있어. 그래서 싫지는 않아. 아무튼 이 병원에서 조금 더 머물게 되었으니 또 만나자."

그러면서 Susanoo는 수국이 우거진 화단 뒤로 사라졌다.

이튿날, 베르마가 다시 반지하로 내려와 일을 도와달라고 했다. 나는 어젯밤 있었던 일을 보고해야 한다는 생각에 마음이 조급했다.

"어젯밤에 Susanoo가 와서 한참 말을 했어요. 쭉 혼자 이야기했어요."

"하하하. 그 남자가 말을 할 리가 없지. 자네 어젯밤 텔레비전에서 무슨 영화를 봤나. 라스 폰 트리에인가. 또 영화와 현실이 헷갈린 건가."

"Susanoo는 진짜 말을 많이 했어요."

"도대체 그 남자가 뭐라고 하던가?"

"잊어버렸습니다. 하지만 밤하늘의 별만큼 무수히 많은 말을 했습니다."

2장

베르마는 말한다

아무래도 나는 이 병원 사람들에게 별로 좋은 인상을 심어주지 못한 듯하다. 잉거를 만나기 전까지만 해도 그런 생각은 해본 적도 없었다. 이렇게나 밝고 정직한 성격을 가진 내가 미움을 받는다면 밖에서 미리 악역을 배정한 거라고밖에 볼 수 없다. 밖이라는 건 내가 인식할 수 있는 현실의 범위를 벗어난 외부라는 뜻이다. 난감한 노릇이다. 제아무리 성격 좋은 배우라도 냉혹한 살인마 역을 수락했다면 그 연기를 수행할 수밖에 없는 것처럼, 공연 중인 무대 위에서 갑자기 표정을 누그러뜨리며, "사실 이건 진짜 제 모습이 아니에요"라고 변명할 수도 없는 일이다. 아니, 연극이라기보다 차라리 영화에 가깝다. 연극이라면 분장실에서 화장을 지우고 원래 모습으로 돌아갈 때 팬이 꽃다발을 들고 달려오기도 한다. 하지만 영화의 경우는 스크린 바깥의 배우를 볼수가 없다. 영화 속에 갇혀버린 인간만큼 비참한 존재도 없다.

애초에 잉거라는 여성이 내 인생에 끼어들지 않았더라면, 이래저래 귀찮은 속앓이를 할 필요도 없었으리라. 잉거가 내뱉는 말은 내 마음의 뒷문을 격렬히 두드렸고, 나도 문을 열고 싶었지만 손잡이가 떨어져 나가 열 수 없었다. 이러한 상태를 사랑이라 부르는 사람도 있다. 하지만 그 연애 이야기도 내가 열어볼 수조차 없는 시나리오에 처음부터 적혀 있었으리라.

잉거는 흰 가운 속에 인간의 살이 확연히 느껴지는 여자다. 이목구비가 시원하고 체격 조건도 다른 간호사들보다 우수하다. 뼈 구조가 빈약한 여성은 성격마저 비굴하게 보여서 좋아할 수가 없다. 그에 반해 잉거는 골격이 튼실해서 누가 옆구리를 간질이며 알랑거리고 질투로 뒤에서 등을 밀어도 꿈쩍하지 않을 것 같다. 잉거의 모습이 눈에 들어오면 나는 괜스레 목구멍 안쪽이 따끔거렸다. 다가가 말을 걸 용기는 없지만 가만히 있으면 질식할 것만 같아 옆에 있던 동료에게 속삭였다.

"저 사람 엉덩이는 꼭 서랍장 같군."

달리 나쁜 뜻이 있는 건 아니었다. 색다른 비유가 떠오르면 고통에서 해방되는 기분이 든다. 시인이 되었더라면 좋았을 텐데, 어찌 된 일인지 학교 성적이 지나치게 좋아서 정신을 차려보니 의사가 되어 있었다. 동료가 코를 찡그리며 얼굴에 주름을 가득 잡고서 항의했다.

"서랍장은 너무하군. 마른 건 아니지만 피부도 탱탱하고 굴곡도 살아 있잖아. 가구처럼 모나지 않았다고."

동료가 완벽한 반론을 제기하자 불쾌했다. 평소 잉거를 유심히 관찰했기에 그 자리에서 그런 대답이 나올 수 있었으리라.

하루는 잉거가 진찰실로 들어오자 꽃병이 떨어져 바닥에 깨졌다. 당시 상황을 냉정히 재현해보면, 꽃병이 떨어진 것은 그녀가 들어온 것과 상관이 없고 내가 협탁에 부딪힌 탓이었다.

"NORDLI, 정신 차려."

허둥지둥하는 나를 숨기듯 그런 말이 튀어나왔다. 이케아 가구에게 말을 거는 버릇은 예전부터 있었다. 특히 NORDLI 시리즈에는 서랍장부터 침대까지 친근감을 느끼고 있다. 하지만 잉거가 지체 없이 내 오류를 정정했다.

"LINDVED예요."

이때만큼 놀란 적은 없었다. 눈앞에 넘어져 있는 것은 분명 다리가 세 개 달린 화사한 LINDVED다. 나의 조국에서 만든 이케아 제품명을 틀린 적은 이제껏 단 한 번도 없었다. 마가 끼었다고밖에 할 수 없다. 심지어 꺼림칙하게도 외국인이 그 잘못을 지적했다. 잉거는 미소 띤 얼굴을 유지하며 기습해 들어왔다.

"가구라면 언젠가 제 엉덩이가 서랍장같이 생겼다고 하셨다던데, 그건 MALM인가요, 아니면 HEMNES?"

재치 있는 답변을 하고 싶었지만 떠오르는 말이 한 마디도 없었다. 실어증이란 어쩌면 이런 감각일까. 잉거는 여유로운 표정으로 덧붙였다.

"뭐, 아무러면 어때요. 저는 할아버지 할머니가 물려주신 가구를 쓰니까 이케아에 가구를 사러 간 적 없습니다."

그러더니 몸을 빙그르르 돌려 방을 나갔다. 그때 흰 가운 아래서 어렴풋이 흔들리는 엉덩이는 가구가 아니라 흰 복숭아였다.

요즘 나는 멀거니 있다가 함정에 빠지듯 일을 그르친다. 하루는 시찰하러 온 보건복지부 장관에게 간 적출술을 보여주기로 되어 있었는데, 정신을 놓고 있다가 간이 아니라 심장병을 앓고 있는 같은 이름의 다른 환자 진료 기록을 보여주는 엉뚱한 실수를 하고 말았다. 동성동명은 법률로 금지해야 한다. 그런데 그 자리에 있던 잉거가 기지를 발휘했다.

"실은 예정되어 있던 간 수술이 연기되는 바람에 지금 갖고 계신 서류의 심장병 환자 수술을 참관하시게끔 하려 했는데, 긴급하게 예정대로 간 수술을 진행하게 되었습니다. 이쪽으로 오시지요."

그러면서 다소 혼란스러운 표정을 짓고 있던 장관을 얼른 그 자리에서 데리고 가주었다. 그리하여 이 현명한 여자는 출세의 계단에서 미끄러질 뻔한 남자를 아슬아슬하게 구해주었다. 서랍장 사건에도 불구하고 도움을 주었으니 내게 대단한 호감을 갖고 있는 줄 알았는데, 그 후로는 복도에서 마주쳐도 아는 체를 안 했다. 내가 인사를 해도 무시한다. 간호사가 의사와 평등하다는 사실은 이미 알고 있고 직장에서 개인의 자유가 있다는 사실도 인정하지만, 이렇게까지 무례한 태도를 보이다니 평소대로라면 가만히 있지 않았다. 혼낼 일까지는 아니지만 적어도 독기를 가득 머금고 비아냥댔으리라. 그러나 잉거에게만큼은 내가 약자이기 때문에 묵묵히 참는 수밖에 없었다.

나의 인생인데 타인이 시나리오를 쓰고 나는 그걸 연기할 뿐이라고 한다면, 잉거와의 연애 소동도 이미 결과가 정해져 있을 테니 이리저리 고민해봐야 소용이 없다. 될 대로 되는 수밖에 없으리라. 병원 복도를 걷는데 흰 가운에 싸인 쓸쓸한 등이 뇌리에 떠올랐다. 다름 아닌 나의 등이다. 카메라가 뒤에서 찍고 있는 것이다.

딱 한 가지, 아무리 지우려 해도 지워지지 않는 걱정 하나가 마음속에 그림자를 드리웠다. 어쩌면 내가 이 영화의 조연에 불과할지도 모른다는 의혹이다. 주인공은 다른 사람이고, 그 사람이 입원해야 하는 상황이라 부득이 의사가 필요했을 뿐이라는 설정이라면. 실제로 영화에는 주인공이 교통사고를 당하거나 불치병에 걸려 관객의 관심을 끄는 일이 많다 보니 의사가 자주 등장한다. 하지만 의사 자체가 주목받는 일은 아주 드물다. 주인 공은 누구일까. 그 녀석을 찾아내 따끔한 맛을 보여주고 싶다.

병원 안에는 의사나 간호사가 자동판매기에서 커피를 뽑아 잠시 쉬었다 가는 휴게실이 있다. 그 방을 남몰래 '인스턴트커 피'라고 부르고 멸시하며 안에 들어간 적은 없었는데, 그날 복도 에서 우연히 마주친 잉거의 등을 따라갔더니 어느 틈엔가 '인스 턴트커피'에 들어와 있었다. 들어온 이상 커피를 뽑지 않으면 수 상쩍어 보일 터라 자동판매기 앞에 서기는 섰는데 사용법을 몰 랐다. '카페오레' 버튼을 눌렀지만 아무것도 나오지 않았다. 아, 먼저 동전을 넣는 건가, 싶어 서둘러 지갑에서 동전을 꺼내는데 넣는 구멍이 없다. 그 대신 카드 투입구가 보였다. 지갑 속에 있 던, 병원에서만 쓸 수 있는 신용카드를 넣고 버튼을 눌렀더니 컵 은 나오지 않고 그대로 커피가 흘렀다. 생각났다. 환경을 위한 자동판매기다 뭐다 해서 개인 컵을 가져와 커피 나오는 곳에 두 어야 한다. 그런 이야기를 얼핏 들은 기억이 있다. 잉거가 다가 오는 기척이 들렸지만 고개를 들 용기가 나지 않았다. 시선을 내

리깔고 있는데 자동판매기 옆에 있던 테이블에 1리터들이 우유
팩이 구원의 신처럼 떡하니 놓여 있다. 고개를 들자 예상대로 잉
거의 얼굴이 있었고, 나는 우유 덕분에 말할 거리가 생겨 차분한
말투로 서슴없이 이렇게 말할 수 있었다.

"테트라팩*이 말이죠, 초기에는 사면체였습니다. 그 이유를
아십니까?"

말을 꺼낸 뒤에야 나도 그 답이 기억나지 않는다는 사실을 깨
달았다. 사면체라서 우송이 편리한가, 아니면 불편한가. 떠올리
려 해도 뇌가 기능을 하지 않는다. 우리 나라가 발상지인 회사의
상세 정보에 대해서는 구석구석 꿰뚫고 있었는데 이야기할 기
회가 거의 없으니 점점 잊어버린다. 다행히 잉거는 테트라팩에
전혀 관심이 없는지 커피 자동판매기 컵 투입구에 평범한 하얀
색 머그잔을 넣고는 한 번 더 버튼을 눌렀다. 카드를 넣지 않았
는데도 커피가 나왔다. 요술이다. 진갈색 액체가 컵 가장자리까
지 찰랑찰랑 담기자 태연한 손놀림으로 컵을 들어 올리며, 여기
요, 하듯이 내 코앞으로 내밀었다.

"카드를 넣지도 않았는데 어째서 커피가 나왔죠?"

---

*   멸균 우유팩 또는 이를 개발 생산하는 스웨덴 회사. 테트라는 그리스어로 4를
    뜻하며 초기 생산품은 사면체 삼각뿔이었다.

묻지 말 걸 그랬다. 잉거는 나를 놀리듯이 대답했다.

"누구나 한 번은 실수해도 되도록 프로그래밍되어 있거든요."

설마하니 그럴 리는 없으리라. 잉거는 마법사다. 잉거가 준 커피를 의리로 한 모금 마셔보니 1만 크로나나 주고 산 우리 집 에스프레소 머신에서 나오는 커피와 비슷한 수준으로 맛있다. 뜨거운 김은 그윽한 향으로 꽉 차 있고 괜한 씁쓸한 맛 없이 깊이가 있다. 벽에 기대어 커피를 마시며, 침착하자, 침착하자, 하고 속으로 되뇌었다. 잉거가 나를 빤히 보며 다음 말을 기다리고 있으니 무슨 말이든 해야 한다.

"스트린드베리의 결혼이 왜 실패했다고 생각합니까."

테트라팩이 불발탄으로 끝났기 때문에 이번에는 스트린드베리를 꺼내보았다. 우위에 서기 위해서는 자신의 진영에 머무르면서 의외의 방향으로 공격해 들어갈 필요가 있다. 하지만 잉거는 우리 나라가 배출한 거대한 정신의 산이 눈앞에 나타나도 당황하는 기색 없이,

"그거야 그 사람이 자기 작품 세계 속에서 길을 잃었기 때문이겠죠."

하고 냉정히 대답했다. 그렇군. 자기 작품 세계 속에서 길을 잃은 작가와 결혼한 여성은 고생이 심하겠지. 하지만 자신의 문학작품에서 헤매는 일이 타인의 영화에서 헤매는 일보다야 낫

지 않겠나. 그때 무슨 영문인지 잉거가 2초 정도 눈을 감았다. 잔물결 같은 주름에 뒤덮인 눈꺼풀 위로 화장품 가루가 은색으로 반짝이는 것이 보였다. 가까이 다가가 끌어안듯이 두 팔을 잡았다. 눈을 뜬 잉거는 놀란 기색조차 없이 호기심 가득한 눈빛으로 나를 보며 어렴풋이 입술을 열었다.

잉거는 내가 속구를 던지든 변화구를 던지든 정확하게 받아 간단히 되던진다. 처음에는 나를 조롱하는 것처럼 보였던 잉거의 입술 곡선이, 시간이 흐르면서 유혹하는 것처럼 보이기 시작했다.

"이제 퇴근하십니까. 제 차로 모셔다드릴까요."

"됐어요. 제가 안 타면 버스 기사님이 걱정하셔서."

"확실히 버스 안은 널찍하겠네요. 하지만 친밀함은 다소 비좁은 공간에서 생성되는 게 아닐까요. 물론 비좁다는 표현은 적합하지 않지만요. 볼보의 차내는 아시다시피 널찍합니다. 게다가 안전하고."

"미안합니다. 하지만 볼보는 안전성을 강매하고 있는 것처럼 보여요. 저는 약간의 모험을 더 좋아하죠."

"그렇다면 더더욱 볼보를 타셔야 합니다. 말코손바닥사슴이 거침없이 달려와 부딪힐 듯한 숲속으로 모시겠습니다. 그거야

말로 모험이죠."

결국 잉거를 구슬려 집으로 데려다주었다.

작년에는 뱅어처럼 생긴 이십대 간호사에게 적금과 신경을
모조리 쥐어뜯겼다. 젊은 여자는 자신이 무엇을 받을 수 있는지
에만 관심이 있다. 시선을 받고, 칭찬을 받고, 선물을 받고, 약속
을 받는다. 마치 외부에서 무언가를 받지 못하면 메말라버릴 것
만 같은, 독립심이 없는 괴물이다. 연애라면 이제 지긋지긋하다
싶었을 무렵, 우주의 어둠 속에서 잉거의 눈꼬리에 진 자비로운
주름이 은하수처럼 모습을 드러냈다. 소년 시절 읽은 공상과학
소설이 떠올랐다. 천칭좌가 끊임없이 사람을 괴롭히고 못살게
굴며 전갈좌가 바늘 끝에서 독을 내뿜는 밤하늘에 돌연 밤의 여
왕이 나타난다. 여왕은 같은 반 여자아이들이나 어머니와는 동
떨어진 존재였다. 의학의 길을 선택한 뒤로는 과학적 근거가 없
는 책에는 손길 한 번 안 주게 되었지만, 소년 시절의 나는 여신
없이는 통과할 수 없는 긴 터널 속을 걷고 있었다.

여신은 선의로 가득 차 있는 데다가 경험이 부족하고 순진한
존재가 아니라, 세상의 쓴맛과 신맛과 매운맛을 충분히 핥은 뒤
태연하게 정의에 가담한다. 여신이 건네주는 피로 회복 음료는
언제나 달고, 영양이 가득하며, 건강을 해치는 일이 없다. 그러

나 불과 며칠 전, 잉거가 은밀히 내 귀에 흘려 넣어준 말은 독소와도 같이 천천히 몸속을 돌기 시작했다. 바로 이 한마디였다.

"동료들과 달리, 나는 당신이 좋은 사람이라는 사실을 단 한 번도 의심해본 적 없어."

나의 심장이 푹 꺼졌다.

"모두와 달리?"

한 음절 한 음절 꼭꼭 씹듯이 되묻자, 잉거는 눈에 먼지라도 들어간 사람처럼 격렬하게 눈을 깜박이며 덧붙였다.

"당신을 욕하는 사람이 많지만 그건 다 오해라고."

"욕이라니, 뭐라고 욕을 하지?"

잉거는 평소답지 않게 안절부절못했다.

"그렇게 당황할 필요 없어. 다들 어떤 오해를 하고 있는지 이야기해달라는 것뿐이니까. 그 사람들이 무슨 오해를 한다 해도 당신 책임은 아니야."

그 말에 잉거는 표정이 부드럽게 풀리며, 눈을 칩뜨고 천장을 노려보면서 기억의 물레를 돌리기 시작했다.

"예를 들어 당신은 항상 화가 나 있고, 그걸 애먼 동료나 간호사나 환자에게 분풀이한다든가."

잉거는 그렇게 말하며 내 안색을 살폈다. 나는 무슨 말을 듣건 태연한 척해야만 한다고 스스로를 타이르며 마음에도 없이 다음 말을 재촉했다.

"그리고 또?"

"신입 간호사가 서류를 제대로 기입하지 못한다며 마구 성질을 낸다든가. 제대로 설명도 안 해주면서 성미가 급하다든가."

물레는 제멋대로 돌아가기 시작하여 아무도 막지 못하게 되었다. 아무리 긴 악성 비방의 실이 뽑아져 나온다 해도 냉정함을 잃어서는 안 된다.

"사실은 한참 더 많아. 복도에서 마주쳐 말을 걸어도 무시하고 그냥 걸어간다든가."

"하나하나 다 상대하다 보면 내가 뭘 하는지 잊어버리겠지."

"그래도 지금 바쁘니까 나중에 보자고 사과하는 게 아니라 말없이 그냥 가버리니까. 나는 그게 그리 나쁜 행동이라고는 생각하지 않지만, 보통은 안 그러니까 다들 고개를 갸웃거리는 게 아닐까, 아마도. 신경 쓸 거 없어."

"그리고 또?"

"회의 때 다른 사람들 의견을 무시한다든가. 요전에도,"

잉거는 무슨 말인가 하려다가 갑자기 마음이 바뀌었는지 입술을 꾹 다물고 내 목을 끌어안으며 귓가에 대고 속삭였다.

"오해야 지나가는 소나기 같은 거니까 금방 갤 거야."

분별력 있는 여성이 이렇게 어린아이 같은 행동을 하다니, 잉거쯤 되니 귀여운 것이다. 하지만 나는 그런 일로 어물쩍 속아 넘어가지 않는다.

"뭐라고 오해하는데?"

"당신이 다른 사람들의 제안을 처음부터 부정하고, 자기 방식대로만 억지로 끌고 가려고 한다고. 게다가……."

"게다가 뭐지?"

"당신은 자기 말고 다른 사람들의 사고력은 졸렬하게 여긴다고 다들 믿고 있는 듯해."

"그것은 진실이다."

"하지만 그건 오만한 게 아니라, 상대방의 사고력이라고 해서 반드시 높게 평가하라는 법은 없다는 거잖아. 딱히 드문 일도 아니지. 누구나 자기 머리가 남들보다 좋다고 생각하지만 입 밖에 내지 않을 뿐이야. 당신은 정직하니까."

"내가 몇 명 정도의 사람들에게 미움을 받고 있다고 생각하면 되겠나?"

"그거야, 숫자만 보면 적다고 할 수는 없지만, 이런 문제는 양보다 질이니까."

"그렇다면 양은 많아도 질은 밋밋하다는 뜻인가?"

"하지만 화가 난 건 난 거니까 분노의 수위가 어느 정도는 되지."

잉거를 만나기 전까지는 내가 모두에게 미움을 받고 있다는 생각 따위 해본 적도 없었다. '나'라는 이름의 즐거운 어둠 속에 살고 있었다. 어디가 벽인지 알 수 없기에 비좁다는 생각도 하지 못했다. 나라는 존재의 윤곽은 보이지 않는다. 내가 속한 공간 전부가 나이므로 그럴 만도 하다. 하지만 그 공간이 조금씩 밝아졌다. 해가 들기 시작했다면 기분이 좋았겠지만 그렇지는 않다. 사진 스튜디오에서 경험할 법한 불쾌한 스포트라이트가 사방에서 비쳐들기 시작했다. 우선 금빛 털이 무성하고 허여멀건한 내 손등이 보인다. 불규칙하게 자란 손톱은 때가 잔뜩 끼었다. 황급히 손을 씻는다. 하지만 세면대 앞 거울에 비친 내 얼굴을 보자 평소처럼 남자답고, 지성이 넘치고, 상냥한 인상의 미남은 간곳없다. 감독이 어디선가 찾아낸 상당히 특이한 남자 배우다. 개성적이라고 한다면 좋은 말처럼 들리지만, 내가 개성적이라고 생각해본 적은 없었다. 이래 봬도 왕년에는 미남에 친절하고 똑똑한 청년이었다. 또 나이가 들어서도 나에게만은 청년의 형체가 사라지지 않을 거라는 느낌이 들었다. 하지만 거울 속에 있는 것은 지치고 괴팍한 남자였다. 괴팍하다는 사실을 깨닫는 순간, 그런 나를 사랑해주는 연인을 찾아냈다는 사실이 신기할 따름이었다.

잉거는 아직 한 번도 흰 가운의 버튼을 풀지 않았다. 서두를 생각은 없다. 몸을 기대어 이야기를 들어주고, 입술 언저리를 손가락으로 어루만져주는 것만으로도, 정수리에서 의식이 빠져나가 날아오를 만큼 기분이 좋아진다. 다음 휴가 때는 둘이서 중남미로 여행을 떠나기로 했다. 그때 설마하니 싱글룸 두 개를 예약하는 일은 없으리라. 다만 중남미는 잉거의 제안이었고 나는 전혀 흥미가 없다. 솔직히 말하면 썩 내키지는 않는다.

잉거로 인해 쾌락을 알아버린 탓에 나라는 옷이 주체할 수 없이 싫어졌지만, 이걸 벗어던질 방법을 알 수 없었다. 주변 사람들이 나를 어떻게 생각하는지 끝없이 되새김질하는 건 사춘기의 병증이고, 사춘기 자체가 일종의 질병이므로 젊어서 거울을 노려보며 생각에 잠기는 건 어쩔 수 없지만, 이 나이에 거울을 빤히 노려보며 고민에 빠지다니 어디가 고장 난 것이 틀림없다.

늘 화가 나 있고, 그걸 주변에 분풀이한다는 말을 듣고 깜짝 놀랐다. 누가 갑자기 말을 걸면 머리가 혼란해지기 때문에 짜증이 났을 뿐이다. 이거라고 정하면 일직선으로 나아가는 성격이다. 분풀이를 할 마음 같은 건 없다. 바로 며칠 전에도 잠깐 비는 시간에 약품 관리실에 가서 수면제 재고를 확인하려고 서두르는데, 나이가 한참 어리고 건방지게 콧수염을 기른 동료가 갑자기 눈앞에 나타나,

"실어증 환자가 여러 차례 전화했으니까 지금 당장 접수창구

로 가주세요."

따위의 무리한 말을 했다. 애초에 갑자기 남의 시야를 가로막으며 달려드는 것부터가 무례하다. 실어증이 전공이라고는 해도, 아플 리도 없는 곳에 통증을 느낀다는 환자들을 어떻게 하면 조용히 시킬까 하는 문제에 매달릴 뿐, 진짜 환자를 만난 적은 거의 없다. 그래서 환자가 나타났다는 사실만으로도 감사한 일인데, 그래도 지금은 수면제 재고를 확인해야 한다. 동료를 무시하고 내 갈 길을 가려는데 상대는 뻔뻔스럽게도 내 팔을 꽉 잡고, 협박하듯 낮게 숨죽인 목소리로 말했다.

"아무리 전화를 해도 전문의가 안 온다고 접수창구 직원이 울먹거렸다고요."

무슨 마피아 영화도 아니고 말이야.

"이거 봐. 남의 전공에 끼어들지 말고 네 일이나 해."

내가 대답했다.

"지금 당장 접수창구로 가지 않으면 모처럼 나타난 환자를 놓칠 거라고."

내 약점을 파고들 심산이로군. 그나저나 이 녀석은 어찌하여 나의 약점을 알고 있는가. 틈만 나면 남의 마음을 들여다보며 쾌락에 빠지는 악마 같은 놈인가. 방향 전환은 제일 싫어하지만, 마지못해 뒤꿈치를 돌려 접수창구로 향했다. 하지만 창구 앞 의

자는 텅 비어 있었다. 크게 심호흡을 하며,

"사람을 불러놓고 자리를 뜨는 건 또 무슨 경우야!"

하고 휠체어를 타고 지나가던 여성 환자에게 고함을 질렀다. 주변에 달리 화를 낼 상대가 없었기 때문에 그 여자의 얼굴을 빌렸을 뿐인데, 상대방은 그걸 개인적인 공격으로 받아들였는지 병원을 고소하겠다면서 씩씩거렸다. 그제야 접수창구 직원 여성이 돌아왔다. 쉬는 시간을 즐기는 고등학생처럼 순진한 표정이다. 나의 분노는 이미 폭발형에서 점착형으로 화학변화하고 있었다.

"잘난 분이 납셨군. 사람을 불러놓고 자리를 뜨다니, 대기업 사장에 맞먹는 담력이야. 아주 믿음직해."

"저는 화장실에 가면 안 됩니까."

"변비가 아니라면 배설에 그리 많은 시간이 필요하진 않을 텐데. 아니면 화장을 고치려 거울 앞에서 애 좀 썼나? 여성이 화장실에서 보내는 평균 시간은 남성보다 훨씬 길다지. 남녀가 시급이 똑같은 건 불평등하다고 그동안 쭉 주장해왔는데, 다음번에 당신을 예로 들어도 되겠나."

"어제부터 몇 번이나 전화가 와서 메시지를 남겨드렸는데요."

"그것참 안타깝군. 나한테는 전화를 받는 일보다 훨씬 더 중요한 일이 있었으니까. 예를 들면 환자를 치료한다거나. 물론 당신은 그런 일을 해본 적 없을 테니 이해를 못 하겠지. 접수창구 일이라고 해봤자 백화점이나 병원이나 카지노나 똑같으니까."

"실어증 환자가 몇 번이나 전화를 했어요."

"몇 번이나 전화를 한다면 실어증이 아니야. 비의학적인 농담은 삼가주게."

그러자 상대도 어처구니없다는 표정으로 입을 다물었다. 나는 여유롭게 지시했다.

"다음에 또 전화가 오거든 수요일 오후로 예약을 잡아줘."

악의는 전혀 없었다. 평소대로 성실하고 유머러스하게 타인의 말에 반응했을 뿐이다.

만약에 불쾌함에 대해 연구하는 학자가 있다면 이야기를 들어보고 싶기는 하다. 아니, 타인의 연구 따위는 신용할 수 없으니, 자기 자신을 실험용 쥐로 사용하여 연구하는 편이 훨씬 낫다. 불쾌함의 요인으로는 음식, 날씨, 옷, 잠, 성생활, 노동 등이 있으리라. 그러니 육식과 채식, 맑은 날과 비 오는 날, 파란 줄무늬 팬티와 흰 팬티, 목을 조르는 넥타이와 노타이, 쿨쿨 잠을 자는 일과 수면 부족, 금욕적인 생활과 정사를 탐하는 생활을 비교하며, 어느 쪽이 더 쉽게 불쾌함을 유발하는지 조사해보아도 좋겠다. 영화, 음악, 독서 등은 의심할 여지 없이 기분이 좋아지는 요인이기에 실험 중에는 피한다. 알코올도 따로 떼어 연구할 필요가 있으리라. 와인은 일시적으로 기분 좋게 만들지만, 길게 보면 성격을 어둡게 만드는 애물단지 같은 액체다. 실험 중에는 비타민제부터 마리화나까지 각종 약품을 입에 대지 않도록 한다.

잉거와 함께 있을 때는 모기에 물려도, 문에 머리를 부딪혀도 화가 나지 않는다. 내게 있어 잉거는 나쁜 기분이라는 벌레를 죽이는 살충제임이 분명하지만, 그녀의 무엇이 그렇게 만드는지 조사하기는 어렵다. 가능하면 그녀의 얼굴, 냄새, 언어 따위를 모두 하나하나 분석하고 싶지만, 그녀의 향기를 맡는 것만으로도 금세 얼굴이 떠오르며 언어가 되살아나기에, 일일이 따로 분석하는 일이 불가능하다. 뇌는 뭐든 엉망으로 저장하는 비이성적인 기관이다. 가능하면 과학자는 뇌 따위 갖지 않는 편이 제일 낫지 않을까 싶다.

수요일 오후에 나타난 Susanoo라는 남자는 상당히 이례적인 환자였다. 어느 영화에서 본 에스키모와 얼굴이 닮았지만, 그 영화 제목이 도무지 생각나지 않는다. 아를에서 요리사로 일하고 있단다. 그 환자를 꼭 봐달라고 전화로 부탁한 사람은 크누트 닐센이었다.

크누트와는 예전에 대학원에서 천문언어학 수업을 함께 들었다. 그렇다 해도 크누트는 아직 신입생이었고 나는 이미 임상의라는 길로 들어서 있었다. 어릴 때 좋아하던 공상과학소설 세계에서나 다루던 모티브를 대학원 수업에서 다루고 있다는 사실을 우연히 알게 되어 참석하게 해달라고 부탁했다. 만약에 화성인이 지구에 찾아온다면 어떻게 대화할까. 우주에서 녹음된 잡음을 언어로 볼 가능성이 있는가. 지구에 존재하는 언어 전체에 통용되는 메타언어를 만들어서, 이를 지구 바깥으로 전달할 수 있을까. 소련 정부가 막대한 예산을 투입해 《자본론》을 화성어로 번역했다는 소문은 진짜일까. 천문언어학 교수는 그런 주제를 다루었다.

대학원 수업을 듣는 학생들은 너무 어려서 대화가 제대로 이어지지 않았다. 젊은 사람들은 대부분 비슷하게 얼굴에 특징이 없다. 붙임성은 좋지만 그건 인격 때문이 아니라 아직 어떤 특색도 형태가 갖추어져 있지 않은 탓이라 지루하기 짝이 없다. 크누트만은 가끔씩 이야기를 나누는 사이가 되었다. 서로 약속해서 누군가의 아파트 부엌에서 단둘이 밤새도록 술을 마신 적도 있다. 그곳은 나의 부엌도 아니고 크누트의 부엌도 아니었다. 친구가 집을 봐달라고 부탁했는지도 모르겠는데, 아무튼 그 부분의 기억은 깨끗이 지워졌다. 별의 언어에 대하여 열띤 토론을 했고, 크누트의 뺨이 상기되어 입술이 요염해 보일 만큼 새빨갛게 달아올랐던 것을 기억한다. 크누트는 나와 정반대로 늘 기분이 좋았고, 흥분하거나 화를 내는 모습도 그때까지 본 적이 없었다. 본격적으로 '불쾌함의 학문'을 연구한다면 크누트에게도 협력을 요청해서, 불쾌함을 모르는 남자란 도대체 무엇을 먹고 무슨 팬티를 입는지 철저하게 조사해보아도 좋겠다.

크누트는 대학에 남아 언어학을 계속 연구한다고 했고, 나는 스톡홀름 연구소로 간다는 사실까지는 알렸지만, 나중에 스톡홀름 연구소에서 잘려서 대학 시절을 보낸 코펜하겐으로 돌아왔다는 연락은 하지 않았다. 거처를 옮기게 된 이유가 그리 자랑스럽지 않은 탓이기도 했다.

크누트는 Hiruko라는 여성을 데리고 왔다. 여성의 얼굴을 보고 Susanoo의 가족이나 친척이라고 생각했지만 그게 아니라 친구에 불과했다. 크누트와 Hiruko는 묘한 사연으로 Susanoo와 친구가 되었고, 그가 아무래도 실어증에 걸린 듯하여 전문의의 진단을 받아보고 싶다고 했다. 오래된 친구가 실어증에 걸렸다면 있을 법한 이야기지만, 실어증을 앓는 사람과 친구가 된다는 건 쉽지 않은 일이다. 말하지 못하는 인간과 어떻게 친구가 되었을까.

Susanoo의 출신지는 이제 존재하지 않을지도 모르는 나라에 있는 후쿠이라는 지방인데, Hiruko에 따르면 후쿠이는 행복한 우물이라는 뜻이라고 한다. 이 정보는 치료에 아무 도움이 되지 않을 것 같지만 우선 메모해두었다. Susanoo는 나이도 알 수 없고, 오래전 후줌에서 친구와 둘이 스시 가게를 운영했으며, 지금은 아를에서 스시 요리사로 일하고 있다고 한다. 그만큼 자기 과거를 이야기했다면 실어증일 리가 없지 않겠느냐고 말참견을 하자, Susanoo의 과거에 대해서는 나누크라는 이름의 친구가 알려주었다고 한다. 심지어 그 나누크가 Susanoo 본인의 입을 통해 들은 이야기는 아니고, Susanoo가 오래전 일하던 가게 주인에게서 들은 이야기라고 한다.

Susanoo는 간단한 프랑스어라면 알아들을 수 있지만, 자기가 먼저 말을 거는 일은 거의 없는 듯하다. 크누트로부터 그런 설명을 들었을 때 쓴웃음이 났다. 전문가라면 말이 없다고 해서 실어증이라고 하지는 않는다. 단순히 '프랑스어를 거의 할 줄 모른다'는 수준이 아닌가. 또 이전에 몇 년 동안이나 써온 게 분명한 독일어도 전혀 말하지 못하는 모양이다. 그런 현상 또한 전문가라면 실어증이라고 하지는 않는다. 단순히 '독일어를 까먹었다'는 수준이 아닌가. 스칸디나비아어는 알아듣지 못한다. 이것도 인류의 거의 대부분에게 통용되는 현상이며, 안타까운 일이기는 하지만 병은 아니다. 문제는 모어다. 크누트는 Susanoo가 "말을 하고 싶은데 할 수 없어서 정신적으로 고통스러워한다"고 진지한 얼굴로 호소했지만, Susanoo 본인이 그렇게 말한 것은 아니다.

그리고 무엇보다 크누트는 가장 중요한 점을 간과하고 있다. 그 모어를 사용하던 나라가 이미 지구상에 존재하지 않을지도 모른다는 점, 설령 존재한다 하더라도 더는 갈 수 없다는 점이다. 그런 언어를 되찾는 것에 무슨 의미가 있겠는가.

"자네는 학생 시절 라틴어나 산스크리트어에도 그리 흥미가 없지 않았나. 사라진 나라의 언어를 되찾아 어쩔 셈인가."

그 순간 크누트의 눈에 분노의 불길이 일었다. 그러고 보니 밤새 같이 술을 마시며 논쟁을 펼치던 밤에도, 크누트가 갑자기 화를 냈던 것은, 내가 "별의 언어 따위 밝혀낸다고 인류에 무슨 도움이 되겠나"라고 주장했을 때였다. 몇 년이나 잊고 있던 일이 갑자기 생각났다. Hiruko는 달래듯 크누트의 팔에 손을 얹으며 이렇게 말했다.

"우리의 나라가 사라졌다는 것이 100퍼센트 사실은 아니다. 가능성일 뿐."

Hiruko가 쓰는 덴마크어가 틀렸다는 사실은 스웨덴인인 나도 곧바로 알 수 있었지만, 이상하게도 그 언어가 늪에서 부글부글 끓어오르는 거품 같은 덴마크어보다 훨씬 더 명쾌했다.

"나는 모어의 사람을 찾았다. 크누트와 함께. 한 남자를 발견했다. Susanoo. 하지만 말하지 않는다."

Hiruko의 목소리는 불만이나 슬픔을 호소하는 게 아니었다. 상대방을 조종하거나 아양을 떨지도 않았다. 오히려 언어에서 언어로 한 걸음씩 조용히 걸어가는 느낌이었다.

"실어증은 당신 전공이잖아요."

크누트가 턱 끝으로 나를 가리키며 말했다.

"흠. 그렇지. 그래서 말인데, 자네는 실어증을 메타포로 사용하고 있어. 한 인간이 말하지 않는다면 곧 실어증인가."

크누트를 정신 차리게 만들기 위해 약간 비꼬듯이 말했지만, 크누트는 그 말을 듣고 오히려 표정이 누그러져서,

"만약 메타포라면 메타포의 힘으로 치료할 수 있을지도 모르겠군요."

하고 노래하듯 말했다.

Susanoo가 '질병'을 갖고 있다고는 생각하지 않지만, 공식적으로 내원했기 때문에 정해진 테스트를 해보기로 했다. 곰 인형이나 박제된 토끼를 보여주며 "이것은 무엇입니까"라고 질문하는 테스트다. 허리를 굽혀 캐비닛 아래 놓인 상자에서 테스트에 필요한 물건을 꺼내 늘어놓는 작업은 요통 때문에 힘들지만, 오늘은 다행히 문문이라는 설거지하는 청년이 도와주었다. 이 청년에게 일을 부탁할 때 언어 사용에 주의하지 않으면 큰 봉변을 당한다는 사실은 이미 알고 있다. 늘 변호사가 달라붙어서 장애

인패스를 소지한 그의 인권을 지켜주기 때문이다. 나는 인간의 약점을 틈타 문문에게 도움을 요청하는 것은 아니다. 문문과 함께 있는 일이 즐겁기 때문에 같이 작업하고 싶을 뿐이다. 마음을 나누는 동료가 달리 없는 내게, 문문은 병원이라는 메마른 화성에서 겨우 찾아낸 우물과도 같은 존재다.

단순한 테스트라도 환자에 대해 상당한 정보를 얻을 수 있다. 어떤 장난감을 보여주어도 표정이 빈 동굴 상태인 환자가 있는가 하면, 목구멍에서 애써 단어를 짜내려 하는 환자도 있다. 잘못된 답을 주는 환자도 많지만 이 방법이 분석과 치료에 가장 큰 도움이 된다. 예를 들어 '쿠마'*를 보여주었는데 환자가 '쿠모'**라고 대답한다면 A가 O로 뒤바뀐 것이 아닌가 하는 가설을 세울 수 있다. 다음에 '우사기'***를 보여주고 '우소기'****라고 대답한다면 가설이 옳다고 볼 수 있다. 이 경우, "O라고 말하고 싶어질 때 A라고 말하는 연습을 계속하면 차츰 좋아질 겁니다"라고 환자를 설득한다. 실제 치료가 그리 간단하지는 않지만, 환자에게 용기를 주는 것도 치료의 하나다.

*　곰.
**　구름.
***　토끼.
****　거짓말 나무.

'쿠마'를 보고 '이노시시'*****라고 대답하는 환자에 대해서는, 생각하고 있는 동물 옆에 보이는 동물로 말이 엇나간 것은 아닌 가 하는 가설을 세운다. '우사기'를 보고 '키츠네'******라고 대답한다면 이 가설이 옳다는 가능성이 더욱 높아지기에, 그림책이나 어린이용 도감을 가져와 환자와 함께 유년기의 풍경 속으로 되돌아가는 것에서부터 테라피를 시작한다. 누구나 머릿속에 가상의 숲이나 정글을 가지고 있다. 어린 시절 수차례 반복해서 들여다보던 그림책과 도감 속 삽화 풍경. 그 속을 토끼와 여우가 함께 달리고, 어째서인지 사냥꾼이 나타나 옆에 있던 사냥감을 잡아버린다. 본심은 어떤 동물도 잡고 싶지 않고 전혀 다른 행동을 하고 싶은 그 기분을 계속 억누르다 보면 그렇게 말이 엇나가는 경우가 발생한다.

"이것은 무엇입니까" 하고 프랑스어로 물었지만 Susanoo는 곰 인형을 흘끗 보기만 할 뿐 아무런 대답도 하지 않았다. 실내에 긴장감이 감돌았다. 침묵에도 여러 종류가 있다. 'A 눈길을 돌리며 말이 없다', 'B 사람을 노려보며 말이 없다', 'C 입술을 샐

***** 멧돼지.
****** 여우.

쭉거리며 말이 없다', 'D 고개를 숙이고 말이 없다', 'E 멍한 눈으로 말이 없다', 'F 거친 숨을 내쉬며 말이 없다', 'G 침을 삼키며 말이 없다', 'H 주먹을 쥔 채 말이 없다'. 침묵의 유형은 과학적으로 기호화되어 있다. Susanoo의 경우는 E이리라. B도 적용된다. 그 후에 살짝 고개를 숙였기 때문에 D도 있다. 알파벳을 늘어세우며 메모를 하다가 잘못해서 I 라고 써버렸다. 아이, 영어에서는 일인칭단수형이다. 고개를 드니 곰 인형이 '돌팔이 의사 같으니' 하고 말하는 듯이 귀여운 단추 눈으로 나를 보기에, 화가 치밀어 주먹으로 가볍게 머리를 한 대 쥐어박았다. 그러자 옆에 있던 Hiruko가 생각지도 못하게 강한 힘으로 내 손목을 잡았다.

"뭐 하는 겁니까. 치료를 방해하는 거요, 아니면 합기도라도 하려고?"

Hiruko의 입에서 대답이 콸콸 쏟아졌다. 게다가 아까까지 쓰던 스칸디나비아 분위기의 언어가 아니라 완전히 의미 불명의 언어였다.

어처구니없어하는 나에게 크누트가 사정을 설명해주었다. 지금 Hiruko가 쓰는 언어가 바로 Susanoo가 잃어버린 모어다. Hiruko도 같은 나라 출신인데 후쿠이는 아니고 다른 지방에서 태어났다. 크누트는 그 지방의 이름을 잊었다는 사실이 부끄러워 "니가타였나, 호쿠에쓰였나" 하고 한참을 갸웃했지만, 그게 현시점에서는 별 의미가 없는 정보라는 사실에는 생각이 미치지 않는 모양이다.

가냘픈 몸 어디에서 그런 소리가 나왔을까 싶을 만큼 Hiruko의 음성에는 강한 울림이 있었다. Susanoo가 입을 열지 않아서 답답한지 원망스레 노려보기도 하고 가여운 듯 응시하기도 하면서 하염없이 말을 걸었다. Susanoo는 꾸중 듣는 소년처럼 고개를 돌리고 딴청을 피우며 Hiruko를 무시하려 하고 있다.

"환자분은 당신이 구사하는 언어를 잊은 게 아니라 거부하고 있다는 생각은 안 듭니까."

Hiruko에게 그렇게 말하자, 이번에는 누구에게랄 것도 없이 마구 말을 해댔다.

"베어는 쿠·마. 오·쿠·마·루, 후미지다.* 깊다, 어둡다, 보이지 않는다, 숨어 있다, 프라이빗, 최후의 방. 입구에서 가장 멀다. 쿠·마."

아까 쓰던 신기한 북유럽어에 미지의 언어를 섞은 말이었다. 옆에서 듣고 있던 크누트가 흥분하며 끼어들었다.

"그렇구나, 쿠·마는 베어가 아니구나. 평소에는 들어갈 일이

---

* 奥まる.

없는 최후의 방. 입구에서 제일 먼 방. 영혼의 깊은 곳."

"깊다, 하고는 달라. 깊다, 는 수직. 오쿠*는 수평."

"그렇구나, 수평이구나. 땅을 파고 구멍으로 들어가는 게 아니라, 멀리멀리 걸어가면 되는 거구나. 우리 같이 멀리멀리 걸어서 가자."

진료실보다는 팝 콘서트장에나 어울릴 법한 크누트의 밝고 명랑한 음성에 찬물을 끼얹는 질문을 해보았다.

"우선은 그 우리, 라는 게 누구를 가리키는지 설명을 좀 해주면 좋겠군."

크누트는 머쓱해하기는커녕 초롱초롱하게 눈을 반짝이며 대꾸했다.

"Susanoo와 나와 Hiruko와, 그리고 나누크. 아까 말했죠. 나누크가 없었으면 Susanoo를 발견하지 못했을 테고 과거 정보도 얻을 수 없었을 겁니다."

"나누크인가 하는 녀석도 소멸한 나라 출신인가."

"아뇨. 나누크는 에스키모예요."

"에스키모가 아니라 이누이트라고 해야 하지 않나."

"나누크는 이누이트족이 아닙니다."

* 奥.

"흠, 알겠네. 그렇다고 뭘 그리 정색하나."

"나누크는 에스키모입니다."

"그러니까 그건 알겠다고. 여긴 뭄바이가 아니라 덴마크야. 에스키모가 그렇게 희귀한 동네는 아니지. Susanoo도 얼굴만 보면 에스키모하고 닮지 않았나. 그가 에스키모라는 가능성은 고려해봤나."

"그건 있을 수 없는 일입니다. Susanoo가 에스키모라면 Hiruko도 에스키모겠죠."

"어째서 Hiruko는 에스키모가 아니라고 확신하나? 본인이 부정해서인가? 여자 말을 곧이곧대로 믿었다가 낭패를 본 경험은 없나?"

크누트는 입을 꾹 다물었고, 나는 통쾌함을 맛보았다. 그래, 나는 논쟁에서 이겨 상대가 입도 뻥끗하지 못하게 만드는 순간을 세상 무엇보다 사랑한다. 말문이 막히는 상황에 놓인 인간과 마주하는 게 좋다.

"뭐, 아무래도 상관없어. 아무튼 크누트 자네가 말하는 일인칭복수형은 그 네 사람을 말하는 것이로군."

Hiruko가 "식스!"라고 외쳤다. 그 말이 섹스로 들린 건 그녀의 발음 때문일까, 아니면 내가 잉거를 생각하고 있었기 때문일까. 크누트가 덧붙여 말했다.

"여섯 명입니다. 전부 여섯 명이에요."

"네 명이잖나."

"아직 두 명이 더 있어요. 먼저, 아카슈."

"에스키모인가."

"아뇨, 인도인이죠."

"갑자기 왜 인도가 튀어나와."

"이곳은 덴마크입니다. 인도인이 있어도 이상하지 않죠. 하지만 아카슈는 코펜하겐에 살지 않습니다. 독일 트리어에서 유학하고 있죠. 나누크를 찾아 Hiruko와 함께 트리어에 갔을 때, 버스정류장에서 우연히 만나 친구가 되었어요."

"버스정류장은 친구를 만드는 장소인가."

"버스정류장에서 만나 결혼하는 연인도 있잖아요. 버스정류장에서 심장마비로 죽는 사람도 있고, 진통이 와서 아이를 낳은 사람까지 있으니까. 버스정류장에서는 온갖 일이 다 일어날 수 있습니다."

"알겠네, 이제 됐어. 대학원 휴식 시간 때 자네하고 대화 나누는 게 좋았던 이유가 생각나는군. 쓸데없는 말이 너무 많아서였어. 젊은 사람들은 과묵하면 안 돼. 하지만 아마도 자네는 유치원 때부터 지금 같았겠지. 아무튼 아카슈라는 그 인도인도 조만간 이리로 문병을 오는 건가."

"올 겁니다. 거기다가 나누크의 애인인 노라도."

"노라라. 드디어 북유럽인 입센이 등장하는군."

"노라는 독일인입니다."

"자네 교우관계에는 맥락이 없어. 무민 마을처럼 여러 부족이 섞였어. 아무튼 이 환자에게는 가족은 없는 거로군."

"Susanoo에게 가족이 있는지 없는지는 단언할 수 없어요. 하지만 분명한 건 우리가 그 사람을 혼자 내버려두지 않을 거라는 사실입니다."

테스트가 이어져 다음으로 박제한 토끼를 보여주었지만 Susanoo는 여전히 말이 없었고, Hiruko는 눈을 반짝이며 또 입을 열었다.

"우사기는 우스게*, 숱이 적다. 악어가 털을 쥐어뜯어 갔다."

"도대체 무슨 소리입니까."

"토끼는 섬에 있다. 대륙으로 건너가고 싶다. 배가 없다. 토끼가 악어에게 말한다. 토끼의 수는 악어의 수보다 많다. 악어는 화가 나서 말한다. 악어의 수가 토끼의 수보다 많다. 토끼는 말한다. 악어는 전부 줄을 서라. 내가 수를 세겠다. 토끼는 수를 세

---

* 토끼는 털이 듬성듬성하다는 뜻. 유사한 발음을 이용한 말장난.

며, 악어를 다리로 이용한다."

크누트가 풋 하고 웃음을 터뜨리며 끼어들었다.

"그런데 토끼가 다 건너기도 전에 계획이 탄로 나서 화가 난 악어가 토끼를 입에 물고 털을 쥐어뜯었지. 알아, 그 이야기. 인디언 구전동화잖아. 옛날에 고만, 오만, 기만에 대한 심리학 세미나에서 읽었어."

"크누트, 자네는 Hiruko가 절대로 에스키모가 아니라고 단언했는데, 인디오일 가능성은 없는가."

크누트는 질렸다는 표정을 지었지만, Hiruko는 미소 띤 얼굴로 고개를 끄덕이며 말했다.

"태평양은 한 권의 그림책."

Hiruko의 얼굴이 인디오처럼 보이기도 하고 에스키모처럼 보이기도 해서 현기증이 났다.

"자네는 무엇을 바라나? 집에 돌아가고 싶은가? 자네의 집은 에스키모가 산재하는 대륙 북부인가. 아니면 태평양인가? 그것도 아니면 자네는 그저 모어로 이야기하고 싶을 뿐인가?"

크누트가 옆에서 끼어들었다.

"Hiruko는 분명 모어로 이야기하고 싶어서 Susanoo라는 인물을 찾아냈습니다. 그리고 그가 말을 하지 않아서 실망했지요. 하지만 지금은 단순히 그를 도와 모어로 대화를 즐기고 싶다는 생각뿐인 건 아닙니다."

"그럼 무엇을 원하나. 사라진 나라에 무슨 일이 있었는지, 밝혀내고 싶은가."

"그럴지도 모르죠. 아니, 그건 아니에요. 사라졌는지 사라지지 않았는지가 제일 중요하잖아요. 우선은 여러 사람을 찾아가 그걸 물어봐야죠. Hiruko가 이렇게 먼 곳에서 끊임없이 언어를 쏟아내는 것도 그런 이유예요."

"뭐, 어쨌든 좋아. 심심할 때는 일이 최고지. 진단을 계속하겠네."

팔 길이쯤 되는 고무 뱀을 보여주자, Susanoo는 상반신이 굳었지만 입으로 말을 내뱉지는 않았다. 대신에 또 Hiruko가 입을 열기 시작했다.

"물뱀, 물, 미드가르드*, 쿠라이요루**, 요르문간드, 호시가미에루***."

잘못 들은 게 아니라면 북유럽 신화 속 명칭인 '미드가르드'가 나왔다.

---

* 가운데를 뜻하는 '미드'와 마당을 뜻하는 '가르드'를 합성한 게르만 조어로 북유럽 신화에서 인간의 눈으로 볼 수 있는 유일한 세계.
** 일본어로 어두운 밤이라는 뜻.
*** 일본어로 별이 보인다는 뜻.

"미드가르드를 알고 있는가. 요르문간드를 알고 있는가."

흥분을 억누르며 확인하자, Hiruko는 고개를 획획 가로저었다. 머리칼이 격하게 공기를 갈랐다. 크누트가 Hiruko의 귓가에 입술을 바짝 대고 설명했다.

"미드가르드는 신화 속에 존재하는 장소야. 천상과 지하 사이에 위치하고 사방이 물로 둘러싸여 있어. 요르문간드는 뱀인데, 몸집이 해양에서 비어져 나올 정도로 커. 평소에는 자기 꼬리를 물고 잠들어 있는데, 그렇게 세계의 외부를 둘러싸며 고리를 이루지."

크누트의 목소리는 상냥해서 마치 어린아이에게 옛날이야기를 들려주는 듯하다. 하지만 요르문간드가 눈을 뜨고 바다에서 나온다면 홍수가 인류를 집어삼켜 남는 것은 죽음뿐이다. 옛날이야기를 하고 있을 때가 아니다. 이러니 안데르센족은 문제가 많다. 그 사람들 혀에 올랐다 하면 파괴적인 자연마저 크리스마스 장식물처럼 보이니까.

물은 두렵다. 어릴 때 북해에 빠져 죽을 뻔한 기억이 있어서인지, 본 적도 없는 홍수에 공포 비슷한 것이 있다. 홍수라는 말 자체로 두려움을 느낀다. 요르문간드에게는 형이 있는데, 그 녀석이 우주에 살고 있다는 이야기를 소설에서 읽은 적이 있다. 과학의 손으로 그 거대한 뱀을 제압한다는 이야기다. 나의 손은 과학의 손이다. 의사라면 누구나 그렇게 믿으리라. 두렵지만 이 손으로 뱀을 제압해야만 한다. 검은 어디에 있나. 이야기에는 반드시 초자연적 힘을 갖춘 검이 나온다. 그런 것이 병원에 있을 리가 없다. 수술용 메스라면 있지 않은가. 아니다, 이 방에서 외과 수술 같은 건 하지 않는다. 포크가 있다. 반짝반짝 빛나고 있으니, 이 포크라도 영웅의 무기가 되리라. 요르문간드의 형이여, 각오하라. 항복인가. 어떤 놈이냐. 언더 컨트롤! 언더 컨트롤!

어느 틈엔가 문문이 방에서 사라졌다. 방에 있을 때는 있다는 것을 의식하지 못했지만, 없어지면 일말의 쓸쓸함을 남기는 타입의 인간이다. 그러고 보니 아까 문문에게 "방해가 되니 나가라"고 호통을 친 것 같다. 분명한 기억은 아니지만 늘 비슷한 일로 고함을 지르기 때문에 안 그랬다는 자신이 없다. 나쁜 뜻은 없었는데, 녀석이 가엾다.

피곤해서 의자에 앉아 깊은숨을 내쉬었다. 그러자 Hiruko가 내 마음의 우편함에 가만히 편지를 밀어 넣었다.

"바다와 강을 다스리는 거대한 뱀. 오로치. 쌀이 풍부해 모두 배가 부르다. 혹은 물이 가득 밀려와 인간이 모두 죽는다. 배부를 것인가, 죽을 것인가. 그것은 오로치가 정한다. 독재 체제."

괜스레 부당한 말싸움을 걸어오는 듯한 기분이 들어서 곧장 반론했다.

"뱀을 일류 레스토랑으로 초대해 토끼 요리를 대접하고, 고급 와인을 따르며 기분을 맞춰주지. 그것은 민주주의가 아니다. 아시아적이다."

"물이 밀려오는 상황에서 데모크라시를 이루려면 어떻게 해야 하나요?"

Hiruko의 목소리는 축 늘어져 있었다.

"홍수가 일어나는 나라에 민주주의 같은 건 정착하기 어렵지."

자포자기하며 말하자 크누트가 냉정히 못을 박았다.

"덴마크도 조만간 물에 잠길 거야."

나는 발끈해서 내뱉었다.

"내 조국만 물에 잠기지 않는다면 덴마크가 잠겨도 상관없어."

그러고는 곧바로 후회하며 서둘러 덧붙였다.

"농담일세. 인간, 지금 있는 나라가 중하지. 여기서 쭉 살 생각이야. 해수면이 올라간다면 인간은 어디로도 도망칠 수 없어."

모두 돌아가자 갑자기 외로워져서 문문을 불렀다. 정리를 부탁하며 생각나는 대로 아무 말이나 했다. 무슨 이야기를 했는지는 기억나지 않지만, 말을 하는 동안 기분이 조금 밝아졌다.

집으로 돌아와 특제 버섯 주스에 위스키를 타서 마시니, 기분이 더욱 맑게 개는 듯했다. 잉거에게 전화를 걸자, 별다른 용건도 없이 전화했다는 걸 걱정해주며 지금 온다고 한다. 혹시라도 가장 외로울 때 외롭냐는 질문을 받았다면 오기로라도 애써 부정했을 것이다. 하지만 이미 기분이 좋아졌기 때문에,

"와줄 텐가. 기쁘군. 오늘 날씨는 정말이지 쓸쓸해."

하고 같잖은 대사를 입 밖으로 내뱉을 수가 있었다. 회색 VILASUND에 나란히 앉아, 잉거의 어깨에 머리를 기댔다. 그런 다음 직접 짠 것으로 보이는 스웨터에 뺨을 갖다 대자 젖가슴의 무게가 느껴졌다.

"존재할 필요가 없는 언어는 많아."

"무슨 뜻이야?"

"사라진 나라의 언어를 못 쓰게 된 자칭 실어증 환자가 찾아왔었어."

"드디어 실어증 환자가 왔구나. 축하해. 잘됐네."

"잘된 일인지 아닌지는 아직 몰라. 아무도 안 쓰는 언어를 되찾아봐야 무슨 의미가 있겠어. 혹을 떼어버렸지만 그 혹이 없으면 내가 나라는 기분이 들지 않아서 다시 혹을 붙이고 싶다고 호소하는 환자가 나타난다면 어쩌겠어? 혹을 붙이는 게 의사의 임무인가."

"자기 의지도 없이 혹을 떼버리는 일이 가능해?"

"악마의 장난으로 뺏길 수도 있잖아. 악마는 수프를 만들 때,

혹으로 국물을 낸다는군."

"당신이 악마라는 말을 쓰네? 비과학적인 이야기는 싫어하는 줄 알았어. 그래서 부두교를 믿는 나라에는 솔직히 안 가고 싶은 거지?"

"악마라고 말한 건 비유야. Hiruko라는 여성은 대단히 특이해. 쓰는 언어가 말이지, 다양한 언어를 직접 뒤섞어 만든 말이야."

"피진 잉글리시구나."

"아니, 자연스럽게 생긴 언어가 아니야. 자기 혼자 만든 언어이고 영어는 거의 없어."

"이해하기 쉬워?"

"사람에 따라 다르지."

"말하자면 당신한테는 이해하기 쉬운 거네. 당신은 그녀에게 매력을 느끼고 있고."

"언어학적인 매력이야."

"아주 강력한 매력이네."

그 소리를 듣고 보니, Hiruko라는 여성과 더 이야기하고 싶다는 기분이 든다.

예전에 일하던 병원에 Hiruko와 닮은 얼굴을 한 아이가 환자로 온 적이 있었다. 예시카라는 이름이었다. 낳아준 엄마는 나라*에서 온 사람이고, 도쿄로 가서 법학을 공부해 '잉크의 밭'** 인가 하는 이름의 구청에 취직했다. 선을 봐서 '큰 손 마을'***이라는 신기한 이름의 마을에서 일하는, 손이 큰 남자와 결혼했지만, 두 사람은 곧 이혼하고, 엄마는 기분 전환을 위해 떠난 캐나다에서 알게 된 스웨덴인과 사랑에 빠져 아이를 가졌으나, 이혼이 정식으로 성립되지 않은 시점이었기에 예시카는 그대로 전 남편의 아이가 되었다. 그런 법률이 있는 나라였다. 고대 중국에서 수입된 법률인데 인간 한 명 앞으로 한 장의 서류를 만드는 것이 아니라, 집 대문 하나에 한 장의 서류를 만드는 '도어 도큐먼트'라는 제도라고 예시카가 설명해주었다. 결혼하면 여성의 이름은 이전 도어에서 지워지고, 남편의 가족 도어에 편입된다. 아이가 태어나면 그 이름도 도어에 추가로 기록된다. 예시카의 어머니는 전남편의 도어에 예시카의 이름을 적어 넣기 싫어서 예시카의 출생을 신고하지 않았다. 그런 까닭에 예시카는 '무국적' 신분이 되어버렸고, 그 나라를 떠날 수도 없게 되었다. 스

---

* 교토 옆에 위치한 오래된 도시.
** 도쿄 23구 가운데 스미다구가 먹 묵(墨)에 밭 전(田) 자를 쓴다.
*** 도쿄의 중심지 오테마치(大手町)가 연상된다.

웨덴에 가면 여권이 없는 난민과 같은 줄에 서서 그 나라 시민권을 딸 수도 있는데, 여권이 없기에 그 나라를 떠날 수가 없었다. 그래서 위험을 무릅쓰고 아버지가 위조된 어린이용 신분증명서를 손에 넣어 해외로 데리고 나갔다. 그렇게 예시카는 북유럽에서 건강하게 자랐다. 학생이 되어 처음으로 사촌이라는 남자가 찾아와서 '도어 도큐먼트' 이야기를 했더니,

"어, 호적 말이구나. 그런 건 이제 없어졌어."

하고 먼 과거의 일을 현재진행형이라고 믿는 예시카를 눈을 동그랗게 뜨고 바라보았다. 대형 자연재해가 일어나 현청과 시청의 서류가 대량으로 불타거나 물에 쓸려 갔고, 호적 대신 생존자 번호 같은 것이 생겼다고 한다. '생존자 번호'라고 하면 너무 비참하게 들리니까 '집이 없어져도 개의치 마라, 괜찮다, 힘을 내라'는 메시지를 담아 대신 '돈 마인드 넘버'라는 이름으로 불렸다. 번호를 받으면 보살핌을 받을 수 있다.

그런 이야기를 들은 날 밤, 예시카는 자신도 돈 마인드 넘버를 받아서 안심하는 꿈을 꾸었다. 서류를 품에 안고 봄날 공원의 벤치에 앉아 깜빡 졸고 있었다. 그런데 갑자기 옆에서 사슴이 나타났다. 귀엽고 검은 눈을 가졌다. 털 색깔은 브루넷이고 하얀 별 모양 무늬가 있는 사슴이었다. 엄마가 말한 적 있다. 고향의 공원에는 사슴이 많고, 사람들이 먹이를 주기 때문에 인간에게 길

들여져 있다고. 사슴은 겁도 없이 다가와 목을 빼고 서류 끝을 입에 물더니 우적우적 먹기 시작했다. 예시카가 소리를 질렀을 때는, 겨우 손에 얻은 돈 마인드 넘버가 사슴의 위 속으로 들어가버렸다.

환자가 꾼 이 꿈 이야기를 어쩐 일인지 자세히 기억하고 있다. Hiruko도 신분증명서가 사슴에게 먹혀버린 것일까. 북유럽의 말코손바닥사슴은 위험할 때도 있지만 종이 같은 건 먹지 않는다. 문화의 차이란 이런 것을 두고 하는 말일 터다.

Hiruko와 이야기를 해보고 싶다는 마음이 생겨난 탓인지, 옆에서 잉거가 자고 있는데도 마음속으로 Hiruko와 이야기를 나누었다.

"자네 고향에서는 사슴 사냥을 하는가."

"하지 않는다. 베지테리언 느낌의 전통. 불교."

"현대에도 육류를 먹지 않는가."

"먹는다. 요시노야, 고베규, 데리야키, 부타망."

"사슴은 먹지 않는가."

"먹지 않는다."

"그렇게 되면 사슴이 너무 늘어 큰일일 텐데."

"사슴은 나라의 공원에만 있다."

"나라. 그렇지, 예시카의 어머니가 그 마을 출신이었다."

"예시카? 아스카*?"

"자네 여권도 사슴이 먹어버렸나."

"여권은 있다. 나라가 없다."

"그렇군. 나라를 통째로 먹다니 아주 큰 사슴이겠어. 아마 북유럽 말코손바닥사슴보다 더 큰 사슴이겠군."

---

* 일본 고대 문화 발상지로 나라현 아스카강 인근 마을이다.

3장

나누크는 말한다

나는 아우토반 입구로 이어지는 완만한 램프웨이 오르막이 시작되는 곳 부근에 섰다. 트리어 마을 방면으로 가는 차는 아직 한 대도 보이지 않았지만 연습 삼아 엄지손가락을 높이 치켜세워 보았다. 손끝을 올려다보니 하늘은 흑에 가까운 잿빛과 백에 가까운 잿빛이 얼룩무늬를 이루고 있어, 하늘의 한 부분을 내가 손끝으로 지지하고 있는 것처럼 보였다. 몇 시일까. 손목시계를 깜박했다. 등 뒤의 자작나무들은 하나같이 비슬비슬 힘없이 키가 크다. 내 키가 너무 작아 자동차 안에서 보이지 않을지도 모른다는 데 생각이 미치자 걱정이 되어 무의식중에 까치발을 했다가 앞으로 꼬꾸라질 뻔했다. 그때 메탈릭레드 컬러의 폭스바겐 폴로 한 대가 다가왔다. 내 모습이 눈에 들어온 모양인지 속도를 줄이며 멈추었다. 운전석에서 빨강머리 여성이 고개를 기울이듯 옆으로 돌리며 내 모습을 확인했다. 남성이 모는 차를 얻어 탔다가 호되게 당한 적이 있는 나는 한시름 놓았다. 여성은 둘 사이에 가로놓인 창문을 내렸다.

"어디까지 가?"

"코펜하겐."

빨강머리 여성은 풋 하고 웃음을 터뜨리며 조수석 문을 열었다.

"우선은 코블렌츠까지 어때? 방향도 대충 맞고 둘 다 KO로 시작하니까."

"코펜하겐이 K로 시작하나?"

"독일어로는 C가 아니라 K잖아. 탈 거야 말 거야?"

내가 서둘러 차 안으로 몸을 구겨 넣자 빨강머리가 우쭐대며 말했다.

"KO라서 녹아웃이네."

나는 KO와 녹아웃의 관계를 몰라서 못 들은 척하며 말없이 안전벨트를 맸다.

"이름이 뭐야?"

"나누크."

"나는 벨로나. 가운데 엘(L)이 두 개야."

자동차는 괴로운 듯 엔진을 드르렁거리며 아우토반의 가속차선으로 들어갔다. 고개를 돌리자 뒤에서 검정색 벤츠가 무시무시한 속도로 바싹 따라붙었다. 벨로나는 그 차를 먼저 보내고 폭스바겐 폴로를 조심스레 오른쪽 차선으로 몰았다. 말투는 거침없지만 운전은 진중하다.

"진짜로 코펜하겐까지 가는 차가 우연히 나타날 거라고 믿었어?"

"그렇게 안 멀어."

"그야 콩고나 콜롬비아보다는 가깝지만 차로 가기에는 너무 멀지 않아? 어째서 비행기로 안 가는 거야? 히치하이킹으로 목적지까지 간다고 치면 식비만 해도 비행깃값보다 비쌀 텐데."

내가 대답이 없자 벨로나는 고개를 슬쩍 내 쪽으로 돌리며 말했다.

"혹시 불법체류자야? 그렇다 해도 상관없지만."

"불법체류자 아니야. 코펜하겐 대학에서 공부 중이야."

"무슨 공부인데?"

"생물학."

"호오. 엘리트구나."

벨로나는 얇은 팥죽색 스웨터를 입고 있었다. 빨강머리 끝자락이 어깨 부근에서 반짝거렸고, 가슴이 손안에 쏙 들어오는 공처럼 볼록했다. 태양이 구름 속에서 얼굴을 내밀었다. 세상에는 수없이 많은 인간이 있고 그중에서 누구를 만날지는 단순한 우연이다. 그런데도 우연히 만난 타인을 마치 자기만을 위한 운명처럼 받아들이고, 급기야는 결혼까지 한다. 트리어에서 만난 노라도 그렇다. 만약 내가 카이저테르멘에서 쓰러져 있을 때 우연히 지나간 사람이 다른 여성이었다면, 크누트와 친구들을 만나 우정을 쌓을 일도 없었을 테고, 오늘 코펜하겐으로 향할 일도 없었으리라. 노라는 나의 인생에 등장할 일 없는 타인이 될 수도 있었던 셈이다.

나의 고향에서는 우연한 만남이 드물었다. 길을 걷다 보면 지나가던 차가 반드시 나를 태워주었는데, 물론 운전사가 아는 사람이기 때문에 히치하이크라고 할 수 없다. 당연히 카 셰어링 같은 멋들어진 유행도 아니다. 차를 타고 가다가 걸어가는 사람을 발견하면 태워주는 문화는 자동차가 도입된 이래 단절된 적 없는 상식이다. 이민자가 유입되면서 상황이 조금 바뀌기는 했지만, 그것은 아주 최근 일이다.

"당신, 코리안이야?"

갑자기 날아든 질문에 당황해서 시간을 벌기 위해 반문했다.

"왜 그렇게 생각해?"

스시의 나라에서 온 척하는 데는 익숙해도 코리안이냐는 질문은 처음이라 준비된 답변이 없었다.

"그야 해외에서 유학하며 생물학을 전공한다면 머리 좋은 노력파잖아. 게다가 단단한 근육질이고."

벨로나는 얇은 스웨터를 입고 있었지만 내게는 꽤나 더운 날씨였기에 겉옷은 벗고 반소매 차림이었다. 원래도 짧은 반소매인데 세탁기에 온도 조절 기능이 있는 줄 모르고 수온 90도에서 세탁한 탓에 옷이 줄어서 팔이 어깨까지 다 드러나 있었다. 얼굴은 아시아계인데 체격이 단단한 근육질 젊은이니까 군대에 다녀왔을 거라고 넘겨짚은 모양이다. 스시나 다시마 다시에 대해서는 빠삭해도 김치에 들어가는 젓갈이 뭐냐고 묻는다면 속수무책으로 머리가 하얘지리라. 처음부터 진실을 밝히는 게 좋겠다.

"나는 에스키모야."

깜짝 놀란 벨로나가 급브레이크를 밟고는 황급히 백미러를 보았지만 다행히 뒤에 따라붙은 차는 없었다.

"미안. 깜짝 놀랐어."

"왜?"

"그게, 오늘 아침 남편이 알래스카 이야기를 했거든. 그동안 한 번도 머나먼 땅 이야기를 한 적이 없는데 갑자기 알래스카에 가고 싶다는 말을 꺼내서 걱정이 됐지. 헤어지자는 말을 돌려서 하나 싶어서."

제멋에 사는 인생을 즐기는 듯 보이는 젊은 빨강머리 여성에게 '남편'이라는 단어가 어울리지 않았다. 물론 '내 소중한 보물'이라거나 '내 사랑 토끼'처럼 꿀이 뚝뚝 떨어지는 애칭을 쓰는 것보다야 담담하게 사실만을 가리키는 '남편'이라는 단어를 쓰는 게 낫지. 아무튼 그래도 말할 의욕이 사라져서 화제를 바꾸어,

"코블렌츠로 가는 길은 강가에 성이 많아서 로맨틱하다고 들었는데 그냥 회색 아스팔트뿐이네."

하고 눈에 띄는 불만을 입에 담아보았다.

"모젤강을 따라 달리면 엄청나게 아름다운 경치가 펼쳐져."

"어째서 그 길로 안 가?"

"관광객도 아닌데 뭐. 예쁜 경치에는 관심 없어."

"관광객이 아니면 뭐, 학생이야?"

"고맙네. 하지만 이젠 대학 같은 데서 유유자적할 나이가 아니지. 직업은 슈바인헨."

'슈바인헨'이라는 말을 들어본 적은 있는데 무슨 뜻인지 생각이 안 난다. 스코피언(전갈)하고 비슷한 생물인가. 전갈은 물장사를 가리키는 은어라 해도 이상하지 않겠는데. 호기심을 억누르는 데 실패하고 솔직히 물었다.

"구체적으로 무슨 일을 하는데?"

"라이벌 회사의 제조 비밀을 찾아내는 일을 해."

"뭘 만드는데?"

"모젤 와인."

"산업 스파이구나."

벨로나가 정말로 최신 와인 제조 기술을 빼내는 스파이 노릇을 하고 있는지, 아니면 그냥 나를 놀리는 것인지 판단이 서지 않아서 화제를 바꾸었다.

"코블렌츠에는 언제 도착해?"

"한 시간 반쯤 남았을까."

"코블렌츠에 도착하면 어디로 가야 할까? 모젤강 북쪽을 따라가면 돼?"

"모젤강은 거기서 끝나니까 못 따라가."

여행은 코블렌츠에서 끝이라는 소리를 들은 사람처럼, 나는 가슴이 철렁 내려앉았다. 벨로나는 만족스러운 표정으로 내가 당황하는 모습을 지켜보더니 이유를 밝혀주었다.

"거기서 모젤강이 라인강으로 흘러들어."

"그럼 그 뒤로는 라인강을 따라 북상하면 되겠네."

"좋은 생각은 아닌 것 같은데."

"어째서?"

"네가 끊임없이 북상하고 싶어 하는 고대 로마인은 아니잖아. 라인강을 따라 쾰른 쪽으로 걷다 보면 너무 서쪽으로 가게 되어서 오히려 코펜하겐에서 멀어져. 지나치게 서쪽이지. 더 북동쪽을 향해 걸어야 해. 거기에는 당신을 이끌어줄 강이 없어. 깊은 숲을 뚫고 나와야 해. 바다가 있는 쪽으로."

"깊은 숲을 뚫고 빠져나가야 하는 거야?"

"맞아. 앞이 제대로 보이지 않는 어두운 숲. 늪지대가 많아서 길을 헤매기 시작하면 빠져나올 수 없어. 그 길에는 교회 탑도 안 보이고, 농가도 없지. 고대 로마인들은 그런 숲을 무척 두려워했어. 우리 선조인 게르만인은 창을 들고 나무 뒤에 숨어 있다가 고대 로마인이 지나가면 와락 덤벼들었지."

조롱거리가 되고 있다는 걸 알면서 등골이 오싹해지는 내가 나도 신기했다.

"아우토반도 없어?"

"있지. 아우토반은 사람이 살지 않는 곳에도 묵묵히 뚫려 있어. 아마 화성에도 있을 거야."

"그럼 운전자에게 어느 길이든 괜찮으니 코펜하겐까지 가고 싶다고 하면 되겠네."

"안 돼, 안 돼. 코블렌츠 길바닥에서 우연히 코펜하겐으로 가는 자동차를 기다리기보다는 차라리 걸어가는 편이 더 빠를걸. 목적지는 함부르크라고 하면 돼. 함부르크로 가고 싶다고 해."

"하지만 함부르크에 갈 이유는 없어."

"사실은 아무 데도 가고 싶지 않은 거 아니야? 그저 여자친구한테서 도망치는 거잖아."

빠른 속도로 달리다 갑자기 급브레이크를 밟은 것처럼 간담이 서늘해져서 반격할 말이 없었다.

"여자친구 이름이 뭐야?"

"노라. 우연히 알게 되었는데 아직 사귄 지 얼마 안 돼."

"하지만 제대로 헤어진 건 아니잖아."

"딱히 헤어질 이유도 없었거든. 일단은 북쪽에 일이 있다고 해놓고 집을 나왔어. 변명은 아니야. 정말로 일이 있어."

"친구가 아파?"

"어떻게 알았어?"

"북쪽으로 향하는 이유로는 전형적이라고 생각해서 말해봤을 뿐이야."

그런 밑도 끝도 없는 이야기를 나누는 사이 코블렌츠에 도착했다. 벨로나는 일단 아우토반에서 내려 다른 아우토반 입구로 이어지는 길까지 나를 데려다주었다.

"여기서 똑바로 걸어가면 히치하이크 핫스폿이 나와. 그럼 몸 건강해."

"너도. 고마워."

자동차가 시야에서 사라진 순간, 벨로나에게 전화번호를 물어볼 걸 그랬다는 후회가 들었다. 이대로 평생 다시 못 만날지도 모른다. 만약 인생이 다시는 만날 수 없는 사람들과 보내는 짧은 시간의 연속에 불과하다면, 지구는 언젠가 산산조각 나버리는 게 아닐까.

혼자 서서 기다리는데 볼보가 다가왔다. 손을 들어보았지만 속도도 늦추지 않고 쌩하니 지나갔다. 그 뒤로 나타난 벤츠나 도요타도 멈춰주는 일은 없었다. 기분이 착잡했다. 어두워지기 시작했기 때문에, 나는 불빛이 보이는 마을 중심부를 향해 터벅터벅 걸었다. 심야 트럭을 얻어 탄다면 거리를 더욱 줄일 수 있을 텐데, 그러려면 더 늦은 시간에 오는 게 낫다. 대형차들이 아우토반을 달리는 건 깊은 밤부터라는 이야기를 들은 적이 있다.

공복 탓인지 기름에 튀긴 생선과 새하얀 밥이 뇌리를 스쳤다. 중화요리인 척하는 가짜 정크 푸드를 먹고 싶다. 마을로 가보면 분명 먹을 것이 있으리라. 하지만 마을에서 파는 음식은 전부 돈이랑 교환하지 않으면 입 구멍에 들어오지 않는다. 노라가 신용카드 한 장을 빌려주었지만 이걸 써버리면 그녀와 이어지고 만다. 카드가 그 기묘한 기계에 꽂혀 들어가는 순간, 나는 노라의 반려동물이 된다. 자유를 지키기 위해서는 돈이 들지 않는 음식을 찾는 수밖에 없다. 어디로 가면 좋을지 가늠이 서지 않지만,

주위가 어두워지기 시작하자 코의 안쪽 점막이 민감해져서, 배기가스 냄새가 흘러드는 방향과 튀김 요리 냄새가 흘러드는 방향을 후각으로 구분할 수 있었다. 그리고 그와는 별도로 어디선가 강의 냄새가 풍겨온다. 가로수에 시야가 막힌 채 일차선 반밖에 되지 않는 좁은 자동차 도로 옆으로 난 소박한 길을 따라 하염없이 걷는데, 뒤에서 자동차 소리가 나더니 현대 소나타 한 대가 나를 몇 미터 스쳐 지나 멈추었다. 남색 털모자를 쓴 중년의 남성이 창문에서 고개를 내밀고, 어디까지 갑니까, 하고 물었다. 꼭 내가 포기할 때만 태워주려는 자동차가 나타나니 신기한 일이다. 벌써 날이 져서 어두운데 이런 쓸쓸한 길을 혼자 터벅터벅 걷고 있는 나를 보고, 강도를 만나 빈털터리가 된 피해자쯤으로 생각하는지도 모른다. 하지만 일반 도로에서 마을 중심지를 향하는 사람에게 함부르크로 가고 싶다 한들 놀림거리만 되리라.

"낚시 사전 답사 갑니다."

거침없이 흘러나온 거짓말에 나도 놀랐다. 완전히 거짓말은 아니다. 생선은 먹고 싶지만 돈을 내고 싶지는 않다. 그래서 낚시를 하고 싶지만 낚시 도구는 없다. 사전 답사라고 하면 낚시 도구가 없어도 의심을 사지 않으리라. 가늘게 뜨고 있던 운전자의 눈이 갑자기 휘둥그레졌다.

"그렇다면 나하고 같군. 괜찮은 낚시터를 알려줄 테니 타게."

이 사람도 낚시 사전 답사를 왔다니 일이 지나치게 쉽게 돌아간다. 무슨 속셈이 있어서 내 말에 맞춰준 것인지도 모른다. 곧장 거절할 만한 이유가 생각나지 않아서 하는 수 없이 조수석에 올라탔다. 차 안은 훈제 생선을 만드는 오두막처럼 연기가 가득했다.

"담배 냄새가 심하지."

내 마음을 꿰뚫어 본 듯이 남자가 말했다.

"내 이름은 슈펜아우어일세. 다들 나를 성씨로만 부르지. 자네는?"

"나누크."

"흔한 이름은 아니군. 어디까지나 라인란트 지역에 국한된 경우겠지만."

말투를 보니 의외로 교양 있는 축인지도 모르겠다. 그러나 교양이 있다고 해서 범죄자가 아니라는 법은 없다. 돌아보니 뒷좌석에 커다란 가방이 놓여 있고, 낚싯대 세 개가 비스듬히 뉘어 있었다. 가만 보니 진짜로 낚시하는 사람인 듯하다.

자동차는 미끄러지듯 길을 따라 나아가더니, 마을 중심부에서 조금씩 벗어나 완만한 언덕을 올라갔다. 돌연 눈앞에 나타난 광경에 나는 숨을 삼켰다. 은색으로 빛나는 두꺼운 띠 같은 강에 이에 지지 않을 만큼 두꺼운 강이 느긋하게, 그러나 인간으로서는 저항조차 할 수 없이 세찬 기세로 흘러들고 있었다. 잘 보이지는 않지만 두 개의 물줄기가 만나는 곳 부근 물속에 수많은 기포가 분투하고 있는 듯했다.

"저것이 카스트룸 아트 콘플루엔테스다."

슈펜아우어는 떡하니 입을 벌린 채 놀라고 있는 내 옆얼굴을 보며,

"모젤강이 라인강으로 흘러드는 지점이야."

하고 설명을 더했다. 그래. 아까 빨강머리 여성도 그 비슷한 말을 했지. 그녀의 이름은 벌써 잊었다. 누군가를 만난다는 것은 덧없구나. 슈펜아우어라는 인상적인 이름도 내일이 되면 잊어버리고 말 것이다. 이 남자, 다들 자기를 성씨로만 부른다고 했는데, 직장이 군대이기라도 한가.

"지금부터 아주 훌륭한 낚시터를 알려주지."

슈펜아우어는 한적한 길로 들어가 길가에 차를 세우고 내게 짐을 들게 한 뒤, 숲속에 묻혀 사라질 듯한 좁은 오솔길을 무릎으로 헤치며 물가로 나왔다. 어렴풋이 다리를 저는 것처럼 보였다. 다른 소리는 거의 들리지 않았기 때문에 바람에 잎사귀 흔들리는 소리가 귀에 거슬렸다. 별안간 시야가 넓어지며 드넓은 강이 눈앞에 나타났다. 어두운 수면이 파충류의 피부처럼 어렴풋이 빛을 발하고 있었다.

"여기서는 물고기가 아주 잘 잡혀. 지형적으로 경비한테 발각도 안 되고."

"낚시가 금지되어 있습니까?"

"아니. 하지만 허가증을 가지고 있는지 확인하는 배가 종종 있어. 허가증 가격이 비싸거든. 그렇게 비싼 요금을 낼 바에는 스시바에 가서 참치라도 먹는 게 싸게 먹히겠지. 하하하."

"스시 가게에 자주 가십니까."

"설마. 날생선을 어찌 먹겠나."

그 소리에 내가 스시 가게에서 일했다는 말은 관두었다.

어두운 수면에 반사되어 어렴풋이 노란색을 띠는 빛은 어디서 오는 것일까. 밝은 문명의 총체인가. 남자는 집게손가락 크기의 작은 손전등을 켜고 도시락에서 미끼를 집어 낚싯바늘에 끼웠다. 나는 그 모습을 못 본 척하며 배에서 나는 꼬르륵꼬르륵하는 소리를 감추기 위해 일부러 거칠게 풀숲을 걷어차 소리를 냈다. 그러자 무언가가 무시무시한 속도로 휘리릭 기어갔다.

"뱀이다."

"흔치 않은데. 링겔나터*인가."

슈펜아우어는 비늘로 뒤덮여 있는 생물이어도 물고기가 아니

***

* 독일어로 풀뱀.

면 관심이 없는지, 낚싯대 세 개 중 하나를 지면에 고정하는 데에만 정신이 팔려 있었다. 미끼가 달린 낚싯대를 밤하늘로 휙 던지자 낚싯줄이 신기할 정도로 쭉 뻗어나갔다. 슈펜아우어는 그 낚싯대를 내 손에 쥐여주고, 세 번째 낚싯대에도 미끼를 끼워 멀리 던진 후 자기가 들고 내 옆에 섰다. 오래전 할아버지와 얼음을 깨고 낚시를 하던 기억이 떠올랐다. 낚싯대 없이 짧은 줄로 손낚시를 했지만 물고기는 잡을 수 있었다.

"자네는 이 근방 사람이 아니군."

이런 말투를 쓰다니 경찰인가. 이름을 성으로 부르는 건 군대만이 아니라 경찰도 마찬가지다. 하지만 경찰이 낚시 허가증 없이 낚시를 할까.

"실은 코펜하겐에 살면서 긴 여행을 떠났다가 집으로 돌아가는 길입니다."

진실은 어디서 털어놓느냐에 따라 거짓보다 훨씬 더 거짓처럼 들리기도 한다.

"코펜하겐이라니 꽤 멀구면. 오늘은 어디에서 왔나?"

"트리어요."

"애인이 트리어에 사나."

내 이마에 노라의 사진이라도 붙어 있나. 애인 이야기라고는 요만큼도 내비치지 않았는데 빨강머리 여성도 그렇고 이 남자도 노라에 대해 알고 싶어 한다.

"네. 애인도 곧 코펜하겐으로 올 겁니다."

"어째서 같이 가지 않고?"

"그 친구는 비행기로 간다더군요."

"그렇담, 자네는 어째서 비행기를 타지 않았나?"

"혹시 경찰청에서 나오셨습니까."

남자의 목젖이 부풀었다가 오므라들었다. 그러더니 남자는 깨질 듯 큰 소리로 웃어젖히기 시작했다.

"왜 그런 걸 묻나?"

"질문하는 방식이 텔레비전에 나오는 형사 같아서요."

"흐음. 자주 만나서 어투가 닮아가나 보군. 자네는 경찰에 체포된 적 있나."

"네. 오슬로에서 한 번 있었죠."

"허가증 없이 낚시라도 한 건가."

"아니요. 고래를 죽였다는 누명을 썼습니다."

"노르웨이에서도 고래를 죽이는 게 법률 위반인가?"

"자연보호단체를 도발해서 마을을 혼란에 빠뜨린 죄가 아니었나 싶네요."

"저런, 본인도 죄명을 제대로 이해하지 못한 건가."

"무죄로 판명 나서 곧장 프랑스로 갔는데 고래 이상으로 큰 문제가 발생하고 말았죠."

"여자 문제인가."

"아니요. 프랑스에서 잉거 닐센이라는 부인과 딱 마주쳤거든요. 제 후견인이었는데 짧게 여행을 다녀오겠다고 하고 출발한 뒤로 끝이 없는 여행을 하게 되었다는 사실을 전하지 않았습니다."

밤의 강을 마주하고 나란히 앉으니, 타인에게 속마음을 털어놓게 된다는 게 신기하다. 거짓을 말하거나 무언가를 숨길 생각은 전혀 없었지만, 지금 꺼낸 이야기가 남의 말 같아서 진실인지 어쩐지 자신이 없었다. 끊임없이 이동하며 살다 보면 과거의 내가 깎이고 떨어져 기억조차 나지 않는 게 아닐까.

"그래서 지금부터 코펜하겐으로 돌아갈 생각이군."

"뭐, 그런 셈입니다. 사실은 조금 더 복잡하지만요."

듣는 이는 밤처럼 차분해서 억지로 이야기를 끄집어내려 들지는 않았다. 노라는 반대로 뭐든 당장 알고 싶어 하고 기대감에 후끈후끈 달아올라서 물어대니까, 추궁당하는 기분에 나도 모르게 거짓말을 하게 된다. 오늘 아침에도 노라는 커피를 마시며,

"코펜하겐으로 가는 비행기표 두 장 예약했어. 내일 항공편이야. 우리가 문병을 가면 Susanoo도 좋아할 거야."

하고 마치 어젯밤 이웃집 개가 짖더라고 하듯이 말했다. 나는 황급히 방어선을 쳤다.

"나는 못 가."

"어째서?"

"비행기는 타고 싶지 않아."

노라의 돈으로 비행기에 올라 부부처럼 나란히 앉아서, 승무원이 테트라팩에서 플라스틱 컵에 따라주는 토마토주스를 마시며 화장품 광고와 호텔 홍보로 가득한 기내 잡지를 펄럭거리는 짓은 딱 질색이다. 노라는 깜짝 놀란 눈치였지만 감정을 억누르고 냉정하게 물었다.

"열차로 가고 싶어? 나는 일이 있어서 시간을 많이 뺄 수는 없어."

"그럼 너는 비행기로 가."

한동안 어색한 침묵이 흘렀다.

"그렇담, 네가 타고 갈 열차표를 예약해둘게."

노라가 말했다.

"내가 해."

"하지만……."

돈이 없잖아, 라는 말을 꺼내려던 노라가 입을 다물었다. 나는 그 순간 떠오른 말을 했다.

"히치하이크로 가고 싶어."

노라는 대꾸할 말을 찾지 못했다.

그 일을 떠올리는데, 갑자기 슈펜아우어가 무릎을 구부리고 허리에 힘을 주며 두 다리를 벌려 완강히 버텼다. 느긋하게 흘러가던 어두운 강이 돌연 저 먼 곳에서 요동치기 시작했다. 슈펜아우어가 엄청난 기세로 릴을 돌려댔다. 낚싯줄을 아무리 감아도 물고기는 꿈적도 하지 않았다. 나는 호흡을 멈추고 기다리고 있다는 걸 깨닫고, 서둘러 다시 호흡했다. 그사이 솟아오른 수면에서 빛나는 포말을 흩뿌리며 뛰어오른 물고기를 슈펜아우어는 익숙한 손놀림으로 풀 위에 내동댕이쳤다. 작은 손전등 불빛을 비추자, 갑옷처럼 생긴 비늘에 싸인 물고기가 보였다. 떨어질 때 나던 큼직한 소리에 비해서는 의외로 작았다. 꼬리로 머리를 칠 듯하며 괴로움에 몸부림치고 있었다. 높이 뛰어오르지는 못해도 움직일 때마다 조금씩 강으로 다가가니 신기한 일이다. 본능적으로 강이 흐르는 방향을 아는가, 아니면 물 냄새가 나는가. 나는 위에서 손바닥으로 물고기를 제압했다. 의외로 차갑지도 미끈거리지도 않았다.

"브락스*로군."

스시 가게에서는 쉽게 볼 수 없는 민물고기다. 슈펜아우어는 가방에서 작은 철판을 꺼내 스위치를 켜고는, 물고기 머리를 돌

---

* 독일어로 잉어의 일종.

로 내리친 다음 축 처진 작은 몸통을 대충 위에 올렸다. 지글지
글하는 소리가 났다. 그 소리에 반응하듯 내 배가 꼬르륵꼬르륵
했다.

"전기나 불도 필요 없는 조리 도구인가요."

너무 기뻐서 당연한 것을 묻고 말았다.

"게다가 빛도 없어서 아무한테도 들키지 않고 어둠 속에서 조
리가 가능하지."

생선이 지글지글 익어가는 희미한 소리가 귀로 들어와 입 속
에 침이 가득 고인다. 공복 탓에 손끝이 떨려왔다. 슈펜아우어는
가방에서 나이프와 포크와 빵 덩어리를 꺼냈다. 내게 포크를 건
네고 그는 나이프로 생선 살을 잘라 칼 위에 올린 뒤 솜씨 좋게
먹었다. 나도 정신없이 빵을 뜯고, 포크로 생선 살을 파먹었다. 평
소라면 소금을 달라고 했겠지만, 소금이라는 단어가 생각나지 않
을 만큼 배가 고팠다. 어렴풋이 진흙을 떠올리게 하는 그 맛이 기
억났다. 언젠가 나이 지긋한 주방장이 이런 게 바로 진정한 잉어
요리사라며 선보였던 수프다. 잉어 요리사라. 이타마에*가 아닌
요리사라. 요리사(cook)와 주방장(板前). 나는 같은 사물을 지칭
하는 여러 가지 복잡한 언어들을 독학으로 습득했다. 이것은 부끄

---

* 板前. 전통 일식집 주방장을 뜻한다.

러운 나의 인생에서 자랑할 수 있는 일이 아닐까. 주방장은 칼을 씁니다, 식사할 때는 나이프를 씁니다, 의사는 메스를 씁니다.

잉어라는 물고기는 유럽에서 유행하는 금붕어가 둔갑한 것이리라. 열심히 교배해 아름다운 색으로 태어난 물고기라면 집 한 채 값은 나가는 물고기도 있다고 한다. 그 녀석의 친척은 진흙 냄새가 진동하는 흙 속에 산다. 빛깔은 소소하지만 요리 방법에 따라 맛은 나쁘지 않다.

식사를 마치고 고개를 들었을 때, 나의 눈이 어둠에 완전히 적응해서 슈펜아우어의 눈과 코가 잘 갖춰진 얼굴이 선명히 보여서 놀랐다.

"자, 이제 슬슬 치우고 가볼까."

가자는 건 나를 재워주겠다는 것일까. 슈펜아우어는 어울리지 않게 친절한 표정으로 말했다.

"이렇게 만난 건 신의 계시일세. 이래 봬도 내가 신심은 깊지. 돈도 넉넉하고. 코펜하겐까지 가는 비행기표는 내가 끊어주겠네. 자네 신분증에 적혀 있는 이름을 알려주게."

그 목소리에는 거부를 용납하지 않는 완강함이 깃들어 있어서 나도 모르게 내 본명을 알려주고 말았다. 살짝 후회하며 낚시 도구를 정리하고 차에 싣는 일을 도왔다. 본명이 알려진다는 것은 약점을 잡힌 것이나 마찬가지다. 조수석에 탄 채 기다렸지만, 슈펜아우어는 좀처럼 돌아오지 않았다. 불안해져서 차에서 내리자 조금 떨어진 곳에서 내게 등을 보이고 상반신을 앞으로 구부린 채 전화를 하고 있었다. 통화가 길어지니 불안해졌다.

자동차는 아까 왔던 길과는 다른 길을 달렸고 금방 역 앞에 닿았다. 슈펜아우어는 택시 타는 곳 뒤에 주차하더니, 돌연 학교 선생님 같은 얼굴을 지어 보이며 말했다.

"지금 가서 함부르크행 열차표를 끊어주겠네. 내일 아침이면 목적지에 닿는 야간열차로 말이지. 함부르크에 도착하거든 중앙역 말고 담토르라는 역에 내려서 높은 빌딩이 딱 하나 서 있는 쪽 출구로 나가면 식물원이 있어. 식물원 입구에서 기다리면 한 남자가 나타날 걸세. 그 남자에게 이 숄더백을 건네줘. 그러면 그 남자가 코펜하겐행 비행기 티켓을 줄 거야."

나는 범죄에 얽히고 싶지 않다, 라고 말하려 했지만 목소리가 나오지 않았다. 추리소설에서 비밀을 알고도 공범자가 되기를 거부하는 인간은 쥐도 새도 모르게 사라진다.

멋모르는 순진한 친구 역할을 이어가다 헤어져 숄더백 안에 뭐가 들었는지 확인한 뒤 경찰에 신고할지 말지 결정하자. 그래, 이 남자 말투가 경찰관 같았던 건 경찰과 이야기할 기회가 많았기 때문이었구나. 성씨로만 자기를 부른다는 건 철창 너머에서 오랫동안 생활했기 때문인가. 나는 멋대로 이야기를 지어내며,

긴장을 감추기 위해 상냥하게 미소 띤 얼굴로 고개를 끄덕였다.

"함부르크에서는 시간이 없으니 서둘러. 열차 티켓으로 공항까지 전차를 타고 갈 수 있네. 직통이야."

슈펜아우어는 차에서 내려 트렁크를 열고 안에서 검은 숄더백을 꺼내 주의 깊게 어깨에 메더니 역사를 향해 걷기 시작했다. 나는 황급히 그 뒤를 따랐다. 입구 홀에서 건네받은 것은 놀랍게도 일등석 티켓이었다.

"쾰른에서 갈아타야 해. 알겠나."

"하지만 쾰른은 너무 서쪽인데요. 코펜하겐으로 가려면 한참 돌아가요. 고대 로마인도 아니고 쾰른까지 갈 이유는 없습니다."

나는 빨강머리에게서 배운 말을 아이처럼 반복했다. 슈펜아우어는 놀라거나 화를 내지도 않고 오히려 쓸쓸한 투로 말했다.

"열차 여행은 빙 돌아가는 편이 오히려 빠른 경우가 많아. 선로가 숲속을 가로지르지는 않으니까. 쾰른을 경유하면 어디든 금세 갈 수 있네. 자, 서둘러. 열차는 2분 후 출발이다. 어서 가지 않으면 놓칠 걸세. 이제 만날 일은 없겠지만, 제대로 해줘."

나는 검은 숄더백을 받아 들어 어깨에 메고 입속말로 우물우물 작별 인사를 하고는, 낚시꾼을 뒤로한 채 두 계단씩 뛰어올라 '1'이라고 적힌 객차 안으로 뛰어들었다. 열차 안은 한산했고, 맞은편 끝에 고급스러운 양복을 입은 남성이 일에 열중하고 있는 모습 외에 다른 승객은 보이지 않았다. 나는 숄더백을 창가 자리에 조심스레 놓았다. 검은 가죽이 두꺼워서 표면을 만져보아도 안에 든 게 권총처럼 딱딱한 물건인지, 아니면 마약을 가득 채운 봉지인지 짐작도 가지 않았다. 지퍼를 슬금슬금 열어보는데 갑자기 뒤에서 "승차권을 보여주십시오" 하는 목청 좋은 소리가 들려서 막 열려던 어둠의 세계를 향한 문을 닫고, 뒷주머니에서 티켓을 꺼내 어깨 높이로 내밀며 뒤돌아보았다. 키가 큰 차장은 티켓을 가만히 바라볼 뿐 좀처럼 가위질할 생각을 하지 않았다. 여권 검사를 할 때면, 공무원이 종종 기분 나쁠 정도로 무표정한 얼굴로 여권을 가만히 들여다볼 때가 있다. 수상한 남자가 사준 티켓이라는 사실이 암호로 기입되어 있어서, 그걸 지금 해독해 대책이라도 세우려는 듯한 얼굴이다. 하지만 티켓을 사준 사람이 설령 살인범이라고 해도, 정식으로 구입한 티켓이라면 이걸 사용하는 일은 합법이다.

차장은 그제야 가위질을 하더니 아무 말 없이 사라졌는데 같은 객실 안에 있는 동안은 내 쪽으로 다시 돌아올 것 같아서 안심할 수가 없었다. 다행히 티켓을 확인할 사람은 나 말고 다른 한 사람밖에 없다. 그런데 문제는 그 사람이었다. 맞은편 끝에 앉아 있던 비즈니스맨 같은 승객이 고급스러워 보이는 양복을 입고 있으면서도 티켓이 없는 모양이었다. 게다가 차내에서 티켓을 사면 요금이 더 비싸다는 사실을 받아들이지 못하고, 실제 가격이 규범 가격보다 높을 경우 어떤 방식으로든 고객에게 미리 고지해야 한다는 내용의 기나긴 강의를 시작했다. 학력을 과시하듯 풍부한 어휘로 귀에 쏙쏙 박히는 훌륭한 언변술이었다. 하지만 차장도 지지 않는다. 할증 요금을 안 내는 것은 범죄라고 했다. 범죄자는 내가 아니라 저쪽이다.

더는 기다릴 수 없었던 나는 창가 자리에 아기처럼 소중히 놓아둔 숄더백 지퍼를 소리 나지 않게 천천히 열었다. 안에는 푸른 타월에 감싸인 두 개의 물체가 있었다. 그중 하나를 들어 올려 타월을 풀자 칙칙한 갈색 곰 인형이 나왔다. 슈타이프사(社)가 만든 빈티지 곰 인형으로 털이 닳아 있었다. 검고 둥근 단추 눈을 보고 있자니 콧속이 가려울 때처럼 웃음이 터져 나와서, 지금 나의 걱정마저 웃어넘기고 싶어졌다. 어쩌면 슈펜아우어는 집에 있던 장난감을 손자에게 넘겨주려던 것이었을까. 우체국이 파업 중인데 손자 생일은 내일이라거나. 그렇다면 나로서는 굉장한 이득을 본 셈이다. 곰을 타월로 정성껏 싸서 가방에 넣고, 다른 하나를 꺼냈다. 크기는 비슷했지만 이게 훨씬 더 무겁고, 심지어 싸하게 차갑다. 타월을 벗겨보니 안에 로봇이 들어 있었다. 가타카나로 '미코토 군'이라고 쓰여 있다. 미는 숫자 3을 가리키고 코토는 어떤 사실을 의미한다. 군은 어린 남자아이 이름에 붙이는 경칭이다. 아무튼 가타카나를 읽을 수 있다는 것만으로도 나는 주변 사람들에게서 우월감을 느꼈다.

로봇의 눈은 어딘가 곰 인형과 닮아서 까맣고 동그랗고 귀엽다. 키는 30센티미터 정도 될까. 팔다리가 이음매 앞뒤로 움직이는 건 물론이고 팔꿈치나 무릎, 그리고 손가락 관절까지 구부러지게 되어 있었다. 빛깔은 블루가 깃든 은색으로 당장이라도 일어나 걸을 듯했다. 스위치처럼 생긴 것은 안 보인다. 어떻게 켜는 것일까. 어쩌면 리모컨을 이용해 작동하게 만드는지도 모른다. 가방 밑바닥을 뒤졌지만 부속품이나 편지는 들어 있지 않았다. 이것도 손자를 위한 깜짝 선물이리라. 나는 로봇을 타월로 감싸고 곰 인형 옆에 누인 뒤 단숨에 지퍼를 닫았다.

어둠의 세계로 향하는 지퍼를 닫아버리자, 더 이상 볼 것이 없어서 지루해졌다. 새까만 유리창을 보아도 보이는 것은 거기 비친 내 얼굴뿐이다. 달리 볼 것이 없으니 그거라도 뚫어지게 보게 된다. 이 녀석은 도대체 어떤 인간인가. 만약 내가 나를 모르고 우연히 이런 얼굴을 가진 남자가 맞은편에 앉아 있었다면 어땠을까. 옆자리에 검은 숄더백을 둔 채 선반 위에 올리려고도 하지 않는다. 왜 그럴까, 나는 생각하리라. 아마도 마약이나 폭탄이 들어 있을 테지. 물론 그대로 들어가 있는 건 아니고, 각성제를 조그만 비닐 봉투에 소분해서 봉제 인형 깊숙한 곳에 숨겨놓

앉을 거라고, 나는 생각하리라. 경찰견이 지나간다면 곧장 짖어
댈 테지만 이곳은 공항이 아니니 후각이 뛰어난 포유동물이 근
무하는 일은 없다. 폭탄은 어린이 장난감으로 위장한 로봇에 내
장되어 있어, 어떤 나라 누군가가 스위치를 누르면 로봇이 목적
지를 향해 제멋대로 걸어가서 자기 몸과 함께 모든 것을 폭파해
버릴 거라고, 나는 생각하리라. 요즘은 이런 로봇이 생겨서 자폭
테러가 사라졌다는 이야기를 읽은 적이 있다. 하지만 이 남자가
그렇게 무시무시한 범죄에 가담할 사람처럼 보이나. 이 녀석 얼
굴에는 선량한 구석이 있지 않은가. 무릎을 꿇고 시베리안 허스
키의 머리를 쓰다듬으며, 얼음을 깨고 그 밑으로 흐르는 물을 시
험관에 담아 소중하게 샘플을 가지고 돌아오는 연구원. 그것이
이 얼굴과 딱 맞는 과업이다. 나는 그렇게 생각하리라.

경찰에 신고하자. 함부르크에 도착해 중앙역에 내리면 철도
경찰이 있을 테니 곧바로 그리로 가는 거다. 하지만 경찰서에 간
다면 나에 대해서도 이런저런 조사를 할 터다. 후견인에게서 장
학금을 챙겨 멋대로 대학을 그만두고 여행을 떠난 일, 스시의 나
라 출신인 척하며 다시 워크숍을 열려고 했던 일, 노라를 속인
일 등 털면 얼마든지 먼지가 난다. 그렇게 책임감 없는 인간을
경찰이 석방해줄까.

신고 같은 건 하지 말고 부탁받은 일만 한 뒤 뒷일은 나 몰라

라 하는 게 제일이다. 설령 함부르크에서 폭파 사고가 나 범인이

잡히더라도, 폭탄은 슈펜아우어가 준 것이고 나는 중개 역할을

한 것에 불과하다. 가령 폭탄이 우송된다 해도 우편배달부가 체

포되지는 않는 것과 같다. 나는 숄더백 속 내용물이 어린이 장난

감이라고 생각했기 때문에 무죄다.

하지만 불쾌한 조사는 피할 수 없을지도 모른다. 슈펜아우어

혹은 그 남자가 함부르크발 항공권을 예약한 기록이 남아 있다

면 내 이름이 거론될 것이다.

이렇게나 걱정을 하면서도 나는 어째서인지 금세 깊은 잠에

빠져들었다. 돌이켜보면 어릴 때부터 걱정이 있으면 숙면을 취

하는 버릇이 있다. 곯아떨어지기만 하면 더는 아무 생각도 할 필

요가 없기 때문이리라. 스스로도 참 편리한 성격이다 싶다. 열차

가 격하게 흔들려 눈을 뜨자 창밖은 벌써 환했고 엘베강을 건너

는 철교 위를 달리는 중이었다. 하늘은 당장이라도 비가 내릴 듯

한 색을 띠고 있었지만, 그래도 아침에는 아침의 반짝임 같은 것

이 있어 기분이 맑아졌다.

슈펜아우어가 하라는 대로 중앙역이 아니라 담토르역에서 내

렸다. 찬 바람이 뺨을 때려 북극의 냄새가 나는 듯했다. 내가 북

쪽으로 향하고 있다는 게 기뻤다. 어째서 트리어 같은 곳으로 흘

러들었던 것일까. 하물며 아를 같은 곳은 내가 이해할 수 없는

남쪽 문명이 쇠사슬로 인간의 마음을 과거에 묶어놓고 있었다. 지중해 근처 땅에는 혀에서 살살 녹는 맛있는 음식과 몸에 걸치는 것만으로도 정욕이 끓어오르는 옷이 있을지도 모른다. 하지만 몸에 기름을 바르고 여자들이 핥도록 만들고는 마지막에 사자에게 잡아먹히게끔 하다니 끔찍하다. 나는 털가죽으로 몸을 감싼 채 얼음 위에서 시베리안 허스키와 장난치며 놀아야 한다.

언덕처럼 지대가 살짝 높은 플랫폼에서 사방을 둘러보니, 한쪽은 아름다운 역사적 건물이 늘어선 마을이고, 다른 한쪽은 수목이 빼곡한 것으로 보아 식물원인 듯했다.

나는 스쳐 지나는 사람들 등허리에 부딪히지 않게 숄더백을 가슴에 안고 계단을 천천히 내려갔다. 어디선가 커피 향기가 났지만 돈이 없다는 사실을 깨달았다. 게다가 여기서 노라의 신용카드를 쓴다면 내가 이 시간 이 역에 있었다는 걸 증명하는 꼴이 된다.

식물원 울타리를 따라 걷다 보니 금세 커다란 입구가 보였다. 입구라고는 해도 식물원이라는 간판이 있는 것은 아니고, 입장권을 파는 창구가 있는 것도 아니다. 금속으로 된 울타리가 활짝 열려 있고, 그 안에는 정면에 크고 평평한 돌을 수평으로 쌓아 올려, 하늘을 향해 수직으로 뻗은 수목과 배합한 구역이 보였다. 그 뒤로 꽤 많은 식물이 우거진 듯했다.

나는 숄더백을 가만히 지면에 내려놓고, 눈에 잘 띄도록 팔짱을 끼고 다리를 쩍 벌린 채 섰다. 함부르크에서는 시간이 별로 없다고 슈펜아우어가 말했던 것 같은데 몇 시에 출발하는 비행편일까. 역 쪽에서 후드티를 깊숙이 덮어쓰고 주머니에 손을 찔러 넣은 채 걸어오는 젊은 남자, 슈트로 몸을 감싸고 주변 분위기를 살피며 걸어오는 남자, 흐린 날인데도 선글라스를 쓴 남자 등 의심이 가는 인물은 몇몇 있었지만, 다들 나를 무시하고 스쳐 지나가버렸다.

조금 떨어진 곳에는 땅바닥에 앉아 기타를 치고 있는 마르고 거무스름한 남자가 있었다. 아마추어치고는 실력이 상당하네. 노라가 좋아하는 신티-로마 집시 기타 연주를 들은 적이 있는데 그것과 비슷한 음악이다. 발걸음을 멈추고 바닥에 놓인 헌팅캡에 동전을 넣고 가는 사람은 없다. 악기는 니스 칠이 벗겨져서, 기름때로 번들거리는 상의와 빛바랜 바지와 색채가 잘 섞여 어우러졌다. 이 남자는 오늘 밤 어디서 자고 내일은 어디서 지낼까. 남자는 평온하게 화음을 타면서 그에 맞춰 슬픈 노래를 부르기 시작했다. 이탈리아어인 것 같은데 억양은 슬라브 느낌이다. 도대체 어느 나라 말일까. 어디선가 들어본 적이 있다. 남자는 노래를 다 부르더니 천천히 일어나 내 쪽으로 다가왔다. 음악을 들려준 감사의 표시로, 가능하면 5유로 정도 건네주고 싶다.

하지만 현금이 없다. 그런데 남자가 손을 내미는 대신 꼬깃꼬깃 접힌 종이를 품에서 꺼내 내 코앞에 내밀었다. 펼쳐보니 내 이름이 적힌 코펜하겐행 비행기 티켓이었다. 남자는 웃지도 않고 숄더백을 들고는 원래 자리로 돌아가 기타를 손에 들었다. 나는 더 대화를 나누고 싶었지만 티켓을 보니 출발 시간이 한 시간 남짓밖에 남아 있지 않았다.

숄더백이 사라졌기에 몸도 마음도 가벼워졌다. 그대로 공항으로 달려가 입국 수속을 마쳤을 즈음에는 마음이 완전히 평정심을 되찾았다. 게이트 앞까지 와서 목이 무척 마르다는 사실을 깨달았지만 현금도 없고 무료 음수대도 없어서 남몰래 쓰레기통을 뒤지며 도는데, 아직 물이 약간 들어 있는 에비앙이 보였다. 그걸 집으려는데 옆에서 손이 불쑥 뻗어 나와 페트병을 빼앗기고 말았다. 손에 천 가방을 든 전형적인 수집가였다. 빈 페트병 한 개를 매점에 가져가면 팔다 남은 빵 한 개 정도를 살 수 있는 보증금을 받을 수 있으리라. 다섯 병 모으면 소시지 샌드위치가 얻어걸릴 수도 있다.

"잠깐만요. 안에 든 물은 제가 마실게요."

야구 모자를 쓴 마른 남자가 의심 많은 눈초리로 나를 보았다.

"페트병은 반드시 돌려드리겠습니다."

상대방은 떨리는 손으로 에비앙을 내밀었고, 나는 뚜껑을 돌려 열고는 단숨에 마셨다.

"고맙습니다."

당연한 말이지만 감사의 말은 감사함을 드러낸다는 생각이 들었다. 아직 탑승 방송 전인데도 게이트 앞에 줄이 생겼다. 줄 서기를 좋아하는 사람들인가 보다. 마지막 탑승객이 된다 해도 비행기를 탈 수 있다는 것만으로도 기적 같은 일이다. 갓난아기가 작은 가슴에 온 세상 외로움을 전부 떠안고 큰 소리로 울어댔다. 방송이 시작되자 먼저 갓난아기가 사라졌다. 천천히 줄이 움직였다. 내 옆자리는 비어 있었고, 나는 왠지 거기 노라가 타고 있는 것만 같은 기분이 들어 마음이 편치 않았다.

기내에서는 고무처럼 질긴 햄과 맥없이 물컹한 양상추가 들어간 샌드위치를 나누어주었다. 다 먹은 뒤 부끄러움을 꾹 참고 한 개 더 달라고 했더니, 승무원이 생긋 웃으며 카트 아래 서랍을 열고 한 개 더 꺼내주었다. 이제껏 자존심 때문에 그런 부탁은 해본 적 없는데 해볼 만하구나. 이걸로 오늘 밤 식사도 확보했다.

순식간에 코펜하겐에 도착하고 보니 정오가 조금 지난 시각이었다. 오늘 저녁 비행기를 탄다던 노라보다 먼저 도착하고 말았다. 게다가 신용카드는 한 번도 사용하지 않았다. 아마도 노라는 내가 일주일 정도 지나 초췌해진 모습으로 병원에 나타날 거라고 생각하고 있으리라. 그렇게 생각하니 통쾌하다.

택시 타는 곳으로 가자 남녀 다섯 명이 줄을 서 있었다. 나를 무료로 태워줄 법한 사람은 누구일까. 다섯 명밖에 없어서 한 명씩 다가가 부탁하지 않고 다소 큰 목소리로 모두에게 들리도록 말했다.

"친구가 아파서 왕국병원에 가야 하는데, 혹시 저를 태워주실 분 계십니까?"

고풍스러운 모자를 쓴 쉰 살쯤 되어 보이는 여성이 잡아먹을 듯한 눈으로 날 지켜보더니, 은근히 사람의 마음을 유혹하는 목소리로 말했다.

"나랑 같이 가시죠. 병원이 우리 집 근처니까."

나는 고맙다는 인사를 하면서 눈은 맞추지 않으려고 했다.

"덴마크어 잘하네. 그린란드에서 오신 분인가?"

"네. 유학생입니다. 독일 여행 중에 친구가 병에 걸렸다는 소식을 듣고 돌아왔습니다."

"그 친구도 그린란드에서 오신 분이고?"

"아니요, 아시아인입니다."

"중병이에요?"

"인간에게 필요한 기본권을 앗아 간 병입니다. 본인은 무척이나 괴로운 모양입니다."

택시가 왔고 부인이 앞자리에 탔기에 다행히 대화는 거기서 끊어졌다. 택시는 신호 따위 존재하지 않는 땅을 달리는 듯 브레이크도 밟지 않고 도로를 미끄러져 갔다. 전능한 신이 된 듯 눈앞의 신호가 계속해서 파란불로 바뀌는 꿈을 꾼 적이 있다. 꿈속에서 내가 운전하는 것은 언제나 개썰매다. 달리는 곳은 유럽의 대도시인데, 타고 있는 것은 개썰매다. 비웃음을 살 것 같아 꿈 이야기는 아직 아무에게도 한 적이 없다.

"대학에서는 뭘 공부해요?"

앞자리 여성이 고개를 돌려 내 얼굴을 보며 물었다.

"생물학입니다."

"훌륭하네. 졸업하면 무슨 일을 할 생각인가?"

"북극의 생물계를 연구하고 싶습니다."

거짓말은 아니지만 또 다른 내가 중얼거리고 있는 것만 같아, 느낌이 괜찮은 이 우등생에 대해 실은 나도 아는 것이 별로 없다는 기분이 들었다. 이대로 대학에 돌아가면 그 친구의 인생이 다시 시작되고, 나는 무대 뒤로 물러나야 할지도 모른다.

택시가 병원 앞에 도착하자 부인은 내게 명함을 건네고는 운전사에게 "공항 방면으로 돌아갑시다" 하고 말했다. 작은 목소리였지만 차에서 내리기 직전에 듣고 말았다. 뭐야, 병원 근처에 산다는 건 거짓말이었구나.

병원 안으로 들어가자 덴마크어로 원내 방송이 들렸다. 고향으로 한 발 다가선 듯한 기분이었다. 고향이란 여러 개이고 상대적인 것이다. 내가 레이캬비크에서 나고 자란 건 아니지만, 레이캬비크는 코펜하겐보다는 고향이다. 하지만 이곳 코펜하겐도 오슬로보다는 고향이다. 그리고 그 오슬로마저도 함부르크보다는 고향이다. 지구에는 구멍도 있지만 연속성도 있다. 그것은 바다가 이어져 있기 때문이다. 아직 가본 적은 없지만 알래스카나 시베리아도 내가 태어난 땅과 마찬가지로 차가운 물로 이어져 있다. 물도 얼어버리면 딱딱한 대지와 같아서, 개썰매를 타고 그 위를 달릴 수 있다. 머나먼 나라에서 온 Susanoo나 Hiruko가 나와 얼굴이 닮은 것도 지구에 연속성이 있기 때문이다.

접수창구에서 Susanoo 이름을 댔다. 아마도 지금 3층에 있을 테지만 4층에 있을 가능성도 있다는 애매모호한 답변이 돌아왔다. 엘리베이터를 타고 '3'을 눌렀는데 신발 밑창을 지지하고 있던 바닥이 점점 가라앉기 시작했다. 누군가가 지하로 갈 생각에 버튼을 눌렀다가 마음이 바뀌어 엘리베이터에서 그냥 내렸을 때 이런 경우가 있다. '지하로 가라'는 덧없는 신호의 기억이 지워지지 않은 탓에 엘리베이터는 나를 태우고 하강했다. 문이 열리고 눈앞에 흰 작업복을 입은 청년이 나타나 할로, 하고 길게 잡아끄는 투로 말했다. 그 말에 이끌리듯 나는 엘리베이터에서 내리고 말았다.

"당신은 여기로 올 생각이 아니었는데 와버렸군요. 저의 이름은 문문입니다."

청년이 말했다. 나는 기묘하게 솔직해지는 기분이 들었다.

"Susanoo라는 친구의 병문안을 왔어."

"그 사람은 4층에 있어요. 3층일지도 몰라요. 곰이랑 토끼랑 이야기를 나누고 있을지도 몰라요."

"곰이랑 토끼? 어째서?"

"닥터 베르마는 Susanoo가 말을 못 한다고 철석같이 믿고 치료를 하고 있어요."

"철석같이 믿고 있다니? Susanoo가 말을 할 수 있다는 거야?"

"할 수 있습니다."

"너한테 말을 했어?"

"저에게 츠쿠요미라고 했습니다."

"무슨 뜻인데?"

"아마 제 이름이겠지요. 저는 문문. 츠쿠요미는 아니지만, 츠쿠요미인지도 모르죠. 당신은 이름이 뭐죠?"

"나누크야. 이 엘리베이터, 고장 난 거 아니야?"

"안에 망령이 타고 있어서 제멋대로 움직여요."

"망령이라니, 호러 영화인가?"

"그렇습니다. 호러 영화입니다."

그렇게 말하며 문문이 손끝으로 가리키는 곳을 보니 문문과 닮은 여자아이가 텔레비전을 보고 있었다. 화면에는 엘리베이터에 탄 여성 환자가 나오고 있었고, 마침 엘리베이터 천장에 달린 합판 한 장이 떨어질 것처럼 덜렁덜렁 흔들리며 그 너머에서 망령의 목소리가 들려오는 장면이었다. 나는 일부러 소리 내 과장되게 웃어 보였지만 괜히 섬뜩해져서 하반신이 오그라들었다.

"계단으로 갈게."

"계단으로는 갈 수 없습니다."

"화재가 나면 어떻게 해?"

"화재는 위험한 사건입니다."

"미안하지만 같이 엘리베이터를 타고 3층까지 가줄 수 있을까."

그렇게 한심한 부탁을 하며 겁쟁이라는 걸 만천하에 드러낸 것은 처음 있는 일이었지만, 문문이라면 믿을 만하겠다는 기분이 들었다. 문문은 고개를 끄덕이며 나와 함께 엘리베이터를 타고 지상 세계로 올라가, 어느 방의 문을 노크하더니 베르마라는 의사를 소개해주었다. 놈은 우리 둘을 위협적으로 빤히 쏘아보았지만, 문문은 태연하게 말했다.

"이 사람은 나누크입니다. Susanoo의 병문안을 왔습니다."

"자네가 언제부터 안내인이 되었나. 뭐 상관없어. 어서 자네 자리로 돌아가."

고맙다는 인사는커녕 말투가 영 까칠해서 친절과는 거리가 먼 사람이라는 생각이 들었지만 문문과 베르마는 싱글벙글 웃고 있었다. 거기 놓여 있던 등받이 없는 의자에 앉아야 할지 망설여졌다. 베르마는 "자, 앉으십시오"라고 말하는 대신,

"NILS입니다."

하고 말했다. 그 방에 있던 다른 누군가를 소개해주는 줄 알고 두리번거렸지만, 우리 외에는 아무도 없었다.

"NILS를 모르십니까? 둥근 의자 이름입니다."

그렇게 말하며 베르마가 살짝 웃었기에, 우주인과 대화를 나누고 있을지도 모른다고 각오를 다졌다.

"이케아 가구의 상품명입니다. 가족 같은 것이라서요. 신경 쓰지 마십시오."

베르마는 자신의 수상쩍은 행동에 주석을 더하듯 말했다. 나는 은근히 안심이 되었을 뿐만 아니라, 상대방이 특이하기는 하지만 신용할 수는 있을 것 같다는 기분이 들었다.

Susanoo는 '병'이 아닐 수도 있으나 연구 대상으로 흥미롭기 때문에 본인의 동의를 얻어 한동안 이곳에 머무르게 되었다

고 베르마가 설명해주었다. 평소에는 자기가 병에 걸렸다고 믿는 유복한 환자를 치료하는 일이 주요 업무인데, 레벨이 낮은 이 병원을 조금이라도 학술계가 주목할 만한 병원으로 탈바꿈시키기 위해 이 기회를 이용해 임상 시험에 힘을 기울일 생각이다, Susanoo는 환자라고 보기 어렵기에 병원 옆에 있는 펜션에 묵고 있으니 그리로 가면 될 거다, 라고 알려주었다. Susanoo의 거주비가 연구비에서 나가고 있다는 이야기를 듣고 나는 나도 모르게,

"부럽네요. 저도 무슨 연구든 참가하면 안 될까요."

라는 뻔뻔한 이야기를 입에 담고 말았다. 그러자 베르마의 눈이 물고기의 배처럼 미끈하게 빛났다.

"자네 이름이 나누크라고 했지. 스시 가게에서 일하면서 Susanoo 이야기를 듣고 그걸 크누트에게 알려준 게 자네라고."

"잘 알고 계시네요."

"크누트하고는 오래된 친구야. 녀석이 하는 이야기에는 사람 이름이 하도 많이 나오니까 머릿속으로 정리하기 힘들 때가 있어. 하지만 자네 이름에는 어딘가 원시적인 울림이 있는 까닭에 기억하고 있었지."

'원시적'이라는 단어를 쓰다니. 차별 발언으로 고소당하는 일을 두려워하지 않는, 선진국에서는 보기 드문 인간이다.

"자네는 학생인가."

"그렇습니다. 생물학을 전공하고 싶습니다. 처음에는 의과 대학을 목표로 했는데 따지고 보면 그건 부모님 희망 사항이었죠."

"부모 탓으로 돌리는 건가. 어차피 자신의 희망사항 같은 건 없지 않나."

"있습니다. 바다에 사는 동물에 흥미가 있고 그걸 먹은 인간의 건강에도 흥미가 있지만, 메스로 사람의 살을 째거나 하는 건 도저히 힘들어서."

"말하자면 외과의가 될 만한 사람은 잔혹한 인간이고, 자기는 섬세한 인간이다 그건가."

"아니요. 다만 약을 먹는 걸 싫어해서, 환자에게 약을 먹으라고 말하는 데도 저항이 있을 거라고 생각합니다. 또 어디 가만히 앉아 있는 걸 힘들어하는 체질이라, 애초에 내가 대학과 어울리는 사람이었나 싶으면 자신이 없어져서, 그래서 여행을 떠났는데."

"그랬는데?"

"스시 가게에서 일하며 다시 국물 연구를 하게 되었죠. 하지만 유학할 때 장학금을 지원해준 후원자에게는 한 마디도 하지 않고 긴 여행을, 그러니까 무기한 여행을 떠나버린 꼴이 되었습니다. 말을 해야 한다고 생각은 했지만."

"어째서 안 했나?"

"그야 말하기 거북하지 않습니까."

"어째서?"

"상대방이 크게 화를 낼 테고."

"그렇다고 죽이기야 하겠나."

"저한테 실망해서 슬퍼할지도 모르고."

"슬퍼하는 건 그 사람 마음이고 자네는 알 바 아니지."

"게다가 실은 트리어에 여자친구가 생겨서 그 집에서 한 달 이상 머물렀는데, 학교로 돌아가게 되면 여자친구에게 코펜하겐에 가겠다고 선언해야 하잖아요. 하지만 좀처럼 그 말을 꺼낼 수가 없을 것 같다는 생각이 들어서요."

"어째서 말을 못 하지?"

"상대방이 상처받을 테니까."

"자네 말이야, 상처라는 단어는 병원에서나 쓰는 말이고 아마추어가 메타포로 쓸 법한 말이 아니야. 마음의 상처 같은 건 존재하지 않아. 존재하는 건 심장의 상처뿐이지. 게다가 자네는 어째서 그렇게 상대방의 반응에만 신경을 곤두세우나."

"글쎄요."

"상대방에 대한 걸 생각해봐야 의미가 없네. 그 사람은 그 사람이고, 어차피 자네는 그 사람을 이해할 수 없어. 자네 멋대로 상상하는 것뿐이지. 상대방이 낙담할 거라는 둥 슬퍼할 거라는 둥, 그런 것에 무슨 의미가 있나? 상대방은 아무래도 좋아. 상대방이 어떻게 생각하든 아무 상관 없어. 자기가 진실이라고 생각하는 말을 그대로 정직하게 말하면 돼."

"부럽네요."

"어떤가, 한 달쯤 나와 성격을 바꿔보지 않겠나. 인생이 나아질 것 같다는 기분이 드는군."

"성격을 바꾸는 일이 가능합니까."

"현대 의학으로는 못 할 것이 없지."

"뇌 이식수술입니까."

"정신과 의사가 칼을 드는 건 식사할 때뿐이야. 수술 같은 건 안 하네."

"다행이네요."

"이건 실험이야. 내용은 결과가 나올 때까지 극비로 해주게. 체재비까지 줄 수는 없지만 사례금은 주겠네. 자네는 학업을 계속하면서 일주일에 두세 번만 여기 오면 돼."

만약 정말로 베르마가 될 수 있다면, 닐센 부인을 만나도 지금까지 있었던 일, 이제부터 생길 일을 주저 없이 있는 그대로 입밖에 꺼내어 말할 수 있으리라. 노라가 코펜하겐에 도착하면 이

제 트리어로 돌아가지 않겠다고 서슴없이 말할 수 있으리라. 나는 베르마다, 두려울 것 없다. 그렇게 생각하며 주먹으로 가볍게 가슴을 한 번 쳤다.

4장

노라는 말한다

나는 여행에 대해 생각하며 멍하니 있었다. 이미 끝난 여행이 아니라 앞으로 시작할 여행이기에 아직 손발이 없다. 정확히 말하면 손은 있지만 발이 없다. 먼저 길을 떠난 나누크를 뒤쫓듯 전방으로 뻗어 공중을 휘젓는 손. 황급히 전화번호를 누르는 손가락. 어찌할 줄 몰라 이마를 짚은 손등. 손은 여러 개지만 발이 아직 안 나왔다. 여행을 떠날 발이 보이지 않는다.

비행기 티켓 두 장을 예약해두었는데 나누크는 히치하이크로 간다면서 혼자 먼저 출발해버렸다. 남겨진 나는 아마도 혼자 코펜하겐으로 날아가 나누크를 기다려야 하리라. 누구 기다리는 걸 잘 못 한다. 더군다나 언제 올지 모르는 사람을 기다린다니. 차라리 나누크를 태운 차가 해안선을 달릴 때, 파도로 변신해 와락 덮쳐서 바다로 끌어들이고 싶다, 따위의 만화영화에나 나올 법한 발상을 하며 그런 내게 질려 혀를 내두르다가, 여기서 제일 가까운 해안은 어디인가 하고 머릿속으로 지도를 그려본다. 이 주변에 바다는 없다. 북해나 발트해도 체감 거리는 달나라만큼 이나 멀다. 차라리 달로 변신해버릴까. 하지만 달은 남성명사라 안 된다. 그렇다면 돌풍으로 변신해 들판을 달리는 자동차를 휙 뒤집어줄까. 바람도 남성명사라 안 된다. 안 되는 것 천지라 잠들지 못하고 시간만 질질 끌며 뒤척이다 보면 아침은 오고, 아무리 슬픈 아침이라 해도 태양은 의연히 떠올라 여성명사를 그만두는 일이 없으며, 에너지의 양도 줄어들지 않는다. 늘 타오르니까 연료가 조금씩 줄어 태양이 작아진다 해도 이상하지 않을 텐데 그런 일도 없다. 재생 가능한 에너지다.

요즘에는 편리한 사이트가 생겨서, 내가 여행을 가면 얼마나 많은 지하자원을 쓰는지, 대기를 얼마나 오염하는지 간단히 체크할 수 있다. 트리어에는 공항이 없기 때문에 제일 가까운 룩셈부르크 공항을 자주 이용하곤 한다. 한 사람이 에어버스 A320기로 룩셈부르크에서 코펜하겐까지 가는 데 소비하는 재생 가능한 에너지는 462kWh이고, 이것은 휘발유 41L에 해당하는 양이라고 적혀 있다. 차로 갈 때는 휘발유 39L가 들고, 비행기로 갈 때와 큰 차이가 없다. 비행기는 한 시간 45분밖에 안 걸리는데 차로 가면 열 시간은 걸린다. 자동차의 결점을 짚고 넘어가니 기분이 조금 후련했다. 히치하이크로 가겠다는 나누크의 선택은 역시 잘못되었다. 같이 출발하지 않아서 다행이다. 그리 생각하고 싶다. 이산화탄소 배출량을 비교해보면, 한 사람당 비행기가 120kg, 열차가 0.79kg, 자동차가 105kg이다. 다시 말해 자동차는 속도가 느린 것치고 비행기와 거의 비슷하게 대기를 오염하는 열악한 탈것인 셈이다. 역시 나누크의 선택은 잘못되었다. 그리 생각하고 싶다.

답답해서 창문을 열었다. 그리고 이제껏 놓치고 있던 점을 깨달았다. 만약 내가 나누크와 함께 히치하이크를 했다면 운전사를 포함해 그 차에 타고 있는 사람은 최소 세 명이니 3으로 나누면 한 사람당 소비하는 기름의 양은 13L로, 비행기를 탔을 때보다는 적다. 또다시 심란했다. 아무래도 나누크와 함께 히치하이크를 하는 편이 좋았을지도 모르겠다. 그때 어디선가 '열차'라는 단어가 슈퍼맨처럼 날아와 나를 떠메고 특급 ICE 일등석에 앉혀주었다. 열차로 가면 된다. 철도는 모든 탈것의 제왕이다. 열차로 코펜하겐까지 가면 열다섯 시간 가까이 걸리고 차표도 항공권보다 비쌀지 모르지만 그 대신 소비하는 에너지가 70kWh로 자동차나 비행기에 비해 월등히 적다. 게다가 아까부터 간과하고 있던 배기가스 용량 항목을 보면 역시 열차가 압도적으로 우등생이다. 무게가 아닌 부피를 통해 사물의 중요도를 측정하는 것은 배기가스만이 아니다. 약혼반지에 박힌 다이아몬드처럼 작아도 묵직한 사랑도 있고, 가볍지만 가슴속에서 제멋대로 부풀어 나날이 부피가 커지는 사랑도 있다. 나누크는 어느 쪽일까. 아무튼 분출되는 배기가스의 용량을 비교해보면, 자동차는 $52.76\,m^3$이고 비행기는 $60\,m^3$로 그리 큰 차이가 나지 않는데 열차만 $0.34\,m^3$로 놀랄 만큼 적다. 역시나 열차로 가는 게 좋겠다. 혼자서 열차에 올라타는 여성은 도덕심만 발달되어 있어서 섹시하지 않다고 말하고 싶으리라. 하지만 말이지, 히치하이크니 어쩌니 하며 멋을 부릴 뿐, 본인은 돈에 휘둘리는 사회와 연을 끊고 깨끗한 척 여행을 하고 싶은 모양인데, 자동차가 없으면 애초에 히치하이크도 할 수 없고, 자동차 산업이야말로 금전중심사회의 주역이 아니냐고, 나는 마음속으로 나누크에게 저항하고 있다. 물론 나누크는 딱히 자본주의를 비판한 적 없고, 내가 멋대로 옛날 애인과 나누크를 겹쳐 생각하고 있었을 뿐이다.

지금 생각났는데, 어쩌면 나누크는 자동차를 좋아하는 건지도 모른다. 같이 길을 걷다가 주차되어 있는 차를 나누크가 보고 멈춰 선 적이 있었다. 부신 듯 가늘게 눈을 뜨며,

"도요타 새 모델이네."

하고 중얼거렸다.

"도요타가 회사 창립자 이름이야?"

내 질문에 나누크는 구두시험 때 전혀 예상하지 못한 질문이 나와 깜짝 놀란 수험생 같은 얼굴로,

"아니. 지명이야. 멋진 마을이지."

하고 대답했다. 당시에는 아직 나누크가 에스키모라는 사실을 몰랐기 때문에,

"이 자동차가 제조된 마을 근처에 살았어?"

하고 집요하게 물었는데,

"어? 이 차? 이건 켄터키주 공장에서 제조된 거야."

하고 대답했다. 어째서 켄터키주인지 알고 싶었지만, 나누크가 미간을 찡그렸기 때문에 입을 다물었다.

히치하이크가 나를 향한 무언의 항의라는 기분이 드는 건 어째서일까. 만약 나누크가 나보다 일주일 정도 늦게 나타나, 구깃구깃 더러워진 옷과 기름진 머리칼을 여봐란듯이 들이밀며 묵묵히 서 있다면, 나는 무슨 말을 해야 할까. 그런 건 쿨한 것도 뭣도 아니야, 곯을 만큼 곯은 세속의 사치를 버리고 청빈한 여행자가 될 각오라면 자신의 다리에만 의지해야지, 남의 차를 얻어 타는 히치하이크라, 취직은 안 하면서 부모한테 생활비 받는 거나 마찬가지잖아. 하지만 그렇게 주먹 꽉 쥐고 상대방 가슴을 마구 치듯 못된 말을 쏟아붙인다 해도 꽁꽁 언 눈처럼 꾹 다문 입은

열리지 않으리라. 행위에는 행위로 답하는 게 제일이다. 예를 들면 히치하이크에 대항하여 걸어서 코펜하겐까지 간다든가. 나누크보다 몇 주일이나 늦게 목적지에 도착해서, 핼쑥한 얼굴로 눈동자만 반짝반짝 빛을 내며 내가 걸어왔다는 사실을 은근히 알려준다면 나누크도 깜짝 놀랄 것이다. 더는 내게 돈과 이성으로 상식을 밀어붙이는 연상의 여자 역할을 떠넘기지는 못하겠지. 나누크보다 훨씬 더 터무니없는 짓을 하면서 몸을 사리지 않는 여행길에 오른 거니까. 그런 일이 가능하다면 분명 대단히 유쾌하리라.

나는 눈을 감고 공상에 잠겼다가 잠시 후 눈을 떠, 사이트에 '걸어가는 여행'이라는 선택지가 있다는 사실을 알아차렸다. 비행기, 열차, 자동차 옆에 그 전까지는 눈에 들어오지 않았던 자전거, 오토바이, 그리고 등에 배낭을 짊어진 사람 아이콘이 보였다. 클릭하자 사람 일러스트가 좌우로 움직이며 터덜터덜 걷더니, '코펜하겐'이라고 적힌 팻말 앞에 우뚝 섰다. '20일 한 시간 7분' 걸린다는 데이터가 나왔다. 그 위에 작은 글씨로 '휴식 시간은 열두 시간'이라는 주의 사항이 적혀 있었다. 매일 열두 시간 걷는다는 것은 아침 8시에 걷기 시작해서 저녁 8시까지 쉬지 않고 걷는다는 이야기다. 잠깐 산책만 해도 금방 카페에 들어가 쉬고 싶어지는 나에게 그런 강행군이 가능할 리 없다. 인간이 소비하는 에너지는 기름으로 환산할 수 없는지 여행에 총 '피자 58판 걸림'이라고 나왔다. 내 경우 최선을 다해 매일 여섯 시간 걷는다고 해도 목적지에 도착할 때까지 40일이 걸리니까 피자를 116판 먹어야 하는 셈이다. 아니면 매일 소비하는 에너지가 절반이라 먹는 피자의 양도 절반인가.

알람을 듣고 서둘러 일어나 인스턴트커피를 마신 뒤 옛날 LP판처럼 생긴 커다란 피자 한 판을 통째로 먹고 숙소에서 뛰쳐나오는 나를 상상한다. 나는 어째서 걷고 있나. 생각에 잠기면 쓸데없이 칼로리가 소모된다. 점심때까지는 한참 더 가야 하는데 어째서 걸어야 하지? 어째서 나누크지? 각종 의문들이 아기 새처럼 주둥이를 크게 벌리고 밥 줘, 밥 줘, 하며 지지배배 재촉한다. 내면의 목소리 같은 게 아니다. 진짜 새의 지저귐이다. 빈틈투성이 음계를 오르락내리락하는 새. 날카로운 단음을 화살처럼 쏘는 새. 꽁지가 붉은 새. 목 부위가 노란 새. 이곳은 숲속. 정신이 번쩍 든다. 나는 지금 걸어서 여행길에 오른 것이 아니다. 여행은 아직 시작도 안 했어. 데이터를 모으고 있을 뿐이다.

문득 바삭바삭하게 구운 얇은 피자가 먹고 싶어졌다. 산 지 몇 주나 지난 생지를 냉장고에서 꺼내 올리브오일과 토마토페이스트를 바른다. 빨간 토마토를 보자 '피투성이'라는 말이 떠올랐다. '피투성이'라는 말은 영화에서 보는 피보다 더 무섭다. 하지만 인간이 히치하이크를 하다가 살해되어 피투성이가 된 채 길바닥에 버려지는 일은 아주 드물다. 공항에서 폭탄 테러 사건에 휘말릴 가능성이 훨씬 높다. 지금쯤 나누크는 난생처음 보는 운전자 옆자리에 앉아 꾸벅꾸벅 졸고 있으리라. 추울수록 하얘지는 작은 양파를 가능한 한 잘게 썰었다. 콧속 점막이 찌릿찌릿하면서 눈물이 앞을 가려 시야가 뿌예졌다. 지난주에 알이 굵고 단 양파를 사려고 했는데, 그날은 가게에 자극이 강한 종류밖에 없었다. 나누크도 지금쯤 눈에 눈물이 가득 고여 있을지도 모른다. 자동차를 태워준 사람의 슬픈 러브스토리를 듣느라고 말이다. 덕분에 자기 슬픔을 눈물로 변환할 줄 모르는 나누크는 오랜만에 펑펑 울고 눈물샘 청소를 하는 거다. 나는 지금, 양파의 힘을 빌려 울고 있다. 우리는 의외로 이렇게 동시에 울고 있는지도 모른다.

피망을 얇게 저며 생지에 올리고, 녹색 올리브를 올리고, 버섯을 잘게 잘라 올리고, 마지막으로 상처에 반창고라도 붙이듯 종이처럼 길쭉한 치즈를 정성스럽게 올렸다. 오븐에 피자를 넣고 창가에 서자 깊은 한숨이 나왔다. 한숨도 이산화탄소로 이루어져 있다. 사랑에 빠진 사람은 격렬히 호흡을 하거나 자주 한숨을 쉬기 때문에 평소보다 훨씬 더 많이 공기를 더럽히고 있는지도 모르고, 걸어서 떠나는 여행도 책상 앞에서 일할 때보다는 공기를 더럽힐

게 틀림없다, 라고 생각하자 호기심을 참을 수가 없어져서 컴퓨터 앞으로 돌아오고 말았다. 사람이 트리어에서 코펜하겐까지 걸어가면 길 위에 0.15kg의 이산화탄소를 내뿜는다, 라는 데이터가 나왔다. 열차의 약 5분의 1이라니 생각보다 많다.

　꿈을 꾸었다. 사위가 둥둥 떠 있는 것처럼 희다. 하늘과 땅의 경계가 어디쯤인지 알 수 없다. 그곳에 잿빛을 띤 무언가가 나타났다. 썰매다. 가까이 다가가니 북극곰과 눈 토끼가 썰매를 끌고 있고, 후드가 달린 새하얀 방한복으로 몸을 감싼 사람이 타고 있다. 나누크다, 라는 생각이 들자 심장이 고동친다. 썰매가 멈추고 후드를 거칠게 열어젖힌 청년은 얼굴이 조금 닮았긴 해도 나누크가 아니다. 어디선가 본 적 있는 마르고 햇볕에 그을린 청년. 눈초리나 이마에 주름이 파여서 젊으면서도 나이를 먹었다. 설마 장래의 나누크인가.

　"나누크를 찾는데요."

　상대는 대답이 없다.

　"당신은 독일어를 합니까?"

　"까니습겠르모? 다니입어일독 은것이."

　구성 요소는 익숙하지만 조합과 순서가 기묘해서 뜻을 알 수 없는 말이 돌아왔다.

"당신은 영어를 합니까?"

상대는 입을 크게 벌리고 천천히 한 단어를 발음했지만 이해할 수 없다. 같은 공간에 있는 것 같아도 이미 죽은 사람인지도 모른다. 그게 아니면 실마 내가 죽었나, 싶었을 때 뺨에 아가미가 생기는 것만 같은 통증에 휩싸여 눈을 떴다.

그 사람은 누구였을까. 나누크는 아니었다. 일단 꿈 밖으로 나오니 남자 얼굴이 생각조차 나지 않는다. 침대 옆 선득한 벽을 손으로 문질렀다. 몸을 일으켜 창틀로 네모나게 도려낸 잿빛 하늘을 보았다. 나누크가 꽤 멀리 떨어져 있다는 기분이 들었다. 고대 로마인들은 코펜하겐 부근을 하프니아라고 불렀다. 거기서 모피가 들어오고 여기서 와인을 보내는 유통이 이루어지고 있었다고는 해도, 하프니아는 상상도 하지 못할 만큼 멀리 떨어진 변방의 땅이었다. 당시만 해도 에스키모가 트리어로 들어오는 일은 없었으리라. 하지만 변방이라는 건 어디까지나 우리 편견이고, 에스키모에게는 고대 로마제국의 도시 따위 딱히 매력적이라는 생각도 들지 않았으리라. 몰랐던 것이 아니라 알아도 부럽다는 생각이 들지 않았겠지. 나누크는 이제 트리어로 돌아오지 않을지도 모른다. 그럴 경우, 내가 북유럽으로 이주해야 한다. 내가 그렇게 대담한 일을 저지를 수 있을까.

커피 컵을 입 근처에 가져간 채 마시지 않고 멍하니 있는데 전화벨이 울렸다. 받아보니 아카슈였다.

"그날 이후 잘 지내? 크누트와 Hiruko는 Susanoo 병문안을 간 모양이야. 그 두 사람은 사는 곳이 가까워 좋겠어. 여기서 코펜하겐이 조금 멀기는 해도 너랑 나누크가 간다면 같이 갈까 해서."

"나누크는 혼자 출발했어. 비행기 티켓 두 장을 예약해두었는데, 나와 함께 떠나기를 거절했어."

"무슨 소리야?"

"히치하이크로 가고 싶다는 로맨틱한 아이디어가 나누크 머릿속을 점령해버린 것 같아."

"히치하이크는 위험할 텐데."

"위험도는 하늘을 여행하는 일도 똑같지. 공항이 폭파되기도 하고, 비행기가 납치되기도 하고, 추락 사고도 있으니까. 히치하이크가 위험하다고 생각하지는 않지만 계획을 세울 수가 없으니 내가 답답해."

"나누크가 언제 올지 알 수 없다는 말이야?"

"맞아. 그렇게까지 운명에 휘둘리는 데는 익숙하지 않은데. 독일에서 운명이라는 말은 죽은 언어야. 쓴다고 해도 비유로 쓰일 뿐이고."

"하지만 네가 나누크를 만난 것도 운명 아닐까. 인도의 구루

144

처럼 지혜의 말을 꺼내고 싶지는 않지만 말이야."

"너는 구루가 아니라 인도의 리얼리스트지."

"리얼리스트로서 묻겠는데, 앞으로 어떻게 할 거야?"

갑자기 조금 전까지 예상도 하지 못했던 훌륭한 계획이 하늘에서 내려왔다.

"네가 여행의 동반자가 되어주지 않을래? 티켓 걱정은 하지 말고."

"그럴 순 없어. 요금은 제대로 지불할게."

"그럼 코펜하겐에서 커피 사."

"커피는 너무 저렴하잖아."

"요즘 커피값이 항공권보다 비싼 곳도 있어. 러시아 스타일 커피를 주문한다면 모스크바로 날아가는 것보다 비쌀지도 모르지."

"그런 예를 든다면, 아일랜드 스타일 커피라고 하거나 러시아 스타일 핫초코라고 해야 하는 거 아닐까?"

"지식이 풍부하네."

"카페테리아학이라는 학문이 있으면 좋을 텐데."

"학교는 안 가도 돼?"

"지식보다야 친구가 중하지. 코펜하겐에 가서 크누트를 만날 생각에 들뜨네."

"우리가 가는 게 Susanoo에게 도움이 될지 모르겠다."

"될 거야. 지혜를 모으면 Susanoo를 도울 수 있지 않을까. 룩셈부르크까지는 버스로 갈 거지? 중앙역 버스정류장에서 만나자."

전화를 끊고, 여장한 아카슈와 나란히 걷는 내 모습을 떠올려 보았다. 아카슈는 골격이 늘씬하고 구릿빛 피부가 팽팽하다. 나는 피부가 눈처럼 희기 때문에 살이 찌지도 않았는데 지방을 연상시킨다. 금발은 빛을 받으면 부풀어 보인다. 그 풍부함이 나는 마음에 들지만, 아카슈와 나란히 걸을 때 나 혼자 부풀어 보이는 것은 싫다. 머리를 묶어야겠다. 늘씬해 보이려면 검은 옷을 입어야겠지만 검정이 안 어울린다. 빨강 겉옷이 있지만 사리와는 빨강의 성질이 다르다. 서로 다른 종류의 빨강이 맞붙는다면 빨강과 빨강이 물고 뜯는 상태가 되어버린다. 옛날에는 극도로 촌스럽게 여겨졌다. 요즘에는 일부러 빨강과 빨강을 물고 뜯게 만드는 디자이너도 있다고 동료가 말했던가. 애초에 그런 이야기를 꺼낸 것은 내가 근무하는 박물관에서 다양한 빨강을 조합한 티셔츠를 팔기 시작했기 때문이었다.

직장에 전화를 거니 곧장 동료가 받았다.

"네, 카를 마르크스 하우스입니다."

외부인인 줄 알고 점잔 빼는 목소리로 전화를 받는다.

"아, 저 노라인데요."

"노라, 단기 휴가 잘 보내고 있어?"

"실은 친구가 아파서 코펜하겐에 가게 되었는데 곧바로 돌아올 수 없을 것 같아서요. 휴가를 일주일 더 연장할 수 있을까요."

"그래. 마침 관람객도 많지 않고 정원 정리도 끝났으니까. 딱 일주일 늘려둘게. 그 대신 우리 아들 학교가 여름방학에 들어가면 믿을 사람은 너밖에 없어."

"알겠어요. 고마워요."

멀리서도 아카슈는 금세 눈에 띄었다. 진빨강 사리로 몸을 감싸고, 고교생이 들 법한 남색 스포츠백을 어깨에 두른 채 흰 스니커즈를 신었다. 이것저것 뒤섞는 걸 멋있다고 생각하나, 아니면 실용적인 관점에서 하나하나 골라 조합한 것인가. 버스정류장 앞에는 줄이 늘어서 있었고, 다른 사람들은 등을 구부린 채 손바닥 위 기계를 노려보며 만지작거리고 있는 데 반해, 아카슈는 혼자 목을 빼고 주위를 둘러보다가 나를 발견하더니 미소를 지으며 가느다란 팔 한쪽을 높이 들어 올렸다.

버스에 오르니 분위기가 이상했다. 다들 서류가방이나 핸드백만 들고 있다. 여행을 떠나는 사람은 우리뿐인가. 아카슈에게 그 이야기를 하려는 순간, 상대방이 전혀 다른 화제를 꺼내 들었다.

"Susanoo는 도대체 어떤 상태일까? 말을 할 수 없게 된 건 물론 병이지. 하지만 말 안 하고 있다가 낫는 병도 있잖아."

"그래서 침묵 세미나가 유행하더라. 동료가 얼마 전에 참가한 적이 있다면서 이야기해줬거든. 일부러 휴가를 얻어 세미나 하우스에 머물면서 일주일 동안 말을 안 한대. 식사는 세 끼 나오지만 각자 개인실에서 밥을 먹고, 명상은 정해진 시간에 큰 방에 모여서 다 같이 해도 대화는 금지였대."

"참가비를 내고 침묵하는 거로군. 얼마쯤 하나."

"일주일에 천 유로 정도라고 들었어."

"하지만 참가비에는 식비와 숙박비도 포함되어 있는 거잖아. 침묵 자체는 얼마일까."

"글쎄. 세무서에 내는 서류에는 식비와 숙박비가 따로 적혀 있을 테니, 세무서 사람은 침묵의 가격을 알고 있을지도 모르겠네."

"침묵도 상품이 될 수 있을까. 상품의 가치는 어떻게 정하는 거더라?"

아카슈의 진지한 얼굴을 보고 나는 웃음을 터뜨렸다.

"내가 마르크스 박물관에서 일하니까 그런 말을 하는 거구나."

"아니야. Susanoo에 대해서 생각하고 있었어. 그는 침묵을 생산하고 있어."

"누구한테 파는데?"

"Susanoo의 침묵을 치료하는 사람, 간호하는 사람, 교통수단을 이용해 병문안을 가는 사람, 그 사람들이 사는 꽃 등등 여러 가지 경제활동이 발생해."

"우리가 병문안 가는 걸 그만둔다면 우정의 동맹파업이네."

그런 농담을 뱉은 뒤 해서는 안 될 말을 했다는 걸 깨달았지만 이미 쏟아진 물이었다. 누구나 공항 가는 길에 '항공기 납치'나 '테러' 같은 말을 쓰지 않도록 신경 쓰지만 '동맹파업'도 이용자 입장에서는 상당한 재난이다.

버스에서 내려 공항으로 들어서는데 인적이 드물다. 칙칙한 녹색 유니폼을 입은 여성이 정면에 있는 체크인 카운터를 막 떠나려 하기에 서둘러 불러 세워 물었다.

"파업이라도 하시나요."

"우리 항공사 파업이 아닙니다. 공항 파업입니다."

여성이 차갑게 대답했다. 공항에서 일하는 사람들. 산더미처럼 쌓아 올린 트렁크를 수레에 싣고 운반하는 사람들. 화장실 앞에 청소 중이라는 팻말을 세우고 물걸레로 바닥을 문지르는 사람들. 표정이나 입을 벌리는 크기도 최소한으로 억제한 채 질문에 척척 대답하는 안내 창구 사람들. 분명 그런 사람들이 오늘은 한 명도 보이지 않는다.

"그렇다는 것은 모든 항공편이 취소되었다는 말씀이네요."

아카슈가 내 생각을 목소리로 내주었다. 녹색 유니폼을 입은 여성은 당연하잖아요, 라는 듯한 눈초리로 돌아보았을 뿐 대답하지 않고 자리를 떠났다. 우리는 한동안 하릴없이 공항 내부를 서성이다가 여행사 간판을 발견했다. 창구에 서 있는 사람들 얼굴이 하나같이 불안해 보였다. 아카슈만 소풍 나온 아이처럼 즐거운 얼굴이다. 차례가 돌아와 코펜하겐까지 어떻게 가면 빠를지 상담했더니, 쾰른 본 공항에서 코펜하겐까지 가는 게 가장 현명할 거라기에 알아보았지만 이미 매진이었다.

"직항은 없습니다. 그렇다면 프랑크푸르트나 파리까지 열차로 간 뒤 항공편을 이용해야 할까요."

여행사 직원은 남을 돕는 자원봉사자라도 되는 것처럼 진지하게 찾아봐주었다.

"지금 끊을 수 있는 항공권은 파리에서 여덟 시간 기다려서 갈아타야 하고 요금은 2천 유로입니다. 차라리 뉴욕까지 갔다가 코펜하겐행으로 갈아타고 유럽으로 돌아오는 게 더 저렴하겠네요."

그 소리에 아카슈는 트라이앵글을 쳐대듯 마구 웃었지만, 나는 엉겁결에 진지한 반론을 펼치고 말았다.

"안 됩니다, 아무리 가격이 저렴하고 시간을 절약한다고 해도, 뉴욕까지 간다면 방대한 양의 재생 불가능 에너지를 소비하는 꼴이 되고 대기를 오염해요."

여행사 직원은 바보처럼 솔직한 나의 환경보호론에 큰 저항 없이 부드럽게 고개를 끄덕이며 손으로 다른 루트를 찾았다.

"그래요, 그렇다면 이건 어떨까요. 로스토크까지 열차를 타고 가면 코펜하겐으로 가는 배가 있어요. 열차 여행은 오래 걸리지만, 배로 가면 두 시간이고 가격은 백 유로죠. 지금 상황에서는 비행기보다 빠를지도 모릅니다."

멍하니 생각에 잠겨 있던 아카슈가 고개를 천천히 가로저었다. 여행사 직원이 수상하다는 듯이 쳐다보기에, 나는 서둘러,

"인도에서는 고개를 옆으로 흔드는 게 예스라는 의미입니다."

하고 설명했다. 아카슈는 정신을 차리고 놀란 얼굴로 나를 보며 말했다.

"잘 아네. 생각에 잠겨 있다 보니 나도 모르게 옛날 버릇이 나왔어."

설마하니 배로 여행하게 될 줄은 생각지도 못했다. 나는 배를 타본 적이 거의 없다. 관광객을 따라 모젤강이나 라인강 유람선을 탄 적은 있어도, 배를 타고 바다로 나가본 적은 없었다. 머릿속에 떠오른 지도에는 안개가 끼어 있었지만 북쪽으로 어렴풋

이 항구가 보였고, 아아, 저것이 발트해구나, 독일을 나가는 출구구나, 하는 생각이 들었다. 스웨덴, 핀란드, 발트3국, 러시아령 칼리닌그라드, 폴란드. 나는 조바심이 났다. 어서 빨리 덴마크행 선박을 찾아야 했다.

"너도 백주몽 상태야?"

아카슈가 이상하다는 듯이 내 얼굴을 빤히 들여다보았다. 나는 문득 정신이 들어 파리라도 내쫓는 듯한 손짓으로 백주몽을 털어냈다.

"너는 무슨 백주몽인데?"

"배가 많이 정박해 있지만 덴마크로 가는 배를 찾을 수가 없었어."

"나는 훨씬 더 극적인 백주몽이야. 발칸 지역과 남유럽이 사막화되어 사람이 살 수 없어졌고, 수천만 명이나 되는 사람들이 북쪽으로 이동하는 거야. 왜 그래, 무슨 일 있어? 얼굴이 창백한데. 저기, 열차가 온다. 사람들이 다 내리면 곧바로 탈게. 되도록 안쪽까지 들어가자."

아카슈는 꽉 들어찬 사람들 사이로 가느다란 몸을 밀어 넣으며 앞으로 나아가다가, 내가 어정쩡하게 뒤에 서 있는 것을 보고 다시 돌아와 손을 잡아끌어주었다. 비어 있는 좌석은 한 자리도 없어 보였지만, 객실 중앙까지 들어가자 테이블을 마주하고 앉는 4인석 통로 자리 두 개가 비어 있었다. 아카슈와 마주 보며 앉고 나서야 왜 그 두 자리가 비어 있었는지 어렴풋이 알 것 같았다. 창가에 마주 앉은 두 남자의 얼굴 가득 문신이 있었다. 마오리족 흉내를 내며 문신을 시작했다가 중간에 귀찮아져서 내팽개친 것처럼 보였다. 뺨과 이마의 피부는 염증 반응이 일어난 듯 붉다. 아카슈도 두 남자를 슬쩍 보았는데 전혀 동요하지 않고 오히려 만족스럽다는 듯 눈을 가늘게 뜨며 말했다.

"생각보다 붐비지는 않네."

나는 농담이라고 생각하고 웃었지만, 웃은 뒤 농담이 아니었을지도 모른다는 데 생각이 미쳤다. 아시아 열차에 비하면 붐비지 않을지도 모른다. 나는 아시아라고 불리는 세계에 발을 들인 적이 없다. 이스탄불에서 '아시아 거리'라고 불리는 길을 걸어본 적이 있는 정도다. 인도에서 중국, 그리고 그곳보다 한참 더 멀리 있는 Hiruko와 Susanoo가 태어난 나라를 모두 포함하는 어마어마한 땅에 정신이 아득해질 정도로 다양한 색채, 냄새, 울림이 가득한 그림을 멋대로 떠올리며 막연히 '아시아'라고 부를 뿐이다. 아카슈는 고등학생이 들고 다닐 법한 스포츠백에서 포트와 종이컵을 꺼내 차이티를 부어주었다. 그런 뒤 어린아이가 점심때 샌드위치를 넣고 다닐 법한 도시락 상자 두 개를 꺼내어, 엄마처럼 한 개를 척 건네주었다. 열어보니 튀김이 들어 있었다.

"피로시키?"

"내가 러시아인으로 보여? 이래 봬도 사모사야."

그 말에 갑자기 옆자리에 앉아 있던 문신한 두 사람이 피리 부는 소리를 내며 피익피익 웃었다. 그러고는 말을 거는 일도 없이 곧장 자기들 문신 속으로 틀어박혔다.

구름 사이로 태양이 얼굴을 내밀어 창밖 풍경이 밝아졌다. 성벽 터와 농가와 가로수와 언덕 따위가 점점 뒤로 흘러가 아쉬운 기분이 들었다. 열차가 앞으로 나아가고 있는 이상 어쩔 수 없는 일일지도 모르겠지만, 그런 탓에 이동은 풍경을 뒤쪽으로 밀어젖히는 일에 불과하다는 생각이 든다. 하지만 그런 일로 상심하다니 어디가 잘못돼도 한참 잘못됐다.

"즐거워 보이네."

아카슈의 뺨에서 아무리 억눌러도 어찌할 수 없는 미소가 흘러넘쳤기에 그런 말을 꺼내보았다.

"몇 가지 이유가 있기 때문이지. 우선 이제 곧 크누트를 만날 수 있으니까. 또 외톨이 여행이 아니라 즐겁지. 그리고 또······."

아카슈가 다음 이유를 대려는 찰나, 열차 밑에 무거운 마찰음이 발생해 유쾌하게 창밖을 흘러가던 풍경이 앞으로 푹 꼬꾸라질 듯 멈췄다. 열차 안은 침묵으로 얼어붙었고, 몇 초 후 누군가가 일부러 침착한 목소리로 식당 칸에서 커피 사 올게, 하고 말하는 목소리가 들렸다. 안내 방송은 없다. 곧 움직일 테니 괜찮아, 이런 일 자주 있으니까, 하고 누군가가 동료를 위로한다. 차장이 돌아다니면 사정을 들을 수 있을 텐데, 하는 여자의 목소리와, 이럴 때 돌아다닐 리가 없지, 하는 심기가 불편해 보이는 남자의 목소리. 나는 심장이 덜컹 내려앉았다. 이 남자 목소리와 아주 닮은 사람을 사귄 적이 있다. 이런 상황이 되면 입을 꾹 다물고 내가 말 꺼내기를 기다렸다가, 내가 무슨 소리를 해도 그게 무슨 내용이든, 그럴 리가 없어, 하고 부정했다. 나누크였다면 어떤 반응을 보였을까. 그러니까 내가 히치하이크하자고 했지, 하는 얼굴로 입을 꾹 다물었을지도 모른다.

"어쩐 일일까. 소들이 선로를 가로지르고 있나. 여기가 인도도 아닌데 말이야."

아카슈가 가벼운 농담을 하며 차이를 더 따라주었다. 그때 마이크로 선인장을 문지르는 것처럼 지지직거리는 잡음이 들리더니,

"현재 소들이 선로를 가로지르고 있어서 열차 운행이 어렵습니다. 조금만 더 기다려주십시오."

라는 방송이 흘러나왔다. 열차 곳곳에서 꾹 참는 듯한 웃음소리가 들렸다. 누가 뭐래도 낙농업이 우선이다, 라거나 소를 타고 가는 게 더 빠르겠다, 같은 농담 섞인 코멘트가 뒤섞이는 가운데 분노를 머금은 여성의 목소리가 울려 퍼졌다.

"이게 다 활동가들 짓이야. 그 사람들이 일부러 소 떼를 선로로 유인한 거겠지."

타고난 목소리가 쩌렁쩌렁한 것인지, 일부러 다 들으라고 큰 목소리를 낸 것인지, 아무튼 이 목소리가 객실 내 다른 사람들의 입을 다물게 했다.

"그런 활동가가 있어?"

내가 작은 목소리로 아카슈에게 물었다.

"동물의 길을 지키는 운동이야. 사슴이 지나가도록 숲속 도로에 건널목을 만들었다는 이야기를 들은 적이 있어. 운전자는 차에서 내려 손으로 직접 차단기를 들어 올려야 지나갈 수 있대. 이곳은 토끼가 지나다니는 길이다, 라는 간판도 본 적이 있고. 누가 일부러 소들을 몰고 와서 선로를 가로지르게 만들었을 가능성은 있지."

"그보다는 철도 회사가 수상하지 않아? 최근 고장으로 열차가 멈추는 일이 너무 많아서 언론의 뭇매를 맞으니까 활동가한테 부탁해서 소 떼를 선로로 끌고 오도록 한 거 아닐까?"

잠시 후 다시 마이크 잡음이 들리더니,

"운전을 재개합니다. 식당 칸 시스템에 문제가 발생하여 식당 칸 서비스를 종료하겠습니다."

라는 방송이 흘러나왔다.

"분명 식당 칸에서 쓸 예정이었던 음식을 소에게 줘서 빨리 지나가게 한 걸 거야."

아카슈의 말에 옆자리의 문신한 두 사람이 다시 피리 부는 소리로 피익피익 웃었다. 웃을 때 생기는 주름이 문신 때문에 전혀 보이지 않아서 안 웃는 것처럼 보였다. 웃는 눈이다, 상냥한 눈이다, 같은 말을 사람들은 자주 하지만, 인간의 안구 자체는 항상 차갑다. 따뜻함이나 부드러움이나 현명함을 나타내는 것은 눈 주위에 있는 주름뿐이다. 그런 생각을 하고 있는데 다시 안내 방송이 나왔다.

"이 열차는 지금부터 코블렌츠역까지 천천히 이동하여 그곳에서 수리와 재점검을 실시합니다. 작업에 얼마나 많은 시간이 걸릴지는 알 수 없습니다. 희망하는 손님께서는 다음에 오는 암스테르담행 열차로 갈아타실 수 있습니다. 다만 그 열차는 굉장히 혼잡한 상태로, 일등석을 포함하여 공석이 없다는 점 양해 부탁드립니다."

우리는 서로 마주 보았다. 만원 열차를 타고 서서 가느니 지금 타고 있는 열차에 계속 앉아 있는 편이 나을 것 같았다. 수리에 걸리는 시간이 미정이라고는 하지만 전원을 내리라고 하지 않는 걸 보면 두 시간 이상 걸리지는 않으리라. 하지만 아카슈는 암스테르담행 열차로 바꿔 탄 뒤 쾰른에서 함부르크행으로 갈아타야 한다고 주장했다. 이 넓은 지구 위를 망설임 없이 이동하는 아카슈와, 일단 내가 사는 마을을 떠나면 방향감각을 잃어버리는 나. 갑자기 암스테르담이라는 예상치 못한 지명을 들으니 엉뚱한 곳으로 끌려가는 것이 아닐까 걱정이 되어 지금 타고 있는 열차에 달라붙고 싶은 나는, 설령 이게 녹이 슬어 앞으로 10년은 움직이지 않는 열차라는 사실을 알게 된다고 해도 당장에 하차 결정을 내릴 수는 없을 것이다. 하지만 아카슈는 다음에 오는 열차가 시베리아행이라 해도 우선은 방향이 같다면 얼른 바꿔 탄 다음 분기점에서 다시 갈아타면 된다고 생각하고 있었다.

코블렌츠에서는 경사면으로 물이 흐르듯 수많은 승객이 하차했고, 그 흐름은 플랫폼에서 계단을 타고 어두침침한 통로를 빠져나와 산란하는 연어처럼 우리가 가려는 플랫폼을 향해 경쟁적으로 올라갔다. 나는 아카슈의 가느다란 손가락을 쥔 채 그 흐름의 일부가 되었는데, 정신을 차려보니 암스테르담행 만원 열차에 몸을 싣고 있었다. 출입구에서 화장실 앞까지 사람들로 꽉 들어차서 객실 안으로 들어갈 수조차 없었다. 아카슈는 미소 띤 얼굴로 속삭였다.

"쾰른까지 딱 한 시간이야. 만원 열차 요가라도 하고 있으면 금세 도착한다고."

"만원 열차 요가가 뭐야?"

"붐비는 열차에 가만히 서 있는 시간을 유효하게 보낼 수 있는 체조 같은 거지. 우선 다리를 모으고 천천히 발끝으로 서서 균형을 잡아봐."

나는 앞으로 꼬꾸라져 황급히 아카슈의 어깨를 잡았다.

"그런 다음 무릎을 조금씩 천천히 구부려. 허리는 앞으로 빼고 등을 뒤로 젖히고. 아주 조금만."

내가 무릎을 굽히려는 순간, 차체가 크게 흔들려 사선 앞쪽 사람이 끼고 있는 흰 사발 같은 헤드폰에 코를 부딪히고 말았다.

"이건 만원 열차 요가니까 밖으로 드러나는 움직임을 최소한으로 억제하지 않으면 안 돼. 신체의 외부가 아니라 안쪽 깊은 곳에서 수축과 이완을 반복하는 거지. 등이 0.1밀리미터 늘어나는 것만으로도 엄청난 혁명이라고."

혁명이라는 소리에 약간 떨어진 곳에 서 있던 사람이 신경질적으로 돌아보았다. 같은 열차 내에서 자폭 테러라도 일어날까 봐 걱정하는 눈치였다. 아카슈는 투명한 알껍데기에 감싸인 사람처럼 기분 나쁘게 바라보고 있는 시선을 전혀 의식하지 못하는 듯했다.

"이번에는 가슴을 활짝 열어. 하지만 바깥에서 보이는 동작은 억제한다는 기분으로 움직여야 해. 그 대신 몸 안은 폐 가득 들이마신 산소 덕분에 가슴이 팽창되고 좌우 어깻죽지가 점점 뒤쪽 아래로 떨어진다는 기분이랄까."

"너, 요가를 가르친 적 있어?"

"요가에 대해서는 아무것도 몰라. 하지만 인도인이니까 요가를 알려달라는 경우가 종종 있어서 가르치게 되었지."

"우마미에 대한 워크숍을 할 뻔했던 나누크와 상황이 비슷하네."

열차가 커다란 지붕이 달린 플랫폼으로 미끄러져 들어가자 쾰른 중앙역입니다, 하는 방송이 흘러나왔지만, 평소라면 그 뒤에 이어져야 할 환승 정보가 전혀 없었다. 다행히 짐도 별로 없고 출입구 근처에 서 있었기 때문에 크게 고생하지 않고 열차에서 내릴 수 있었다. 아카슈가 발돋움해 고개를 학처럼 길게 뻗어 역을 둘러보며 말했다.

"역 분위기가 어쩐지 이상해."

"그래? 많이 번잡하긴 하네."

"그뿐이 아니야. 오늘이 크리스토퍼 스트리트 데이*도 아니고 카니발도 아닌데 다들 들떠 있어. 불안하다기보다는 축제 분위기야. 무슨 일 있었나."

---

*　매년 독일 전역에서 열리는 퀴어 축제.

인파에 이리저리 휩쓸리다가 아카슈를 놓칠까 봐 불안해서 손을 꼭 잡았다.

"우선은 사람들의 흐름을 거스르지 말고 전광판이 있는 곳까지 가서 함부르크행 열차를 찾자. 혹시라도 로스토크행 직행이 있다면 좋겠지만 함부르크까지만 가도 일단은 신들에게 감사할 일이야."

열차 번호, 발차 시간, 도착 정보. 죽 늘어선 열차 정보 거의 대부분에 캔슬이라는 붉은 글자가 떠 있다. 겨우 캔슬이 아닌 정보를 눈으로 좇으면 모두 '브뤼셀행'이었다. 아카슈가 한숨을 내쉬며 말했다.

"나는 우선 갈 수 있는 방향으로 가자는 주의지만 브뤼셀은 완전히 정반대 길이야."

등 뒤에서 브뤼셀은 붕괴 직전이다, 라는 목소리가 들렸고, 그걸 듣는 순간 누가 내 심장을 난폭하게 움켜쥐는 듯한 통증을 느꼈다. 갈 수 있는 유일한 곳인 브뤼셀마저 사라진다면 어쩌나. 그 뒤에 들려온 대화의 단편을 통해 판단하자면, 그 사람은 단순히 '브뤼셀'을 유럽 공동체의 메타포로 사용한 것 같았다.

그때 볼륨 조절에 문제가 있는지, 대성당 구석구석에 퍼지는 듯한 기도와도 같은 소리로 방송이 흘러나왔다.

"친애하는 손님 여러분. 저희 열차는 컴퓨터 시스템 문제로 현재 전광판이 정확하게 작동하지 않습니다. 지금 표시되는 정보가 정확하지 않을지도 모릅니다."

전광판 앞에 모인 사람들의 반원이 무너지고, 뒤돌아보자 벌써 안내소 앞에 긴 줄이 생겨 있었다. 이래서는 줄을 서더라도 순서가 돌아올 때까지 상당히 많은 시간이 걸릴 테고, 안내소 사람이 해결책을 알고 있을 것 같지도 않았다.

"우선은 역 바깥으로 나가보자. 인터넷상에도 아무런 정보가 없어. 이럴 땐 의외로 살아 있는 인간이 훌륭한 정보통이거든. 믿을 만한 지인이 역 앞 방송국에서 일해. 그 사람한테 가보자."

아카슈는 마치 잠시 들를 카페라도 정하듯 가볍게 말했다. 나는 예상외의 일이 벌어지면 나쁜 생각이 꼬리에 꼬리를 물고 떠올라 재빨리 판단하고 행동할 수가 없다. 혹시라도 내가 살고 있는 나라에서 갑자기 독재 정권이 들어선다면 당장 망명해야 할지 어떨지, 한다면 어느 나라로 갈지, 그런 일을 착착 판단하고 결심해야 하리라. 그럴 때 나처럼 우물쭈물하는 인간에게는 아카슈 같은 친구가 필요하다. 크누트와 Hiruko도 함께라면 훨씬 든든하겠지. 그때 아카슈가 아무 문제 없다는 표정으로 내 얼굴을 들여다보며 말했다.

"걱정하지 마. 곧바로 앞으로 나아가려고 하면 장애물에 부딪혀. 그러니 오른쪽으로 비스듬하게 나아갔다가 다시 왼쪽으로 비스듬히 나아가자."

"뱀처럼 말이지."

"뱀뿐만이 아니야. 강도 그렇지. 꾸불거리면서 흘러가잖아. 직진하며 떨어지는 건 밤하늘의 별 정도야. 우리는 하늘에서 떨어지는 게 아니니까 망설임 없이 구불구불 나아가자."

밑에서 조명을 받은 쾰른 대성당이 거대한 수정처럼 보였다. 그 모습을 배경으로 셀프 카메라를 찍고 있는 관광객들 사이를 빠져나와 아카슈는 재빨리 좁다란 곁길로 들어섰다. 유리창 너머로 카페테리아에서 커피를 마시는 사람들이 보였고, 그 옆이 방송국인 것 같았다. 아카슈는 극장 뒷문처럼 생긴 출입구로 망설임 없이 들어가더니 접수창구의 남자에게, 어이, 하고 인사했다.

"오, 아카슈네. 어쩐 일로 갑자기 나타났어?"

구릿빛 피부에 날카로운 인상의 남자가 갈색 눈을 반짝이며 검은 수염에 둘러싸인 새빨간 입술을 오므리며 실쭉 웃었다.

"공항은 파업이고 열차는 다 캔슬되어 발이 묶였어. 로스토크로 가고 싶은데 어쩌면 좋을까?"

"로스토크라니, 쾰른 사람한테 거기는 외국이나 마찬가지야. 가본 적도 없어."

"우선은 함부르크까지 갈 수 있으면 돼."

남자는 눈을 반쯤 감고 자기 머릿속에서 도움이 될 만한 정보를 긁어모았다.

"오늘 밤은 우리 집에서 자고 가. 딱딱한 매트리스가 그립지?
마침 우리 집에서 작은 파티를 열 예정이야. 저녁 8시 넘어 우리
집으로 와. 그때까지 좋은 수를 찾아놓을게. 내일 함부르크 방면
으로 데려다줄 사람이 있을지도 몰라. 함부르크까지는 어렵더
라도 하노버 정도라면 보증할게."

"하노버라."

"뭘 그리 재. 하노버까지만 가면 함부르크는 금방이야."

"하지만 함부르크에서 로스토크로 가서, 거기서 다시 배를 타
야 해. 실은 최종 목적지가 코펜하겐이거든."

남자는 입을 크게 벌리고 웃었다.

"그게 뭐 어때서. 히즈라 모임 갔던 거 잊었어? 며칠 걸렸는지
생각 안 나?"

아카슈는 갑자기 긴장이 풀린 듯 미소를 지었지만 나는 오히
려 불안해졌다. 히즈라라는 말의 울림에는 지구 반대편까지 끌
려갈 것만 같은 힘이 있었다.

방송국 옆 카페테리아에서 카푸치노를 사서 의자에 앉자마자
곧장 아카슈한테 물었다.

"있잖아, 히즈라 모임이란 게 뭐야?"

"인도 전역의 트렌스젠더가 모이는 축제 비슷한 거야. 성의

경계를 오가는 신들에게 기도를 하지. 거기서 크리스를 만나 친구가 됐어. 둘 다 독일에 살고 있다는 걸 알았을 때 정말 기뻤지."

"너는 유럽 전역에 우정의 네트워크를 펼치고 있구나."

"거미집을 둘러치고 있는 건 아니니까 잡아먹힐 걱정은 하지마."

"저 사람 이름이 크리스야?"

"본명은 아니야. 그 이름이 유니버설해서 외우기 쉽다나. 본명은 크리슈나인지도 모르고, 크리스토퍼 콜럼버스인지도 모르지."

"크리스는 예전에 여자였어?"

"생물학적으로는 예나 지금이나 남자야. 게다가 외모도 남자라서 도대체 어떤 경계를 넘나들고 있는 거냐는 질문을 받은 적도 있대. 하지만 크리스는 지금 여성을 사랑하는 여성이 남장하고 있는 상황이야."

파티라고 하면 열네 살 무렵 친구 집에 모여 창문이 깨질 듯 볼륨을 키워놓고 테크노 음악을 들으며 맥주나 값싼 와인만으로는 아쉬워 엑스터시를 피우면서 아침까지 춤을 추던 바로 그 '파티'가 생각난다. 그러니 우선은 오늘 밤 우리를 태워줄 사람이 술이나 마약에 손을 대지 않도록 눈에 불을 켜고 지켜봐야겠다고 다짐했다. 하지만 크리스의 집에 도착하자 학생 분위기의 남녀 다섯 명이 옹기종기 소파에 마주 앉아 차이를 마시고 있었고, 음악은 흐르지 않았으며, 춤을 출 분위기도 전혀 아니었다. 대충 들어보니 그들은 동맹파업이 사회를 바꿀 유효한 수단이 될 수 있는지에 대해 이야기를 나누고 있었고, 다들 무슨 류머티즘 관절염 이야기라도 하는 것처럼 고개를 푹 숙이고 낮은 목소리로 토론하고 있었다. 오직 크리스만이 즐거운 듯 콧노래를 부르며 부엌에서 사모사를 튀기고 있었다. 뒤돌아서 나의 얼굴을 본 크리스가 의기양양하게 말했다.

"찾았어. 오늘 밤 함부르크까지 갈 녀석들을."

나는 너무 기쁜 나머지 건배해요, 라는 말이 튀어나올 뻔했는데, 크리스가,

"곧 새 차이를 만들게."

라고 하며 냄비에 우유를 붓기 시작했기 때문에 와인이 필요하다는 말은 꺼낼 수 없게 되었다. 아카슈가 크리스의 어깨를 잡으며 인사했다.

"정말 다행이다. 설마 친구 백 명한테 전화를 돌린 거 아니야?"

"백 명까지는 안 갔지. 다섯 명 정도. 갈 만한 녀석들에게 전

화해서 빨리 끝났어. 늘 함부르크 이야기만 하는 친구들이 있거든."

흰 우유 속에서 향신료가 끓어오르자 크리스가 익숙한 손놀림으로 불에서 냄비를 내리며,

"잠시 맛을 우려야 해."

라고 하던 차에 초인종이 울려 내가 문을 열러 갔다. 안경을 쓴 정장 차림의 여성이 장미 꽃다발을 안고 들어왔다. 학생들과는 분위기가 달랐고 나이도 마흔을 넘은 듯했다. 어떻게 아는 사람일까. 우리를 함부르크까지 차로 데려다준다는 게 이 사람이라면 안심할 수 있겠는데, 라고 생각하며 나는 먼저 인사를 했다.

"처음 뵙겠습니다. 노라입니다. 아카슈의 친구이고, 우리가 같이 아는 지인 병문안을 가기 위해 코펜하겐으로 갈 겁니다."

"난 마리안. 아카슈라면, 저기 서 있는 사람인가?"

"맞아요."

"고생이네. 하필이면 교통이 마비된 때에 코펜하겐까지 가다니."

분위기를 보아 하니, 우리를 태워줄 사람은 마리안이 아닌 모양이다.

"아카슈는 크리스의 사촌 아니면 같은 학교 친구인가?"

나는 자신감이 생겨서 조금 아까 들었던 말을 했다.

"아니요, 두 사람은 히즈라 모임에서 만났다고 합니다. 당신은 어디서 크리스를 만났나요?"

마리안은 부끄러운 듯한 미소를 지었다.

"실은 지난달에 일이 있어서 방송국에 갔다가 엘리베이터에서 크리스를 만났지. 크리스는 접수창구에서 일하지만 그때는 인사과에서 불러서 엘리베이터를 타고 있었대."

"같은 엘리베이터에 탄 것만으로도 친구가 된 건가요?"

"그게, 그 엘리베이터가 고장 나서 움직이지 않게 되었고, 어쩐 일인지 도와줄 사람이 올 때까지 아주 긴 시간이 걸렸어."

"길어봐야 30분 정도였지."

마리안에게 차이를 가져온 크리스가 끼어들었다.

"하지만 그땐 아주 긴 시간처럼 느껴져서 정신을 잃을 뻔했지 뭐야. 크리스가 신화 이야기를 하나 해주었고, 잘 기억은 나지 않지만 머리가 아주 많이 달린 뱀이 어쩌고 하는 이야기였는데, 놀랍게도 그 이야기를 들으며 인도를 떠올렸어. 내가 아주 어릴 때 인도에 가본 적이 있다는 건 엄마한테 들어서 알고 있었지만, 내 기억 속에는 없다고 믿고 있었지. 엄마가 이혼한 직후에 네 살 정도 된 어린 나를 데리고 갑자기 떠난 여행이었어. 정말 깜짝 놀랐지. 그때까지 닫혀 있던 유년기의 문이 갑자기 열려서. 그 기억은 내가 엄마 손에 이끌려 힌두 사원 중정으로 들어가서……,"

마리안의 뱀 이야기는 흥미로웠지만, 정면에 앉아 있는 학생 가운데 누가 우리를 차에 태워줄까 하는 데 정신이 팔려서 이야기에 집중할 수가 없었다. 크리스가 큰 접시에 사모사를 듬뿍 담아가지고 왔다.

9시 반경에 초인종이 울리고 백발의 부부가 들어왔다. 콘서트가 끝나고 집에 가는 길이란다. 옆집에 사는 부부인 모양인지 마찬가지로 차이를 마셨다. 연금생활자에 취미는 여행이라고 하는 걸로 봐서 혹시 이 부부가 우리를 태워주나 싶었지만 그러다 새벽 5시에 눈을 뜨더니 졸려서 집에 가겠다고 나섰다. 노부부가 돌아가려는데 초인종이 울리고 두 팀이 교대하듯 검은색 가죽옷을 위아래로 입고 화장한 긴 머리의 남성 둘이 들어왔다. 각자 손에 헬멧을 두 개씩 들고 있었다. 나는 어쩐지 기분 나쁜 예감에 부엌으로 달려가 아카슈와 킥킥대며 이야기를 나누고 있는 크리스에게 물었다.

"설마 우리를 함부르크까지 데려다줄 사람이 오토바이족이야?"

자제할 생각이었지만 비난하는 말투가 되어버렸다.

"맞아. 함부르크 교회에서 오토바이족 집회가 크게 열린대. 돈에 여유가 없는 녀석들이니 연료비는 부탁할게. 인간 연료와 오토바이 연료 둘 다 말이야. 심야에 출발하면 아우토반도 텅 비어 있을 테니 금세 날아갈 거야."

아카슈는 눈을 반짝이며 오토바이에 탄다는 사실을 기뻐하는 듯했지만, 나는 이제 와서 60년대 히피처럼 〈이지 라이더〉를 찍을 것도 아니고 오토바이라니 말도 안 된다, 춥고 시끄럽고 허리도 아프고 위험하고, 히치하이크에는 댈 것도 아니게 경솔한 짓이다, 싶어 화가 치밀었다. 툴레와 쿠르트라는 이름의 오토바이 족은 당장이라도 출발하고 싶어 하는 눈치였지만, 그래도 소파에 둘러앉아 우선 침착하게 차이를 마셨다. 인터넷에서 에너지 소비량과 환경오염의 관계를 조사했을 때 '오토바이'라는 카테고리가 있었던 것이 떠올랐다. 내가 선택할 일은 절대 없는 이동수단이라고 생각해서 눈길도 주지 않았다.

"어떨까, 한번 써봐."

그렇게 말하며 툴레가 내 머리에 정성스레 철로 된 반구(半球)를 올리고는 턱 벨트를 고정해주었다. 귀에서 뺨까지 뼈가 든든하게 보호받는다는 감각은 기분이 좋았지만, 나는 일부러 불쾌하다는 듯이,

"상당히 무겁네. 이걸 계속 쓰고 있으면 목이 아프겠어."

라고 말하며 고개를 옆으로 휙 구부려보았다. 툴레는 유쾌하게 웃었다.

"목과 등을 똑바로 펴고 앉아야 해. 고개를 계속 꺾고 있으면

영원히 꺾여버릴지도 몰라."

아카슈는 쿠르트가 헬멧을 씌워주자 만면에 미소를 지었다. 툴레는 곱슬머리, 쿠르트는 직모였는데, 두 사람 다 같은 색조의 밤색 머리칼을 어깨까지 늘어뜨리고, 뺨에 어렴풋한 벚꽃색 분을 발랐으며, 눈 주위에는 고딕풍으로 검게 테두리를 칠했다. 어째서 화장을 했을까 싶었지만 나한테도 어째서 화장을 하느냐고 누가 묻는다면 대답하기 난감하다. 여자라서? 여자는 어째서 화장을 해야 하지? 남자는 하면 안 되는 거야?

처음 계획은 중년 부부처럼 나누크와 나란히 비행기를 타고 앉아 와인이나 부탁하며 코펜하겐으로 직행하는 것이었는데, 어쩐 일인지 지금은 복부가 두꺼운 말처럼 생긴 검은 머신 위에 올라타 부르릉부르릉하는 엔진의 떨림을 필사적으로 전신에 받아들이고 있다. 바람과 어둠과 굉음에 몸을 맡기고, 허공으로 날아가지 않도록 모르는 사람의 몸통을 꽉 껴안은 채 북으로 향한다. 꼭 감았던 눈을 가만히 뜨니 마을의 불빛이 뒤편으로 흐르고 있었다.

5장

아카슈는 말한다

굉음이 밤을 흔들고 어둠을 찢으며 달려 나간다. 눈앞에 있는 몸을 끌어안고 있는데, 그 신체와 하나가 되지 않으면 나만 혼자 어둠 속에 내동댕이쳐질 것 같아 두렵다. 툴레라는 이름 외에는 오토바이족에 대해 아는 것이 아무것도 없다. 가족은 있는지, 직업은 무엇인지, 나고 자란 곳은 어디인지, 성격은 어떤지. 말하자면 '타인'의 몸을 애인처럼 뒤에서 껴안고 있는 셈이다. 게다가 등을 활 모양으로 구부리고 하반신을 딱 붙인 다소 은밀한 자세를 취하고 있다. 후방이 높아지는 길쭉한 시트 탓이다. 자전거처럼 안장과 짐칸이 분리되어 있다면 이렇게 되지는 않는다. 손바닥에 느껴지는 가죽재킷의 감촉은 매끄러운데, 그 속에는 양모처럼 복슬복슬한 충전물이 들어 있고, 다시 그 속에는 탄탄

한 살이 갈비뼈를 지켜주고 있으며, 근육은 내장을 보호하고 있다. 만약 이 사람이 크누트라면 어땠을까, 하는 상상을 해본다. 단둘이 북쪽을 향해 한밤의 유럽을 달린다면, 정신이 아득해질 정도로 달콤한 꿈이 될 텐데 그것만으로는 부족하다. 어쩌면 나는 애초에 둘만의 세계 따위 바라지 않는지도 모른다. 사랑 같은 건 고풍스러운 세대로부터 남겨진 잔열에 불과하며, 우리는 그것과 완전히 성질이 다른 지평을 내처 질주하듯 살아가고 있으니, 전혀 다른 형태로 타인과 관계를 맺어야 하는지도 모른다. Hiruko의 모습이 뇌리에 떠오른다. 자신이 미래의 인간임을 눈치챈 건 Hiruko뿐인지도 모른다. 늘 크누트와 붙어 다니면서도 연인이 되지는 않는다. 달리 애인이 있는 것도 아니고 가족도 없다. 그런데도 팔랑팔랑 살아간다.

예전부터 한 번쯤 대형 오토바이를 타보고 싶다고 생각했지만, 막상 타보니 한 가지 마음에 들지 않는 점이 있었다. 나는 침묵이 힘든 사람이다. 어떤 나라가 소멸될 가능성이라든가, 여러 언어가 뒤섞일 가능성이라든가, 지금 그런 진지한 이야기를 하고 싶은 건 아니지만, "의외로 바람이 차지 않네"라든가, "그래도 옷을 아래위 데님으로 갈아입고 와서 다행이다"라든가, "한밤중 아우토반은 이렇게 텅 비어 있구나" 같은 시답지 않은 말을 툴레에게 건네고 싶다. 하지만 그때마다 모터의 압도적인 음량에 용기가 깎여 나갔다. 자연스러운 말투로는 목소리가 너무 작아 들리지 않을 게 뻔하고, 큰 목소리를 내면 내가 아니게 된다. 이대로 함부르크까지 입을 다물고 있어야 한다고 생각하니 풀이 죽는다. 가여운 Susanoo. 말하고 싶어도 말할 수 없어진 거다. 어쩌면 Susanoo의 귓속에는 항상 굉음이 울려 퍼져서, 입을 열 때마다 말할 마음이 사라지는지도 모른다. 두 손으로 귀를 막아도, 머리를 세차게 좌우로 흔들어도, 대지를 뒤흔드는 듯한 기계의 울부짖음이 사라지지 않고, 심지어 그 소리가 Susanoo에게만 들릴 뿐 주위 사람들에게는 안 들리는 거다. 혹시라도 그런 상황에 내몰린다면 얼마나 슬플까. 나는 두려워져서 툴레의 몸을 더 꽉 끌어안았다. 그러자 어릴 때 형들이 스쿠터 뒤에 태워주던 기억이 났다. 취직 후에는 자동차를 구입할 경제력이 있고도 남았을 텐데, 형들은 사춘기 시절부터 공유해온 스쿠터에 '모모펫'이라는 이름까지 붙여가며 강아지처럼 귀여워했다. 과묵한 형들은 여자들처럼 차이를 마시며 수다를 즐기는 일이 불가능했다. 그래서 탈것을 공유하고 함께 수리하는 일이 유일한 '교류'였는지도 모른다. 언제부터인가 이동 수단에 불어닥친 레트로 붐이 마을을 물들였다. 사람들은 포르쉐를 팔아치우고 옛날 릭샤를 만들어서는, 스트리트 아티스트에게 거액을 지불하여 차체에 핑크와 블루를 아낌없이 사용한 화려한 그림을 그리게 했다. 문짝 없는 소형 삼륜 트럭을 말도 안 되게 고가에 사들이고는 거만을 떠는 부자도 있었다. 형들은 그런 유행이 시작되기 전부터 모모펫을 평생 사랑하겠다고 맹세했었다.

툴레가 오토바이를 산 것도 고독해지고 싶지는 않지만 대화는 어렵기 때문인지도 모른다. 친구들과 함께 여행을 떠나고 싶은데 길에서 이야기를 나누는 게 고통스러운 거다. 오토바이로 떠나는 여행에는 그리 많은 대화가 필요하지 않다. 어쩌다가 나 같은 수다쟁이를 태우게 되어도 모터 소리 덕분에 세밀한 이야기를 긴 시간 이어가는 게 어려울 거다. "의외로 바람이 차지 않네" 같은 대사도 목소리 톤까지 구석구석 다 들리는 조용한 카페라면 다양한 뉘앙스가 생긴다. "경험이 없어서 오토바이 뒤에 타는 게 불안했지만, 의외로 쾌적하고 바람도 차지 않으니 혹시 괜찮다면 다음번에 또 태워줄 수 있을까"라고 들릴 수도 있으리라. "나는 늘 세상의 차가운 바람을 맞으며 살았기에, 지금 정면에서 불어오는 바람으로부터 나를 지켜주는 너의 등이 좋다"라고 들린다면, 그리고 그에 어울리는 나름의 표정을 짓는다면, 사랑의 고백으로 한 발 내딛는 것도 가능하다. 그러나 지금 모터 소리에 대항하며 큰 소리로 "의외로 바람이 차지 않네"라고 외치는 모습을 상상하면, 목소리에 섬세한 감정 따위 담을 수도 없고 사실만이 돌출된다. "바람이 차다"라는 대사에는 추워서 곁

옷을 입고 싶다는 메시지가 있지만, "바람이 의외로 차지 않다" 라는 대사는 도대체 무슨 말이 하고 싶은지 도무지 알 수가 없고, 난센스로밖에 들리지 않는다.

오늘 함께 쭉 대화를 나눈 노라가 갑자기 그리워졌다. 쿠르트의 오토바이를 타고 있는 노라는 우리 뒤에서 달려오고 있으리라. 돌아보고 싶지만 고개만 돌려서는 바로 뒤편이 시야에 들어오지 않는다. 한 손을 툴레의 몸에서 떼고 상반신을 꼬아 후방을 본다면 보이겠지만, 뒤로 나뒹굴게 될 것만 같아 무섭다. 쿠르트의 오토바이가 백미러에 비칠지도 모른다는 생각에 툴레의 어깨 너머로 앞쪽을 바라보았지만, 백미러 속은 암흑허무였고 그 대신 도로 가장자리에 늘어선 가로등 불빛이 계속해서 우리를 향해 날아오는 것이 보였다. 마치 별이 떨어지는 것 같았다. 피하려 해도 피할 수 없지만 명중하는 일도 없다. 부딪힐 것만 같아도 마지막 순간에 별은 반드시 옆으로 비껴가준다. 결국은 빛을 비춰줄 뿐이고 나를 상처 입힐 마음은 없는 듯하다. 인간이 마주하는 갖가지 어려움도 이와 비슷하여, 정말로 부딪혀 상처를 내는 일은 없다. 그런데도 부딪힌 기분이 들어서 아파, 아파, 하고 우는 인간은 자기 자신을 동정하는 것일 뿐이다, 라고 곧바로 인생론을 단정 지어버리는 나를, 어린 시절 형들은 '꼬마 구루'라고 부르며 싫어했다. 어렸던지라 생각나는 대로 곧장 내뱉어버리고는, 이야기가 시작되면 나도 수습이 어려워져서 형들이 "이제 그만 입 좀 다물어"라고 하며 화를 내기도 했다. 그런 소리를 들어도 멈추지 않고 더 높은 목소리로 이야기를 하다가, 머리를 한 대 콩 얻어맞고 발끈한 적도 있다. "형들은 노상 입 다물라고 하지만 강이 범람해도 주변 사람들한테 안 알릴 거야? 정부가 나쁜 짓을 해도 항의하지 않을 거야? 엄마가 울어도 위로해주지 않을 거야? 입 다물고 있는 게 그렇게 대단해?" 형들은 자기 손으로 어쩌지 못하는 일이 벌어지면 침묵이라는 갑옷을 껴입고 만다. 그때도 그랬다. 기억은 어스름한 어둠에 싸여 흐릿하지만, 그날 밤, 아버지가 처음으로 집에 들어오지 않았다. 형들은 돌멩이처럼 입을 다물었고, 엄마만 참을성 있게 내 질문에 대답해주었다. 결혼해서 다른 마을에 살고 있는 누나가 이튿날 집에 와서 미간에 주름을 잡으며 엄마와 한참 이야기를 나누었지만, 그게 끝나자 내 질문에 대답해주었다. 엄마와 누나는 언어의 흐름 속에 머무는 일이 가능한데, 형들은 어째서인지 늘 입을 다물어버렸다. 이대로라면 남성은 멸망하는 것이 아닐까. 건방지게도 어린 나는 가끔 그런 생각을 했다.

나이프와 포크 모양 픽토그램이 전방에서 바싹 다가왔다. 휴게소다. 툴레가 한 손을 들어 뒤따라오는 쿠르트에게 신호를 보내며 아우토반에서 내려오는 차선으로 들어섰다. 주행 속도가 줄자 그에 맞춰 맥박 수도 줄었다. 휴게소 주차장이 텅 비어 흰색 구획선만이 차가운 빛을 발하고 있었다. 툴레의 부츠가 아스팔트 표면에 닿아 까슬까슬한 감각을 전했고, 모터 소리가 사라지며 묵직한 정적이 어깨로 내려왔다. 전신의 근육에 피로감이 몰려들었다. 위를 올려다보니 단층짜리 평범한 휴게소 뒤로 거대한 숲이 자리하고 있었다. 숲이 발하는 어둠이 주차장 빛을 삼켜 밤하늘까지 닿지 않도록 했다. 별은 보이지 않지만 우주에는 기복이 있었다. 한참을 모터의 떨림과 함께 흔들렸더니 뼈와 뼈 사이 접속이 느슨해진 듯했다. 몸이 바스러지지 않도록 주의 깊게 오토바이에서 내렸다. 가벼운 현기증이 일었다. 헬멧을 벗으면 뇌에 꽉 차 있던 말이 전부 지면으로 떨어질 것만 같아서 벗기가 무서웠다. 노라의 모습이 눈에 들어왔다. 헬멧을 벗고 머리칼을 풀듯 고개를 좌우로 흔들며 웃는 얼굴로 쿠르트에게 말을 걸고 있었다. 금발이 흩어져 공중에서 춤을 추었고 그 모습이 기분 좋아 보였기에 나도 따라 헬멧을 벗으니 머리가 가벼워지고 바람이 잘 통했다. 하지만 다시 현기증이 일면서 위장이 울렁거렸다.

"어땠어, 한밤의 여행 1부는? 힘들었어? 2부로 들어가기 전에 잠시 쉬자. 여기는 내가 독일에서 제일 좋아하는 휴게소야."

말이 없다고 생각했던 툴레가 친근하게 말을 걸어서, 나는 괜히 이상한 기분이 들었다. 독일에서 제일 좋아하는 휴게소라니 과장이 심하네. 혹시 제일 좋아하는 주유소라든가, 제일 좋아하는 정비소 같은 것도 있으려나. 하지만 입장 바꿔 생각해보면, 내가 제일 좋아하는 도서관 이야기를 한다면 툴레는, 도서관이야 책이나 꽉 차 있지 어디나 똑같잖아, 라고 생각할지도 모르겠다. 툴레는 먼 타인이다. 그걸로 됐다. 아까까지만 해도 꽉 끌어안고 있던 검은 가죽재킷이 눈앞에 있는데 지금은 건드리는 일조차 허락되지 않는다.

"어땠어?"

위로하듯 말을 걸자 노라는 시원스레 눈을 뜨며 뜻밖에 큰 목소리로 대답했다.

"기분 최고야. 춤추고 난 뒤 한껏 신이 난 기분 같달까. 아카슈, 넌 얼굴이 약간 창백해 보이는데 괜찮아?"

오토바이는 싫어하지만 생각보다 괜찮았어, 정도의 대답을 기대했던 나는 노라에게 배신이라도 당한 기분이 들었다.

"내 배 속은 바텐더가 격렬하게 뒤흔든 칵테일처럼 됐어. 게다가 소음에 장시간 노출되었더니 평형감각이 이상해져서 배를 타고 있는 기분이야. 하지만 1초씩 기분이 나아지고 있으니까 곧 원래대로 돌아오겠지."

그렇게 변명하고는 어쩌면 내가 오랫동안 입을 다물었던 게 문제가 아닐까 싶었다. 평소대로라면 사람들과 대화를 나누면서 조금씩 건강을 회복해간다. 입을 열어 말하기 시작하면, 강한 호흡을 타고, 신체 안에 언어가 흘러서, 구석구석 세포가 눈을 뜨며, 밖에서 들어오는 기분 나쁜 균을 잇달아 때려눕힌다. 만약 말없이 이 세상 굉음을 계속 듣기만 한다면, 나는 매초 조금씩 병들어가리라.

툴레가 신이 나서 우리에게 크림색 플라스틱 쟁반을 하나씩 건네며 말했다.

"여기 감자튀김은 케첩과 마요네즈를 듬뿍 뿌려서 먹으면 맛있어."

평소 감자튀김 같은 건 절대로 먹지 않을 것처럼 보이는 노라도 난처한 얼굴로 미소를 지으며 충고를 받아들이면서 갑자기 누나 같은 얼굴로 선언했다.

"재무 담당은 나니까 염려 말고 마음껏 먹어."

그러고 보니 툴레와 쿠르트는 돈이 별로 없으니 밥을 사주라고 크리스가 그랬던가. 노라는 그 말을 제대로 기억하고 있었던 모양이다. 나 같은 경우는 오토바이를 타기 전 자잘한 기억들을 전부 아우토반에 떨어뜨리고 말았다. 모락모락 김이 나는 케이스 안을 들여다보니, 빛바랜 페니스처럼 생긴 소시지가 늘어서 있었다. 바구니에 들어 있는 식빵 표면은 희고 마른 피부 같다. 페인트 넣는 통 같은 데에는 감자 샐러드가 들어 있다. 디저트 코너는 조금 떨어진 곳에 있었고, 요구르트와 케이크는 의외로 종류가 풍부했다.

우리는 각자 좋아하는 음식을 덜어 처음으로 넷이 테이블에 둘러앉았는데, 자기소개라도 해야 할 것 같아서 거북해졌다. 아무 말 없이 각자 쟁반에 담아 온 음식을 비교하다가 누가 먼저랄 것도 없이 웃었다. 노라의 쟁반과 나의 쟁반에는 완전히 똑같은 음식이 똑같은 배치로 놓여 있었다. 오른쪽에 커피가 담긴 작은 컵과 물, 왼쪽에 크림을 바르지 않은 사과 케이크. 평소에는 차이나 홍차밖에 마시지 않지만 커피를 집었고, 심지어 사과를 잘 안 먹으면서 사과 케이크를 고른 건 나답지 않지만, 그렇다면 지금 뭘 먹는 것이 나다운 것이냐고 묻는다면 대답할 말이 없다. 나다운 음료와 음식이 이곳에 없기에, 나답지 않은 것들로 '나다움'을 드러내는 수밖에 없다. 여행이란 그런 것이다. 평소 나라고 굳게 믿었던 것들을 버리는 것. 하지만 그런 말을 꺼냈다가는 모처럼 최고로 좋아하는 휴게소에 데리고 와준 툴레를 실망시킬 수도 있고, 지갑을 열어준 노라에게도 실례다. 그러니 아무 말 없이 케이크 위에 올라간 사과를 포크로 푹 찌르는 수밖에. Susanoo도 이런 식으로 주변 사람들을 배려하다가 아무 말도 할 수 없게 된 것일까. 말을 입에 담으면, 반드시 누군가를 상처 주게 된다. 절대로 상처 주지 말자고 세심하게 주의를 기울이며 빙 돌려 말을 하면, 누구를 상처 주지 않기 위해 무슨 말을 입에 담지 않았는지 거꾸로 윤곽이 확실히 드러난다. 마치 오리고 남은 색종이를 보면 어떤 형태가 잘려 나갔는지 확연히 알 수 있는 것과 같다.

Susanoo가 어릴 때 살던 나라는 문방구가 대단히 발달해서 공중에 글씨를 쓸 수 있는 펜이 있었다, 라는 이야기를 들은 적이 있다. 언어를 입에 담아 타인에게 상처 주는 걸 이상하리만치 걱정했던 사람들은, 말하고 싶지만 말할 수 없는 것들로 꽉 차서 자기 생각을 그 펜으로 공중에 썼다고 한다. 그러다 때로는 공기가 글자로 가득해져서 숨 쉬기 어려워질 때도 있었다고 한다. 또 공중에 쓴 글자를 안 읽는 척 재빨리 읽고 행동하는 기술이 어릴 때부터 요구된다. 그걸 할 수 없는 인간은 무리에서 떨어져 나와 집 안에 틀어박히거나, 정치가로 출세하거나 둘 중 하나였다고 한다.

툴레와 쿠르트의 수북한 감자튀김에는 눈사태가 난 것처럼 케첩과 마요네즈가 뿌려져 있었다. 소시지를 절반으로 자르니, 여전히 모락모락 김이 났다.

"MOGO에는 가본 적 있어?"

갑작스러운 툴레의 질문에 멍해진 나와 노라를 보며 쿠르트가 말했다.

"오토바이족을 위한 미사를 말해. MO는 모터바이크, GO는 고테스딘스트(미사)야."

"크리스는 너희가 오토바이족 모임에 참여하기 위해 함부르크에 간다고 했지, MOGO라는 단어는 알려주지 않았어."

나는 그때 갑자기, 동네 술집에서 알게 된 색소포니스트가 생각났다. 부슬비가 내리는 밤이었다. 만나기로 약속했던 여자 친구가 감기에 걸려 3일 전부터 앓아 누웠는데 회복의 여신이 코빼기도 보이지 않는다, 라는 연락이 와서, 나는 토요일 밤 혼자가 되었다. 스니커즈가 자기를 신어달라는 표정을 지으며 복도에서 나를 기다리고 있었다. 화장을 지우고, 사리를 벗고, 티셔츠에 청바지를 입은 남학생 차림으로 밖에 나갔다. 만날 예정이었던 여자 친구는 여장한 내가 좋다고 했지만, 집 근처 우중충한 술집에 여장을 하고 가면 손님들이 겁을 먹어서 말상대가 되어주지 않는다.

카운터석에 자리를 잡고 앉아 버진 메리를 주문했다. 변장하고 남의 눈을 속이고 있는 것만 같아서 마음이 편치 않았다. 생물학적으로는 남자니까, 남자 차림을 했다고 해서 거짓말하는 것은 아니다. 그런데도 나는 실제가 보이는 것과 약간 다르다는 기분을 벗어던질 수가 없다. 안쪽 테이블에서 술을 마시는 동네 아저씨들 외에 다른 손님은 없었다. 잠시 뒤 가게 문이 지친 듯 꾸물꾸물 열리더니 한 남자가 들어왔다. 남자는 황토색 점퍼 속 녹초가 된 야윈 몸을 카운터에 내던지듯 기대더니 바텐더에게 버진 메리를 주문했다. 그러고는 내 잔을 흘끗 보며,

"블러드 메리를 마실 수 있는 사람들이 부러워. 나는 병 때문에 처녀 칵테일이야."

라고 했다. 내가 마시는 것도 알코올이 들어가지 않은 버진 메리라고 하자, 남자는 자리에 앉으며,

"인도에서는 술을 안 마시나."

하고 갑자기 물었다. 내가 인도에서 왔다고 단정 짓고 있다. 실제로 인도에서 오지 않은 것은 아니지만, 그렇지 않을 가능성도 충분히 존재하는데, 그 가능성을 도외시하는 방식이 거만하다고 생각했다. 나는 마음이 식어서 남자의 초록빛이 도는 피부에서 눈을 돌려, 입 끝만 설렁설렁 움직이며 재빨리 설명했다.

"오래전 종교적인 이유로 금주, 나아가 채식까지 법률화되었던 적이 있었습니다. 이교도는 그 법률을 따르지 않아도 되지만 그러면 취직이 불리해져서, 고기를 끊고 술도 안 마시는 사람이 많았습니다. 지금은 시대가 바뀌어서 송아지 고기를 먹든 위스키를 마시든 아무도 신경 쓰지 않는데, 고도경제성장은 금주법

과 채식주의 덕분이라는 목소리가 거세져 출세하려는 사람은 모두 채식주의자인 데다가 술을 안 마시기 때문에, 인생의 낙오 자처럼 보일지도 모릅니다, 와인을 마시고 스테이크 같은 걸 먹고 있으면요."

"해외에 사는 인도 국민도 술을 안 마시나?"

"마시는 사람도 있습니다. 저는 마시면 외로워져서 마시지 않을 뿐입니다."

여장했을 때는 날 약하게 보이도록 하는 말을 입에 담지 않지만, 남학생이 된 순간 그런 센티멘털한 대사가 튀어나오니 신기한 일이다.

거기서 "금주는 서양의 자유사상과 상충돼" 따위의 말을 듣게 될 줄 알았는데, 예상이 완전히 빗나갔다. 더러워지지도 않은 입주변을 손등으로 정성껏 닦더니 남자는, "독일도 금주법을 만드는 게 나아" 하고 말했다. 이유를 묻자 곁눈으로 나를 노려보며, 자기는 술로 인생을 낭비했다, 만약 술을 마시지 않았더라면 지금쯤 동료들과 음악 연주를 하고 있었을 거다, 같은 말을 머뭇머뭇 꺼내놓았다.

"무슨 악기입니까."

"알토야."

"알토는 맥주 종류잖아요."

남자는 처음으로 소리 내 웃었다.

"색소폰이라는 말이 입에 안 붙어서 말이지. 폰은 전화잖아. 내가 전화를 싫어해. 악기 자체는 좋아하지만 명칭이 안 끌리더군. 비극이지. 지금의 나는 알토색소폰도 아니고 바스색소폰도 아니야. 그저 쉼표지. 간 이식이 필요해져서 제공자를 기다리고 있어. 그게 요즘 하는 유일한 일이지."

남자의 이름은 요르크로, 부모님은 이미 세상을 떠났고, 형제나 아이는 이 세상에 태어난 적이 없다. 가족에게 간을 받으면 간단한 문제지만, 생판 모르는 남이 불행히도 목숨을 잃어서 그 장기를 본인이 받을 날이 오기를 기다리는 것은, 하늘에서 금화가 떨어지기를 바라는 정도로 불안한 일이라고 했다. 알코올이 들어가지 않은 칵테일을 마시는데도 요르크는 점차 혀가 뒤엉키고 고개가 흔들거리기 시작했다.

몇 개월 후 요르크를 다시 만났다. 비슷하게 부슬비가 내리는 밤이었는데 화요일이었고, 학교 도서관에서 하루를 보낸 뒤 눈앞이 부옇게 보일 정도로 피곤했지만 마음만은 흥분 상태여서, 그냥 집에 가도 잠이 올 것 같지 않아 술집에 들른 것이었다. 카운터석에 앉아 있던 요르크가 마치 나를 기다리고 있었던 것처럼 한 손을 들어 올리며 말했다.

"어이, 건강한가. 나 결국 받았어."

나는 당장에 간 이식 이야기가 떠올라 축하의 말을 전했다. 요르크는 지난번과 달리 표정이 반짝반짝 빛나고 있었다. 여기 앉으라는 투로 한쪽 팔을 움직였는데, 힘이 지나쳐서 팔이 카운터에 부딪혔다. 힘이 넘쳐서 컨트롤이 안 되는 듯했다. 나는 토닉워터를 주문했다.

"몸 상태가 좋아 보이시네요."

"최고야. 젊은 남자 간이라 대단해. 온몸이 젊어진 것 같다니까. 관계없는 일일 테지만 소변도 쫙쫙 나오고 밤일도 한다니까."

바로 얼마 전 차분하게 대화를 나누던 남자와 동일 인물이라는 생각이 들지 않았다. 시선은 상대방을 쏘아죽일 듯이 강렬했고, 혈색 좋은 혀는 살짝 비틀려 있다. 간을 제공한 젊은이는 어떤 사람이었을까. 설마하니 간을 받았다고 인격까지 바뀌는 건 아니겠지.

"마을을 걷고 있으면 날 보는 사람들 시선이 느껴져서 너무 즐거워. 여자가 탐난다는 듯이 나를 봐. 남자는 질투 어린 시선으로 보고. 기분 참 좋더라고."

나는 요르크가 성생활 근황 보고를 시작하기 전에 서둘러 화제를 돌렸다.

"제공자가 누구인지 알려줍니까?"

"이름은 알려주지 않았지만, 사고사한 스무 살 정도의 오토바이족이래. 어린 사람이 안됐지. 하지만 오토바이족은 나 같은 환자들에게 희망의 별이야. 장기는 젊을수록 좋은데, 젊은 인간은 좀처럼 죽어주지 않으니까. 젊은 남자가 매일 서로를 총으로 쏴 죽이는 나라라면 몰라도, 트리어에는 갱 따위 없으니 말이야. 하지만 오토바이는 젊은 남자가 많이 타고, 게다가 한번 사고가 나면 즉사할 확률이 높지."

요르크는 타인의 생명을 무심하게 대했다는 걸 깨달았는지, 갑자기 큰 소리로 하하하 하고 억지웃음을 지었다.

"물론 가엾기도 하고 감사하기도 하지. 녀석의 영혼이 천국에 가도록 신께 빌기도 해."

"영혼은 천국으로 가고, 신체의 일부가 타인의 몸속에서 계속 살아 있는 거군요."

"나쁘지 않지. 리사이클링이야."

"저도 지금 갑자기 사고사를 당한다면, 제 장기를 다른 사람이 써주는 게 좋을 것 같습니다."

"내 몸에는 독성이 쌓여 있어서 남들한테 추천하기는 어렵네. 내가 죽으면 곱게 태워서 뼈도 유전자도 남기지 말아주면 좋겠어. 그나저나 오토바이족들이 몇십 명이나 교회 앞에 모여 있는 걸 본 적이 있나."

"아니요."

"꽤 오래전 일인데, 사고로 죽은 동료를 위해 오토바이족이 교회 앞에 모여 있는 모습을 본 적이 있어. 흑천사 대집회가 따로 없더군. 쭉 잊고 있었는데 최근에 꿈에 나왔어."

"간에도 기억이 축적되어서 그 젊은이의 기억이 체내로 들어간 거 아닙니까."

나는 아무 생각 없이 떠오르는 말을 했을 뿐인데, 요르크는 그 말을 듣고는 따귀라도 맞은 사람처럼 몸을 젖혔다가 맹렬한 기세로 화를 내기 시작했다.

"너 지금 그게 무슨 소리야. 내 인격을 부정하려는 건가. 자기가 무슨 소리를 했는지 알긴 아나."

나는 당황해서 계산도 하지 않고 고개를 움츠린 채 가게 밖으로 도망쳐 나왔다. 다행히, 요르크는 쫓아오지 않았다.

문득 떠오른 생각을 입 밖으로 내뱉었다가 사람들에게 불쾌한 감정을 심어준 적이 예전에도 몇 번인가 있다. 그래도 지금, 진짜 오토바이족을 눈앞에 두고 장기이식 이야기는 하지 않는 게 좋겠다고 순간적인 판단을 내릴 정도의 이성은 갖추고 있었다. 무심코 파업이라는 말을 꺼낸 뒤로 공항 파업을 마주한 노라도, 내가 오토바이족 사고를 화제로 삼으면 무신경하다고 생각하리라.

"줄곧 달리면 피곤하지 않습니까. 한눈도 못 팔고 졸지도 못
하고."

나는 아무 말도 하지 않는 게 괴로워서 독도 득도 되지 않는
말을 꺼냈다. 툴레는 감자튀김 한 개를 담배처럼 입에 문 채 대
답했다.

"위험에 노출되면 체내에서 살고자 하는 화학물질이 생산된
대. 이 물질이 술이나 마약보다 훨씬 더 기분을 좋게 만들지. 덕
분에 고양감이 이어져서 몇 시간을 달려도 지루하지 않아."

"그런 거였구나. 나도 본격적으로 오토바이를 타고 싶어졌
어."

노라의 말에 당황한 내가 커피를 쏟고 말았다. 타인과의 만남
을 통해 자기 안에 잠들어 있던 열망에 눈뜨기도 한다. 하지만
노라가 오토바이족이 된다니 너무 극단적이다. 노라는 내가 동
요하는 걸 눈치채고 웃었다.

"괜찮아, 안심해. 코펜하겐에서 오토바이를 사서 타고 돌아가
겠다는 말은 안 할 테니까."

어차피 집에는 따로따로 가겠지, 하고 말하려다가 쓸쓸해져
서 입을 다물었다. 노라는 저쪽에서 애인인 나누크를 만나 같이
트리어로 가지 않을까. 그러면 나는 혼자가 된다. 할 수만 있다

면 크누트가 있는 코펜하겐에 남고 싶다. 지금은 Susanoo도 그곳 병원에 있고, Hiruko는 같은 덴마크 오덴세에서 일하고 있으니 차라리 우리 다 같이 코펜하겐에서 대가족을 이루고 산다면 즐겁지 않을까.

"가장 긴 장거리 오토바이 여행은 어디였어?"

쿠르트에게 그런 질문을 던지는 걸 보면 노라는 정말로 오토바이에 관심이 생긴 모양이다.

"남으로는 시칠리아섬. 북으로는 쉴트섬이었나."

"바다를 달리는 오토바이로군요."

"페리를 타고 가지, 물론."

쿠르트는 그렇게 말하고 먼 곳으로 시선을 주었다. 바다를 떠올리는 눈이라고 생각했다.

"길에서는 늘 소시지가 주식인가요?"

나는 노라가 오토바이 여행을 너무 이상화하지 않도록 아픈 곳을 찔러 물었다.

"아니. 오토바이 타는 사람들의 네트워크가 있어서 가정집에 초대되어 식사를 하는 일도 많아. 그래서 샐러드나 채소 볶음 같은 것도 먹지. 만약 네가 그런 걸 먹고 싶다면 못 구할 것도 없어."

쿠르트는 노라의 기분을 맞추듯 말했다. 나는 그게 마음에 걸려서 꺼내지 않을 작정이던 화제를 내뱉고 말았다.

"오토바이는 사고가 많다고 들었는데 통계적으로 보면 어떨까."

쿠르트는 딱히 약점이 잡혔다는 표정도 없이 조용히 고개를 끄덕였다.

"사고 발생률은 자동차의 두 배, 사망률은 다섯 배지."

정신없이 먹는 듯 보였던 툴레가 고개를 들었다.

"얼마 전까지는 장기기증 동의서를 가죽재킷 안주머니에 넣고 달렸는데 그건 지난주에 찢어버렸어."

내가 피해가려던 주제가 툴레의 입에서 튀어나와 서둘러 방향을 틀려고 했지만, 입을 여는 건 노라가 더 빨랐다.

"장기기증? 그러고 보니 나도 얼마 전에 무서운 영화를 봤는데, 실화에 기반한 것이었나. 장기를 꺼내는 순간 아직 살아 있던 오토바이 운전자가 통증을 느낀다는 호러 영화였어."

"진짜는 아닐지도 몰라. 하지만 그런 일이 생길 가능성이 있는 한, 기증서에는 동의하지 않기로 했어. 부모님한테도 동의하지 말라고 해뒀고."

"시체가 통증을 느낀다고?"

"완전히 죽은 시체에서 적출한 장기는 도움이 안 되는 모양이야. 그래서 뇌사한 시체에서 장기를 빼내지. 그 경우 죽었더라도 근육 반사로 몸이 날뛸 우려가 있다는 이유로, 신체를 고정하고 적출 수술을 진행해. 하지만 뇌사라고는 해도 본인은 아직 통증을 느낀다는 설도 있어. 다만 그걸 표현하지 못할 뿐이지. 그 설이 틀렸을지도 몰라. 하지만 그런 설이 존재한다는 사실이 신경 쓰여."

말하면서 툴레의 목소리가 점점 낮아졌다. 쿠르트가 덧붙였다.

"뇌사라는 개념은 장기이식 분야에서만 쓰는 용어라는 말을 들은 적이 있어. 이식해야 하는 입장에서 보면, 법적으로 죽지 않은 사람 장기를 꺼낼 수는 없으니 뇌사라는 개념이 필요해지는 거지."

툴레가 고개를 저으며,

"하지만 만약 그 설이 틀렸다면, 장기를 기다리는 환자들이 살 가능성을 빼앗는 꼴이 되니까 책임이 막중하다고."

하고 말했다.

"혹시라도 네가 사고로 죽어가는데 아직 통증을 느끼는 상태이고 장기가 적출될 가능성이 1퍼센트라도 있다면 어떻게 할래?"

툴레는 고개를 깊숙이 끄덕이며 말했다.

"사고사한 사람 가족 이야기를 들으면 견딜 수가 없어. 맥박도 뛰고 아직 몸이 따뜻한데 수술을 진행하니까. 심지어 몸은 움직일 수 없도록 묶인 채로 움찔움찔하기도 해."

"가족들 입장에서 접근하는 건 너무 센티멘털하지 않나."

"하지만 오래전부터 시체를 훼손하는 일은 커다란 죄야. 시체니까 아무래도 상관없다는 사고방식은 역사상 존재하지 않아. 사랑하는 오빠의 시체를 제대로 애도하기 위해 자기 목숨을 건 여동생까지 있었으니까. 말하자면 시체는 아무래도 상관없는 물건이 아니야."

미신 비슷한 것에 신경 쓰는 성격이면서도, 일단 논쟁이 시작되면 끝까지 논리적으로 밀고 나가는 습성이 있는 노라가 말했다.

"만약 뇌가 극도로 노화한 인간이 오직 간만 건강하다고 했을 때, 준뇌사로 판단하고 그 사람을 죽여서 간을 꺼내 가는 발상도 나올 것 같지 않아? 노동 가능한 사람을 살리기 위해 쓸모없는 인간을 희생한다는 발상은 잘못되었어. 인간의 목숨은 모두 동등하게 가치가 있으니까."

나는 준뇌사라는 단어를 듣고 속이 안 좋아져서 자리에서 일어나 물을 더 뜨러 갔다. 이야기의 주제가 이렇게 되어버린 건 내 탓이다.

내일 밤은 어디서 자게 될지 예측조차 안 되지만, 그때 결코 꾸고 싶지 않은 꿈이 있다. 내가 오토바이에서 떨어져 나뒹굴다가 길에 머리를 박아 정신을 잃는다. 정신을 차리면 침대에 누워 있고 천장은 총총한 별하늘이다, 라고 생각했지만 그것은 별하늘이 아니라 조명 기구다. 팔을 움직일 수가 없다. 허벅지도 고정되어 있다. 푸른 마스크에 푸른 모자를 쓰고 푸른 비닐 옷으로 몸을 감싼 남자 다섯 명이 나를 내려다보고 있다. 다행히 그들은 마스크를 쓰고 있어서 말을 하지 못하지만 나는 입이 자유롭다. 나는 죽지 않았어요. 그러니 지금 내게 메스를 댄다면 살인입니다. 나는 꿈속에서 분명히 그렇게 말하리라. 남자들은 난처하다는 듯이 서로를 쳐다본다. 나를 구원해주는 것은 언어뿐이다. 나는 말을 잇는다. 뇌사라고 말하고 싶지요. 하지만 뇌가 죽었다면 언어를 말할 수가 있겠습니까. 말을 하고 있다는 사실이 다른 무엇보다 살아 있다는 증거입니다. 살아 있는 생명에게 메스를 들이댈 권리는 누구에게도 없습니다. 갑자기 화재경보기가 울리기 시작한다. 푸른 마스크를 쓴 사람들은 메스와 가위를 내던지고 서둘러 방에서 도망친다. 나는 몸부림치지만 손발이 꽉 고정되어 있다. 그러다 문득 나를 돕기 위해 불이 난 게 아닌가 하는 생각이 든다.

"속이 안 좋아?"

노라는 큰 컵 가득 담긴 물을 단번에 비우는 나를 보며 걱정스레 물었다.

"나는 내가 만들어낸 공상에 충격을 받아 기절할 뻔하기도 해."

쿠르트와 툴레가 소리 내어 웃었다. 아무래도 비웃는 건 아닌 듯하여, 호의가 잔물결처럼 밀려들었다.

"공상을 과다 복용하면 좋지 않아. 이제 슬슬 현실로 돌아와 트립을 재개하자. 약물에 의한 트립*이 아니라 오토바이를 타고 떠나는 트립이야."

툴레가 말했다.

아우토반을 달리자 스피드가 다시 나의 몸을 홱 낚아챘지만, 마음은 이상하게 차분해서 툴레의 몸을 안고 있는 팔의 힘을 느슨히 풀어도 불안하지 않았다. 다만 딱 한 차례, 맹렬한 속도로 도로를 가로지르는 토끼를 보고 숨이 막혔다. 오토바이 불빛에 회색빛이 감도는 갈색 넓적다리가 크게 도약하는 모습이 보였다.

세계의 윤곽이 조금씩 하얘졌고, 몽롱한 머리로 저 흰색이 무엇을 의미할까 생각하는 사이, 어느 틈엔가 하얀 것이 푸르스름해지면서 최종적으로는 빨갛게 되었다. 어, 태양이구나. 동트는 일 따위 나와 상관없는 현상이라고 생각해왔지만, 그 속에 물들고 보니 온몸에 스몄다.

함부르크 중앙역에 내려달라고 한 뒤, 노라와 나는 거기서 로

---

* 영어에서 트립(trip)은 여행이라는 뜻 외에 약물에 의한 환각 상태를 뜻하기도 한다.

스토크행 열차에 올랐다. 노라는 자리에 앉자마자 창가 옆 옷걸이에 걸어둔 상의에 몸을 기대고 잠에 **빠졌다**. 갑자기 어른스러워진 노라의 잠든 얼굴을 보고 있으려니, 나도 졸음이 몰려와 꾸벅꾸벅 졸았지만 깊이 잠들어버리면 꿈을 꿀 것 같아 두려웠다.

로스토크에서 배에 오를 즈음에는 노라도 젊음을 회복하여, 어린아이처럼 재잘거렸다. 드디어 덴마크가 가까워졌다. 그렇게 생각할 수 있었던 것도 바다 덕분이다.

"여행하는 동안은 무책임할 수 있어서 즐거워. 바다의 빛깔은 내가 결정할 수 있는 게 아니니 놀라움의 연속이고. 집에 있는 벽지 색은 내가 카탈로그와 몇 시간이나 씨름한 끝에 결정한 거니까 나의 인격이 깃들어 있는 것 같아 숨이 막히지만, 바다의 빛에는 내가 없어. 그걸 시원하게 느낄 수 있다는 게 참 신기해."

짙푸른 바다를 보며 노라가 말했다. 바람이 찼지만 우리는 갑판에 남았다. 울고 싶은 기분이 바닷바람을 타고 간간이 스쳐 갔다.

"Susanoo는 어쩌고 있을까. 괜찮은 병원이어야 할 텐데. 입원할 만한 종류의 질병은 아니지만, 무슨 프로젝트에 참가해서 무료로 병원 시설에 머무르고 있대."

"의사는 크누트 친구랬지."

"친한 친구는 아니고 그냥 아는 사람일 거야."

"어떻게 알아?"

"그냥 어쩐지 그런 기분이 들었어. 마을에 도착하면 내가 묵기로 한 친구 집에 우선 같이 가자. 택시 운전사니까 집에는 없을지도 모르지만, 옆집 사람한테 열쇠를 맡겨놔달라고 부탁했어."

"나는 호텔에 두 사람 방을 잡아놨어. 나누크와 묵을 예정이었으니까. 그 호텔에 체크인한 뒤에 택시로 병원에 갈 생각이야."

"그럼 한 시간 뒤에 병원에서 만나자."

택시 운전을 하는 친구는 집에 없었기 때문에 옆집 사람에게 열쇠를 받아 짐을 둔 뒤, 오늘 다시 오겠다는 쪽지를 탁자 위에 올려두고 그대로 버스를 타고 병원으로 향했다.

노라는 접수창구 앞에서 나를 기다리고 있었지만, 헝클어진 실타래 같은 표정을 하고 있었다.

"왜 그래? Susanoo 면회가 안 된대?"

"나누크가 벌써 와 있어."

"우아, 히치하이크인데도 빨랐네."

"하지만 지금은 너무 바쁘니까 45분 뒤에 79호 연구실로 오래."

"건강해 보였어?"

"나누크 얼굴은 아직 못 봤어. 접수창구 전화로 이야기한 거야."

"너무 바쁘다니, 나누크가 병원에서 할 일이 있는 것 같다는 말투네. 아니면 설마."

"나도 그렇게 생각해. 분명 나누크는 크게 다쳐서 치료를 받고 있을 거야. 히치하이크를 하다가 폭행을 당한 건지도 몰라. 사정을 물어보려고 했는데 전화가 끊겨져서."

"너무 걱정하지 마. 이제 곧 만날 테니까, 만나서 천천히 이야기를 들어보자. 게다가 전화도 할 수 있을 정도니까 중태는 아니야. 우리는 Susanoo 병문안을 왔는데, 이건 뭐 나누크 병문안을 온 것처럼 되어버렸네."

우리는 대합실 소파에 나란히 앉았다. 청결함을 연상시키는 냄새가 흘러들어 오히려 불안감을 조장했다. 소독이라는 단어는 질병을 떠올리게 한다. 이런저런 이야기를 하면 기분이 편안해지기에 노라에게 말을 걸려고 했지만, 옆얼굴을 보니 지금 방해하면 안 될 것 같았다. 노라의 머릿속에는 분명, 이제껏 나누크와 나눴던 말들, 앞으로 나누크에게 해야 할 말들이 왕왕 메아리치며 울리고 있으리라. 처음 나누크를 만났을 때는 마냥 제멋대로인 녀석이라고 생각했다. 자기 출신 국가를 제대로 말하지 않은 탓에, Hiruko와 크누트와 노라와 내가 끝도 없는 기나긴 여행길에 오르게 되었으니 나누크는 타인을 여럿 휘말리게 해 놓고 자기도 무엇으로부터 도망치고 있는지 알지 못하는 미숙하지만 미워할 수 없는 녀석이다. 그런 생각에 빠져 있는데, 노라가 시계를 보고 일어나, "79호 연구실이야" 하고 말하며 긴 복도로 빨려 들어가듯이 걷기 시작했다. 나는 허둥지둥 그 뒤를 따랐다.

나누크를 보고 나는 우선 놀랐다. 예상하던 것과 분위기가 전혀 달랐다. 나는 당혹스러움을 감추기 위해 일단은 노라의 등 뒤에 숨었다. 내 기억 속 나누크는 사랑받고 자란 강아지가 들판에서 길을 잃어 한동안 혼자 떠돌다가 자기 선조 중에 늑대가 있다는 걸 막 깨달은 듯한, 손을 뻗으면 가만히 몸을 빼면서도 금세 다시 꼬리를 치며 다가와 놀아달라고 할 것 같은 청년이었다. 하지만 연구실 문을 열고 흰옷에 싸인 가슴을 펼치며 우리를 맞이한 나누크는, 관리직에 몸담고 있는 중견 간부 같은 분위기를 풍겼다.

"기다리게 해서 미안. 코펜하겐까지 여행은 쾌적했나?"

쾌적하다, 같은 형용사를 쓰기에는 아직 30년도 더 남은 것 같은데. 그 기세로 말을 이어가려는 나누크를 노라가 가로막으며,

"너는 왜 입원한 거야? 어디 다쳤어?"

하고 가슴속에 담아두었던 걱정을 토로했다. 나누크는 옅은

웃음을 띠며, 희미하게 턱을 들어 대답했다.

"어이, 침착해. 내가 다친 것처럼 보이나? 입원한 게 아니라 어떤 프로젝트를 위해 병원에 머물고 있을 뿐이야."

"머물고 있다고?"

"숙박 시설을 이용하고 있지. 이 연구실도 쓰고 있고. 조금 있으면 여기로 Susanoo가 올 거야. 그럼 오늘의 실험을 개시하자."

노라는 나누크의 예상치 못한 답변에 기가 꺾여 입을 다물었지만, 내가 도움의 배를 띄웠다.

"프로젝트라니, 무슨 프로젝트인데?"

"한마디로 설명하긴 어렵지만, 내용은 내가 책임지고 있어. 말하자면 내가 조수들보다 한참 더 의사의 신뢰를 받고 있는 거지. 자유롭게 해보라고 말씀하셨어. 물론 Susanoo와 관련이 있는 주제를 골라야 한다는 제한이 있었지. 나는 다언어의 침묵이라는 주제를 생각해냈어. 단 하나의 언어가 침묵하는 일과, 다언어가 침묵하는 일에는 어떤 차이가 있는가. 이 주제에 대해 힌트를 준 너희들, 특히 크누트에게는 감사하고 있어. 물론 기획서에는 크누트보다도 Hiruko의 이름을 강조했지. 여성을 전면에 내세우면 출세할 수 있고, 여성을 모욕하면 목이 날아가니 말이야."

"나누크, 너 어떻게 된 거니?"

"딱히 어떻게 된 건 아닌데."

"무슨 일이 있었어?"

그때, 기묘한 리듬으로 문을 세 번 두드리는 소리가 나더니 Susanoo가 기웃거리며 들어왔다. 나는 스스로도 예상하지 못한 재회의 기쁨을 강렬하게 느꼈다.

"Susanoo, 잘 있었어? 노라와 나는 지금 막 도착했어. 더 빨리 병문안을 오고 싶었는데, 코펜하겐이 트리어에서 좀 멀어야지. 동맹파업이랑 이런저런 사정이 생겨서 여행이 무척 힘들었어. 아아, 만나서 기쁘다."

Susanoo는 나와 시선이 마주쳐도 얼굴 근육이 미세하게 느슨해졌을 뿐이지만, 그래도 충분했다. 완전히 인격이 바뀌어버린 나누크에 비하면, 말을 하지 못하는 Susanoo가 훨씬 더 친근한 느낌이다. 어쩌면 Susanoo는 과묵할 뿐이고, 치료 따위 필요치 않은지도 모른다.

"너희가 같은 프로젝트에 참가하고 있구나. 다행이다."

그렇게 말하자 나누크가 발끈해서는 날카롭게 반발했다.

"나는 의사한테서 책임을 떠맡은 연구자야. Susanoo는 연구대상인 환자고."

"그래서 뭐?"

"의사와 환자는 같이 노는 친구가 아니야."

노라가 화난 눈초리로 물었다.

"너, 대체 무슨 일이 있었던 거야? 마치 네가 우리보다 우월하다는 말투잖아."

나는 태풍이 덮칠 듯한 위험한 공기를 감지하고 서둘러 둘 사이에 끼어들었다.

"같이 커피나 마시면서 서로 여행이 어땠는지 이야기하자."

나누크가 코웃음을 치며 대답했다.

"여행의 추억 따위는 연금생활자한테 맡겨. 일이 우선이지. Susanoo, 여기 앉아봐."

Susanoo가 침착하게 의자에 앉자, 나누크는 무수히 많은 코드와 돌기로 뒤덮인 헬멧을 Susanoo에게 씌웠다. 나는 '이 제품의 개발에는 동물실험을 일절 하지 않습니다'라고 써 있는 샴푸나 보습크림 용기에 적힌 문구가 떠올랐다.

"나누크, 너 Susanoo 동의는 얻었어?"

"그런 게 왜 필요해. 나는 정식 의사도 아니고, 나와 Susanoo는 친구 사이잖아."

"하지만 아까는 네가 의사 쪽 사람이고, 의사와 환자는 친구가 아니라는 둥 하는 말을 하지 않았나."

"그래, 나누크, 네가 하는 일은 틀렸어."

"말싸움은 그만두자."

나누크가 가만히 턱으로 가리킨 쪽을 보자, 천장에 카메라가 설치되어 있었다. 나누크는 갑자기 옛날 얼굴로 돌아가서 말했다.

"Susanoo를 다치게 하는 행동은 하지 않아. 침묵의 질을 살펴보는 것뿐이야."

6장

닐센 부인은 말한다

결혼하고 얼마 후 정자와 난자가 만나 태내 궁전에서 천천히 자라다, 부르짖는 덩어리인 인간 하나가 태어났습니다. 산소를 들이쉬는 게 아픈지 빽빽 울어대는데, 그 소리를 들어도 아득한 기분으로 넋 놓고 바라볼 수 있는 건 제 머릿속을 휘젓는 액체가 평소와 다르기 때문이겠지요.

정신이 들자 하늘 높은 곳에 남편, 시어머니, 시누이, 벗의 얼굴이 구름처럼 떠 있습니다. 각각의 얼굴에 달린 입이 뻐끔뻐끔 움직이며, 축하해, 축하해, 앞다투어 축하의 말을 건넵니다. 그렇게 축하할 일일까. 마치 내가 태어나 처음으로 옳은 일을 한 것처럼 칭찬을 합니다. 새로운 인간을 생산한다는 것은 분명 훌륭한 일이겠지만, 이렇게나 몰비판적으로 기뻐하다니, 어딘가 독재 정권의 냄새가 났습니다. 무언가가 완전히 잘못되었는데 그게 뭔지 알 수 없어서 살짝 조바심이 납니다. "이 그림은 어디가 틀렸을까요?"라고 하는 틀린그림찾기 퀴즈를 눈앞에 들이댄 것처럼, 아무리 생각해도 답을 찾을 길이 없기에 포기하고 눈을 감았습니다.

다음에 눈을 뜨자, 그곳은 이미 나밖에 없는 흰 사각형 상자 속이고, 제 하반신마저 멀리 드러누워 있는 반도처럼 느껴졌으며, 팔은 빌려온 로봇 부품, 고개는 안 돌아가는 데다, 콧속이 너무 건조하고 가슬가슬해서, 겨우 저답게 느껴지는 것은 오직 머릿속을 흐르는 액체뿐이었습니다. 그 후로 괴로운 나날이 이어졌습니다. 더 정확히 말해, 지금 돌이켜보니 '괴롭다'는 말을 쓰고 싶다는 뜻입니다. 당시에는 이 말의 존재를 잊고 있었습니다. 남편은 애무하는 직전이나 도중에도 "잉거, 기분이 어때?" 하고 부드럽게 말을 걸어주었고, 그때마다 저는 부끄러운 줄도 모르고 "행복해!" 하고 대답하곤 했습니다. 행복이라는 말을 입에 담은 것은 제 인생에서 이때뿐이었습니다. 저를 꽉 껴안아주던 공기는 분홍빛을 띤 오렌지색으로 새콤달콤하면서도 따사로웠고, '행복'이라는 말을 써도 전혀 거리낌이 없었습니다. 어쩌면 '행복'이란 공기의 상태를 드러내는 낱말이고, 그 공기에 싸인 인간과는 아무런 관계가 없는지도 모르겠습니다. 그러니까 불행한 인간이 행복이라는 이름의 공기에 폭 싸인 경우도 있다는 겁니다. 돌고래가 털실 스웨터를 입은 것처럼 어울리지 않고, 납득도 가지 않는 것이죠. 그뿐 아니라 한시라도 빨리 이걸 벗어던지고 싶다는 마음. 그런 위화감이 '나 자신' 그 자체라고 생각했습니다.

저는 지금 제 과거를 빚고, 치대고, 길게 늘이고, 둥글게 반죽하고, 다시 죽 늘려, 정방형으로 잘라서, 색을 입히고, 냄새를 더하고, 갖가지 궁리를 거듭해 이야기하고자 합니다. 듣는 사람으로 상정한 것이 현재 애인인 베르마는 아닙니다. 그쪽이나 저나 자녀가 독립한 후 찾아온 연애라, 아이가 태어났을 무렵 이야기에는 관심이 없지요. 제가 말을 거는 가상의 인물은 아들인 크누트입니다. 아들은 옛날이야기를 털양말만큼이나 싫어하고, 엄마인 제가 단어를 열 개 이상 늘어놓으면 벌써 귀를 탁 틀어막으니 이건 어디까지나 가상입니다. 귀를 틀어막는 뚜껑은 남성의 절반 이상이 가지고 있는, 눈에는 보이지 않지만 편리한 신체 부분입니다. 가상으로라도 아들에게 이야기를 털어놓지 않으면 안 되는 이유는 아들이 저를 너무 제멋대로 재판하기 때문입니다. 언젠가 제대로 변명하지 않는다면 종신형을 선고받겠지요. 아직 사형 제도가 남아 있는 나라라면 사형 선고를 받을지도 모릅니다. 두려운 일입니다. 그러면서도 이 재판에는 어딘가 어린 아이처럼 우스꽝스러운 부분도 있습니다. 그러니 어떻게든 만화로 만들어보고 싶었습니다. 아들은 재판관 망토를 두른 새하얀 곰이고, 저는 피고인으로 증언대에 선, 등의 털이 다 벗겨진 초라한 토끼입니다. 너는 어째서 나를 낳았나? 될 대로 되라는 심정으로 낳은 것 아닌가? 낳고 싶지도 않으면서 피임에 실패해서 낳은 것 아닌가? 엄마가 되어 사회적으로 인정받고 싶어 낳은 것 아닌가? 너는 태어난 아이를 제대로 키웠나? 너는 어째서 자기 자식에게 젖을 물리는 대신 유방을 방울처럼 흔들며 창밖에 지나가는 사람들 주의를 끌어야 했나. 너는 어째서 울어대는 젖먹이를 안아주고 다정하게 어루만져주는 대신, 자신의 넓적다리 살을 흔들며 즐거워했나. 너는 어째서 태어난 아이의 아버지 이외의 남성을 필요로 했는가? 그리고 궁극의 질문은, 너는 어째서 나의 아버지를 죽였나, 하는 것입니다.

달짝지근한 우유 냄새와 아기 냄새가 주변에 자욱하고, 그 공기의 농축된 부분이 제 아이의 몸이었을 무렵에는, 아들이 저를 비난할 만한 거리감이 둘 사이에 존재하지 않았습니다. 다만, 몇 번인가 아들을 안았을 때, '이 아이는 내 아이가 아닐지도 모른다'라는 의심이 물리적인 틈처럼 생겨났습니다. 이 아이는 다른 생물 체계에 속해 있기에 나이를 먹으면서 이해할 수 없는 존재로 성장하여, 언젠가는 어딘가로 멀리 떠나버리는 게 아닐까 하는 직감에 휩싸였습니다. 혹시 제가 아버지였다면, '다른 생물

체계' 같은 복잡한 생각 따위 하지 않고 단순히 '이 아이의 아버지는 다른 남자가 아닐까' 하고 생각했겠지요. 하지만 어머니이므로 타인의 난자가 들어와 멋대로 제 체내에서 수정했다고는 상상하기 어렵습니다. 그렇다면 사실은 대리모였는데 그 기억이 사라져버려서 진짜 엄마라고 믿고 있는 것일까요.

간호사 선생님이 와서 춥지는 않은지, 속은 괜찮은지, 이런저런 걱정을 해주었습니다. 저는 밀려왔다 사라지는 의혹의 파도에 흔들려 뱃멀미 상태로 있었습니다. 사실은 저도 그동안 간호사로 일했기 때문에, 그분이 제 용태를 어떻게 해석하며 무슨 걱정을 하고 있는지 정도는 대충 알고 있었습니다. 지금 무슨 말이라도 하지 않으면 간호사 선생님의 불안은 급격히 상승하여 귀 안쪽 사이렌이 울릴 거라는 생각에, 저도 모르게 마음에도 없는 소리를 내뱉고 말았습니다.

"저는 이 아이를 키울 수 없을지도 몰라요. 그런 예감이 들어요."

간호사 선생님은 뭐야, 그런 거였어, 싶은 표정으로 안심하며 저를 타일렀습니다.

"누구나 그런 불안이 찾아올 수 있습니다. 하지만 생각해보세요. 마을엔 사람이 넘쳐나요. 그러니까 누가 아무리 게으르든, 아프든, 바쁘든, 도벽이 있든, 에고이스트든, 학창 시절 성적이 나쁘든, 아이를 키울 수 있다는 겁니다. 당신처럼 훌륭한 사람이 아이를 키울 수 없다면 인류는 이미 몇천 년 전에 멸망했을 거예요."

지금도 카페 창문 너머로 지나가는 사람들을 멍하니 바라보고 있으면, 이때 간호사 선생님이 해주신 말이 생각납니다. 지금 이 길을 지나다니는 사람들은 모두 어른 밑에서 성장했고, 그 어른들은 모두 아이를 키울 수가 있었던 거구나, 하고 감탄하고는 합니다. 친부모도, 양부모도, 보육원에서 아이들을 키우는 사람들도, 어른들은 모두 무언가를 키우고 있습니다. 저는 학교 공부가 뒤처져서 따돌림을 당하고, 마리화나에 빠지고, 취직을 해서도 업무에 관심이 없어서 주식에 손을 댔다가 빚쟁이들 꾐에 넘어가고, 다이어트 사기를 당해 몸을 망가뜨리고, 쓰레기 분리수거조차 제대로 할 줄 모르는 엉망진창 인생을 보내고 있으면서도, 아이를 제대로 키우고 있어요. 정말 놀라운 일입니다.

퇴원하여 말 상대가 되어주던 간호사 선생님이 없어지자, 저는 낮 동안 쭉 침묵 속에 살았습니다. 남편 외의 인간을 집에 들이는 게 싫어서 도와주러 오겠다는 시어머니도, 놀러 오고 싶어하는 친구도 거절했습니다. 저녁에 남편이 돌아올 때까지, 집에는 저와 아들 둘뿐이었고, 창밖은 수채화처럼 고요하기만 했습니다.

아들은 손가락과 발가락을 아메바처럼 살랑살랑 헤엄치듯 흔들며, 생긋거리지도 않고 제 눈을 가만히 바라볼 때가 있었습니다. 안구는 당장이라도 쏟아질 것처럼 액체로 가득한 막에 뒤덮여, 빛이 부족한 실내에서도 반짝반짝 빛이 났습니다. 저는 두려우리만치 아름다운 그 눈동자가 섬뜩해서, 소파에 몸을 던지고 고래 모양 쿠션을 껴안은 채 움직이지 못하고는 했습니다. 뇌 안쪽 벽이 갑자기 새하얘지면 의자에서 일어나는 일조차 귀찮고, 자, 일어나자 싶어서, 일어나는 저를 영화의 한 장면처럼 상상해보아도, 실제로는 앉아서 움직이지 못했습니다. 테이블 위에 놓여 있는 접시가 보이지만, 존재조차 하지 않는 유리 벽으로 이쪽에 있는 저와 분리되어 있습니다. 식기세척기에 더러워진 접시를 넣는 제 모습을 선명히 떠올리는 일은 가능하지만, 그런 저는 실제의 제가 아니었습니다.

남편은 매일 아침, 노란 자명종이 울리기 직전에 스르륵 일어나, 나를 위해 시계 알람을 늦게 설정해두고는, 발끝으로 살금살금 침실을 빠져나갑니다. 그러면 남편의 기상을 기다렸다는 듯이 아들이 울기 시작하고, 남편이 지체 없이 달려가 기저귀를 갈아주거나 분유를 주는 소리가 들립니다. 그다음 이어지는 샤워 소리는 누가 공방에서 집요하게 금속을 가는 듯했습니다. 부엌에서는 커피머신이 소란을 피우기 시작합니다. 모델이 갱신될

때마다 소리가 더 소란스러워지는 커피머신이 저는 지금도 너무 싫습니다. 아침 시간은 기분 나쁜 소리로 가득합니다. 프라이팬 속에서 달걀이 지글지글 익어가는 소리에도 초조함과 통증을 느꼈습니다. 남편이 대문을 닫고 나가는 소리가 문이 화를 내는 것처럼 들렸습니다. 남편은 차분한 사람이었으니 아마도 늘 조심스럽게 문을 닫았을 겁니다. 남편이 아니라 문이 화를 내는 거라고 생각하기로 했습니다. 집 전체가 화를 내고 있었습니다. 남편은 화를 내지 않는 성격이라 집이 대신 화를 내는 겁니다. 저는 언짢은 상태의 집 안에 갇혀서 침대에 가만히 누워 있었습니다. 점심나절이 지나서야 겨우 일어나는데, 곧장 제2의 침대인 소파로 몸을 던져버렸습니다.

혹시라도 언젠가 저의 인생을 영화화하게 된다면, 카시스 주스가 바닥에 살짝 남아 있는 남편의 유리잔을 크게 확대해서 찍어야겠다고 생각했습니다. 그리고 오믈렛 기름으로 아직 희미하게 빛나고 있는 접시. 그거라면 훌륭히 촬영할 수 있겠다는 기분이 들었습니다. 혼자서 시리얼을 씹고 있는 제 얼굴은 찍고 싶지 않습니다. 모래라도 씹고 있는 기분이지만, 미각은 촬영이 불가능합니다. 애초에 제가 영화를 찍을 일이 어디 있겠습니까.

아들이 큰 소리로 울기 시작하면, 견딜 수 없는 기분으로 몸을 일으켜 허둥지둥 유아용 침대 머리맡으로 달려가는 것은 저의 분

신입니다. 본체는 소파 위에서 꼼짝도 하지 않고 있습니다. 분신은 실체가 없기에 기저귀와 우유병을 들 수 없습니다. 분신은 본체에게로 돌아와 최선을 다해 손을 잡아끕니다. 네가 없으면 물건을 움직일 수가 없어. 그러니 같이 가자! 그러자 본체가 겨우 허리를 슬금슬금 일으킵니다. 발이라도 삔 듯한 걸음걸이입니다. 하지만 한번 일어서서 움직이기 시작하면 무던하게 아기가 있는 곳으로 가서 별다른 고생 없이 작업을 끝낼 수 있습니다. 그뿐 아니라 스위치가 켜진 기계처럼 갑자기 활동적으로 변해 세탁기를 돌리고, 아이를 목욕시키고, 파우더를 발라주고, 귀찮은 일들을 하나하나 쉬지 않고 해나갑니다. 그러다가 예상치도 못한 순간에 갑자기 방전되어 본체가 소파에 픽 쓰러지고, 이어서 진행해야 하는 일이 있음에도 손가락 하나 움직일 수가 없습니다. 내가 로봇이었으면 좋았을 거라고 생각한 적도 있습니다. 로봇은 의욕이 없어도 전기만 들어오면 확실하게 움직입니다.

하루 종일 스위치가 켜지지 않는 날에는 테이블 위 머그잔이나 접시가 들이치는 석양으로 인해 한쪽 면만 반짝이며 조금씩 기울어갑니다. 퇴근한 남편은 더러운 그릇이 그대로 놓여 있는 것을 보아도 잔소리 한마디 하지 않고,

"잉거, 오늘은 몸 좀 어땠어?"

따위의 질문을 정신과 의사처럼 합니다. 그런 남편의 배려에

마음이 따뜻해질 법도 한데, 저는 기쁘지도 않고 아무런 감정이 없습니다. 남편은 모범적인 인간이고, 저는 쓸데없는 인간이라는 생각이 들 뿐입니다.

가끔 텔레비전 스위치를 켤 때도 있었지만, 토크 프로그램이나 가족 드라마가 나오면 곧장 꺼버렸습니다. 유일하게 넋을 놓고 본 것은 공상과학영화입니다. 당시 이런 영화를 해주었습니다. 화성에서는 여성 전원이 보람 있는 전문직에 종사하며 아침부터 밤까지 일을 해서 보육원이 부족했고, 난처해진 정부가 아기를 지구로 보내 지구인에게 키우도록 합니다. 이를 위해 갓 태어난 아기가 있는 지구인 집에 한밤중 몰래 숨어들어, 부모가 잠들어 있는 사이에 뇌를 세뇌하고 아이를 바꿔치기한 뒤 그 아이가 자기 자식이라고 믿게 만드는 겁니다. 화성인 아이를 떠맡게 된 지구인 부모는 그게 자기 아이라고 믿고 일평생 키웁니다. 한편, 지구인이 낳은 아이는 토성으로 보내집니다. 토성에서는 아이가 전혀 태어나지 않게 되었기 때문에, 어떤 아이라도 기쁘게 양자로 받아들여 키웁니다. 그렇다면 화성인들이 직접 자기 아이를 토성에 보내면 될 텐데, 실은 절대로 그렇게 하고 싶지 않은 이유가 있습니다. 토성인들은 아이를 너무 사랑하는 나머지 거꾸로 괴롭히고 맙니다. 예를 들어 "너는 머리가 나쁘고 게으르니 어른이 되어도 할 일이 없을 거다. 설령 취직을 하더라도 곧바로 잘릴 것이다. 하지만 걱정할 것 없다. 쭉 이 집에서 살면 된다" 같은 소리를 자기도 모르게 하곤 하는데, 토성인 특유의 애정 표현입니다. 토성인들은 이별의 고통을 견디지 못하는 성격이라서, 자식들이 자립하지 못하도록 온갖 수단과 방법을 동원합니다. 지구인들은 자기 자식이 그런 토성으로 보내졌다는 사실을 평생 깨닫지 못합니다. 물론 영화니까 딱 한 명 그 사실을 알게 된 엄마가 등장하여, 자기 자식을 찾아 여행을 떠나기 위해 우주학을 공부하고, 어느 날 남몰래 우주선에 오릅니다.

어쩌면 내 아들도 다른 별에서 온 것이 아닐까. 무시무시하게 과학이 발달한 어느 별 사람들이 우리를 세뇌하고, 체내에 특수한 호르몬을 주입하여 모성애를 유발하고, 아이를 떠맡겨 키우도록 하는 거라면? 그렇게 생각하자 아들에게 위화감을 느끼는 저 자신을 책망하는 기분이 사라지고, 마음이 홀가분해졌습니다.

몇 달 뒤 정기검진에 아들을 데리고 간 남편이 만족스러운 얼굴로 돌아와 전한 바에 따르면, 아이는 신장도 체중도 딱 덴마크인 평균 수치이며, 건강 상태도 좋다고 합니다. 저는 그게 우주인의 성장 조작 때문이라고 여겼습니다. 신장이나 체중이 정확하게 국민의 평균치라니 너무 부자연스럽습니다. 혹시라도 이 아이가 같은 연령의 다른 아이들보다 훨씬 작거나 훨씬 컸다면 안심할 수 있었을 텐데, 하고 생각했습니다.

저는 다른 사람들과 달리 우주인으로부터 주입된 호르몬에 좌우되지 않는 체질을 가진 소수의 지구인이라고 믿기로 했습니다. 다른 여성들은 착실히도 다른 별의 후계자를 키우고, 손수 열심히 돌본 아이가 열세 살 정도가 되면 빼앗겨 원래의 아이를 돌려받는데, 세뇌되었기 때문에 그 사실을 깨닫지 못하고, 어째서 유년 시절에는 그토록 총명하던 아이가 대학 시험을 잘 치르지 못하나, 그토록 착하던 아이가 칼을 휘두르게 된 것은 도대체 어디서부터 잘못된 것인가, 그런 고민을 하는 것입니다.

저와 아들의 갑갑한 관계는 어느 날 갑자기 호전되었습니다. 아들이 옹알옹알 이상한 말을 하기 시작한 것입니다. 어른이 이해할 수 없는 언어이기는 했지만, 뿌리 밑에서부터 복잡한 시스템이 느껴지는 언어였습니다. 사용되는 자음이나 모음에 저도 흉내 낼 수 없는 것들이 많이 포함되어 있었습니다. 이것은 어쩌면 다른 별의 언어인지도 모릅니다. 그래도 상관없습니다. 아들이 독자적으로 훌륭한 언어 체계를 가지고 있다고 생각하자 어깨의 짐이 덜어졌습니다. 더 이상은 부족한 엄마 때문에 아들이 제대로 자라지 못할 거라는 걱정을 할 필요가 없어졌고, 거꾸로 제가 아들의 풍부한 능력에서 떨어지는 콩고물을 맛있게 받아먹으며 지켜봐주기만 하면 되었습니다.

그 전까지 아들은 배고픔, 하반신의 불쾌감, 졸림 등을 금속성 울림이 들어간 울음으로 제 신경에 직접 호소할 뿐이었습니다. 하지만 옹알이에는 구체적으로 뭘 해달라는 메시지가 없었고, 오직 말하기 위해서 말하는 예술 언어였습니다.

"빨리 옹알이를 졸업하고 보통의 언어로 이야기해주면 좋겠네."

남편이 그렇게 말했을 때, 저는 제일 마음에 드는 원피스를 두고 "그런 유치한 옷은 빨리 졸업하면 좋겠네" 하는 소리를 들은 것처럼 확 열이 치밀었습니다. 남편은 아들을 처음부터 '크누트'라는 정식 이름으로 불렀습니다만, 저는 쭉 '무무'라는 애칭을 이용했습니다. 크누트라는 이름은 경험이 많이 쌓인 노인을 닮은 이름이고, 아기에게는 어울리지 않는다는 기분이 들었습니다.

어느 날 무무는 입을 다물고 목구멍에서 소리를 내며 입술을 확 열면, "마아"가 된다는 걸 깨닫고는 자기도 놀라는 것 같았습니다. "마아"라고 한 건 우연이고, 자기가 소리를 내고 싶을 때 내는 건 아직 안 되는 모양인지, 입을 벌린 채 언제까지나 "응아— 응아—"를 반복했습니다. 아들은 어른이 되어서도 언쟁을 하는 와중에, 폭포수처럼 쏟아지는 제 불평을 부정하고 가로막으려고, "응아— 응아—"라는 소리를 낼 때가 있었습니다. 그걸 듣고 있으면 저는 갓난아기의 입에서 흘러나오던 신기한 소리가 떠오릅니다.

크누트에게는 'm'과 'a'를 두 번 반복해서 발음할 수 있다는 기쁨이 엄마가 눈앞에 있다는 기쁨보다 더 컸던 것이 아닐까요. 아니면 아들은 저 때문에, 처음부터 엄마보다는 '마마'라는 단어의 울림을 사랑하는 아이가 되어버린 것일까요. 엄마와 아빠를 비교한다면, 아들은 아빠를 훨씬 더 좋아했던 것이 분명합니다. 그 증거로 저만 집에 있을 때는 최소한의 신체 욕구가 있을 때만 울고, 아빠가 집에 오면 안아달라고 수도 없이 울었습니다. 그래도 언어적으로는 엄마의 승입니다. 크누트는 "마마"를 연발하기는 해도, 결코 "파파"라고는 하지 않았습니다. 그런 자식을 안아서 어르며 남편은,

"m음이 p음보다 훨씬 발음하기 쉬워. 그래서 엄마만 부르고 아빠를 안 부르는 거지."

라고 하며 억지를 부렸습니다.

아들의 발음 일기를 써두었다면 본인이 감사해했겠지만, 이 시기 저는 글을 쓰는 일이 너무 귀찮았습니다. 기록이 없어서 자신은 없지만 기억하고 있는 한에서는 "마아" 뒤에 "아─우"가 왔던 것 같습니다. "아─"라고 하는 도중에 입을 오므리면 "아─우"가 된다는 걸 발견한 아들은 너무 기뻐서, "아─우, 아─우"를 계속해서 반복했습니다. 또 너무 기쁘면 호흡이 격

렬해지면서, 제 얼굴을 보며, "마마"가 아니라 격한 숨을 섞어 "하아하아"라고 한 적도 있었습니다. 아무리 연습을 해도 질리지 않는 건 뭐니 뭐니 해도 "아—" 음이었습니다. 아들은 "아—"라고 말하며 고개를 좌우로 흔들어 떨리는 소리를 내는 고도의 기술까지 실험하는 것이었습니다.

이상하게도 아들은 고양이 우는 소리를 집요하게 흉내 내었습니다. 집에서는 동물을 기르지 않았고, 아들이 밖에서 고양이 우는 소리를 가만히 들었던 적도 없었다고 생각합니다. 그런데도 아들은 찰진 목소리로 고양이처럼 울었습니다.

"이 아이는 어째서 고양이 같은 소리를 내는 걸까."

제가 그렇게 말했을 때, 남편은 입 주위를 붉게 물들이며 수박을 먹고 있었습니다.

"글쎄. 어쩌면 반대인지도 모르지. 고양이가 인간의 목소리를 흉내 내는 거야. 옛날에는 고양이도 호랑이처럼 무시무시한 소리밖에 내지 못했지만, 인간의 관심을 끌기 위해 인간의 아기 목소리를 흉내 내기 시작한 건 아닐까."

이때 남편이 흔치 않게 유머 섞인 자기만의 가설을 펼쳐주어서, 저는 지금도 기억하고 있습니다. 본래 그런 재주가 있는 사람이었는데, 일에 쫓기다 보니 관심의 폭이 좁아졌고, 무슨 말을 꺼내야 이야기가 통할지 곤란할 때가 있었습니다. 남편의 직업인 금융 이야기는 제가 이해하지 못하고, 관심도 없습니다. 남편이 언제부터인가 관심을 가지기 시작한 북해의 해수면 상승 이야기도 저에게는 실감이 나지 않았습니다. 북극권을 떠다니는 얼음이 이대로 녹는다면 해수면이 점점 상승하여 덴마크가 물에 잠긴다는 겁니다. 그걸 막기 위해 북극에 거대한 제빙기를 설치하려는 기업이 있다고 합니다. 이 기계가 완성되면 태양 에너지를 이용해 소형차 사이즈의 얼음을 척척 만들어 북해에 토해 낸다고 합니다. 하지만 연구비만 불어나고 완성될 기미가 보이지 않자 여러 은행이 잇따라 자금을 동결해서, 결국 남편이 일하는 은행이 맨 마지막까지 남아 현시점에서 제빙기의 이용 방안을 모색하고 있다고 합니다.

"가까운 시일 내에 그린란드로 시찰을 갈지도 몰라."

남편이 그렇게 말한 것을 기억하고 있습니다. 설마하니 달나라로 가는 것도 아니고 크게 신경 쓰이지는 않았습니다.

나눌 수 있는 게 아이 이야기밖에 없는 부부는 이미 가망이 없습니다. 남편은 가끔씩 빨간 장미 꽃다발을 사 왔습니다. 하지만 꽃다발을 받아 든 순간 비누 냄새가 나서, 화병에 담으려 할 때면 꼭 가시에 손이 찔립니다. 장미는 악의에 찬 사랑의 증표입니다. 어디 다른 여성에게 꽃다발을 보내놓고 뒤가 켕겨 제 꽃까지 사 온 것인지도 모르고, 귀부인을 칭송하는 기사의 마음 같은 건 진즉에 사라졌다는 걸 깨닫고 그걸 감추기 위해 황급히 꽃을 사 든 것인지도 모릅니다. 저는 남편과 눈을 마주치지 않도록 하며 화병에 꽃을 꽂고 유아용 침대 곁에 놓았는데, 크누트가 얼굴을 찡긋찡긋하더니 재채기를 했습니다. 꽃이야 먼지 같은 꽃가루를 흩뿌려서 자기 자손을 늘릴 생각밖에 하지 않는 에고이스트라는 사실을 아이는 금세 코로 분별해내는 것이겠지요.

"크누트가 재채기를 해."

비난 어린 말투로 남편에게 말하니 남편은,

"꽃을 아기 근처에 두는 건 좋지 않아. 꽃가루 알레르기가 생기면 안 좋으니 떨어뜨려놔."

하고 쌀쌀맞게 대꾸했습니다. 저는 전에 없이 심술궂은 기분으로,

"장미에서 비누 냄새가 나지 않아?"

하고 쏘아붙였습니다. 그러자 남편은 쓴웃음을 지으며,

"본말전도 같은 소리네. 네가 애용하는 비누가 장미향이라 그런 생각이 드는 거겠지."

하고 대답했습니다.

크누트의 발음 수업 시대는 그 뒤로도 한동안 계속되었습니다. 언어는 부모가 자녀에게 가르치는 것이라고 생각했지만, 어쩌면 부모도 모르는 교과서가 유전자에 새겨져 있어 아이가 자력으

로 습득하는 것인지도 모르겠습니다. 그런 생각을 하는 저는 공상 과학영화를 너무 많이 본 것일까요. 크누트는 제가 말을 걸면 가만히 귀를 기울이고는 있지만, 그것을 그대로 흉내 내지는 않고 자기만의 독자적인 언어 연습을 고집스럽게 이어갑니다.

옹알이가 들리기 시작하면서 삶의 기력을 되찾았습니다. 대단한 기력은 아니지만 아침에 눈을 뜨면 커피가 마시고 싶어지고, 시리얼을 먹은 뒤 그릇을 치우면 기분이 상쾌해지고, 그런 다음 아들이 하는 옹알이에 귀를 기울이며 이유식을 준비하고, 기저귀를 갈고, 쓰레기를 버리러 아래층으로 내려갈 수 있게 되었습니다. 그때 깨달은 것은 이제껏 집 안이 쓰레기로 넘쳐나지 않은 것은 남편이 버려주었기 때문이라는 당연한 사실이었습니다. 냉장고가 텅 비었던 적이 없는 것도 남편이 일을 마치고 집에 오는 길에 장을 봐주었기 때문이었습니다.

배고파, 라든가 기저귀 갈아줘, 같은 분명한 요구가 있을 때면 아들은 여전히 갓난아기 특유의 금속성 강한 목소리를 냈습니다. 바라는 것은 없지만 그저 말하고 싶어서 말할 때는 기분이 상쾌해지는 옹알이를 들려주었습니다. 저는 아무런 관심이 없는 척 창밖을 바라보며 언제까지고 귀를 기울였습니다.

옹알이는 참으로 풍성한 언어입니다. 들어본 적도 없는 마술적인 파열음, 이국적인 멜로디, 곡예사처럼 춤추는 혀, 넘쳐흐르는 침과 달콤한 숨결. 옹알이를 듣고 있으면, 텔레비전에서나 보던 사바나와 열대우림, 심해의 밑바닥, 에베레스트 정상에서 보는 절경이 잇달아 떠오릅니다. 아직 걷지도 못하는 아들이지만, 세상의 언어를 입에 머금고 맛보며 무엇을 선택할지 망설이고 있는지도 모릅니다. 녹아내릴 것만 같은 부드러운 뺨, 입 속에서 자유자재로 곰틀곰틀 움직이는 혀, 언제나 촉촉한 새빨간 입술. 아들을 향한 애정이 폭발적으로 저를 덮쳤습니다.

남편은 아들이 옹알이를 하고 있으면 덥석 안아 올려 입 안을 들여다보며,

"너는 햄릿이냐. 독백이 길어. 너무 길어. 무슨 뜻인지도 모르겠고. 어서 아빠, 해봐."

하고 농담 섞인 요구를 하기도 했습니다. 아들은 아빠가 말을 걸어줘서 기쁜지 까르르까르르 웃었지만, 말을 하기 시작하면 다시 이해할 수 없는 언어로 되돌아갑니다. 남편도 지지 않고,

"뭐? 아빠가 위대하다고? 그래. 북극권의 해수가 이 아빠를 보기만 해도 무서워서 벌벌 떨며 얼어붙어요. 그만큼 위대하단다. 하지만 우리 아들은 훨씬 더 위대해질 거야."

하고 제멋대로 해석을 하며, 억지로라도 자기 인생에 아들을 끌어들이려고 합니다.

크누트는 어느 틈엔가 우리가 쓰는 덴마크어를 쓸 수 있게 되

었고, 초등학교에 들어갈 무렵에는 자기가 옹알이어(語)를 썼다는 걸 완전히 잊은 듯했습니다. 제 입장에서는, 옹알이 어족(語族)이던 유아와 조리 있게 말을 잘하는 활달한 소년이 동일 인물이 아닙니다. 쭉 다른 별에서 살던 아이와 뒤바뀐 것일까요. 전에 있던 아이가 그립기만 하고, 지금 있는 아이는 남편의 미니어처 같아서 재미가 하나도 없습니다. 제가 집안일을 하자 남편은 딱 반만큼만 하게 되었고, 저는 다시 일주일에 며칠 정도 병원에서 일을 하게 되었습니다.

여기서부터 기억이 가장 모호한 부분으로 들어갑니다. 하지만 이 부분을 제대로 말하지 않으면 아들은 저를 이해해주지 못하리라는 생각이 들 정도로 중요한 부분입니다. 정직하게 말하려고 해도 기억에 없는 연결 부분을 추측해서 말하면 픽션이 되고 맙니다. 남편이 집을 나갔다는 사실만은 확실합니다. 하지만 집을 나가면서 뭐라고 했는지는 정확히 떠오르지 않습니다. "회의가 있어서 독일로 가"가 용의 몸체였고, 그 용의 엉덩이에서 "회의 결과에 따라 곧장 그린란드로 갈지도 몰라"라는 꼬리가 자라나더니, 며칠 후 걸려 온 전화로는 "피곤해서 잠시 지중해에 들러 천천히 쉬고 싶다"는 날개가 더해지고, 그 후에 도착한 편지에는 "뜻 있는 일을 하는 사람들을 만나 나의 사명을 확실히 깨달았으니 회사를 그만두고 싶다"는 뿔이 용의 이마에서 솟아났습니다. 저는 일단 그 편지를 옷장 서랍 깊숙한 곳에 집어넣었습니다. 그 후로 두 달 동안 연락이 없어서 경찰에 신고를 하려고 결심한 날 전화가 걸려 와, "실은 어떤 사람한테 속아 넘어가 범죄에 휘말렸어, 이름도 생활도 모조리 바꿔버렸으니 경찰에는 연락하지 마, 곧 반드시 연락할 테니까"라고 말하는 것이었습니다. 그것은 분명히 익숙한 남편의 목소리였고, 협박을 받아 두려움에 떠는 낌새는 없었으며, 수면제라도 먹은 것처럼 졸린 듯한 목소리였습니다. 남편은 범죄에 휘말릴 만한 사람이 아닙니다. 가장 있을 법한 일은 새로운 애인이 생겼는데 마음이 약해서 제게 말하지 못한 경우입니다. 다만 그 경우, 그렇게 귀여워하던 크누트에게조차 접근을 딱 끊어버린 것이 이상합니다. 어쩌면 세뇌당한 것인지도 모릅니다. 자연보호단체를 위장한 테러 조직이 남편을 속이고 세뇌해, 남편이 다니는 회사에서 돈을 빼내게 했다는 것이 제가 만들어낸 이야기입니다. 이야기 없이는 바람 강한 고층 빌딩 옥상에서 추락할 것만 같은 하루하루였습니다. 그러던 어느 날, 갑자기 옥상으로 달려 올라와 나를 꼭 끌어안고 조용한 1층 방으로 데려다준 사람이 있었습니다. 클로디라는 별명을 가진 남성으로, 마을 바에서 처음 알게 되었습니다. 깊은 밤 혼자 카운터석에 앉아 보드카를 홀짝이고 있는 저에게, "이민 생활을 지원하는 자원봉사에 참가하지 않겠느냐"

며 말을 걸어왔습니다. 아이를 집에 혼자 두고 술에 취해 있는 여자에게 자원봉사 활동을 하라니 정신이 어떻게 된 사람이든가 사기꾼이든가 둘 중 하나입니다.

"제가 사회에 도움이 될 만한 여자처럼 보이나요?"

하고 도발적으로 물어보자, 클로디는 웃음기도 없이 고개를 끄덕였습니다. 그는 가로세로로 큰 덩치를 어렵게 움직이며 옆에 앉더니, 또 실패인가 하고 부끄러워하는 듯한 표정을 지었습니다. 바 카운터에 놓인 그의 손을 보자, 제 심장이 빠르게 뛰기 시작했습니다. 가운뎃손가락만이 눈에 띄게 길었던 것입니다. 이제 되돌아갈 수는 없습니다. 클로디의 말대로 자원봉사 활동 사무소에 따라가 함께 팸플릿을 넘겨 보다가 어느새 나란히 서서 서로의 등에 손을 두르게 되었습니다. 저는 자원봉사 활동을 시작했습니다. 클로디는 우주개발 관련 일을 하는 것 같았지만, 엘리트의 E자도 크로네의 K자도 얼굴에 드러내지 않았습니다. 여성적인 몸의 선이 안도감을 주었고 어른스럽게 보였습니다만, 실은 성적 집착이 강해서 집에 있는 동안은 커다란 몸을 말아 동굴처럼 저를 안은 채, 하염없이 그 짓을 하고 밖에 나가지 못하게 했습니다. 사실 저는 이상하리만치 긴 가운뎃손가락을 본 순간부터 그에게 그러한 남성성이 있다는 것을 깨닫고 있었습니다. 그렇게 남편이 실종되었다는 사실을 일시적으로 잊을 수 있었습니다. 그뿐 아니라 저의 신체에서 새로운 관능이 꽃을 피웠습니다. 클로디가 "적금이 있으니 일을 그만두고 익숙해질 때까지 자원봉사에 집중하는 게 좋겠다"고 하기에, 파트타임으로 일하던 간호사 업무를 그만두었습니다만, 그래도 매일같이 클로디의 손에 묶여 시간이 부족했습니다. 난감하던 차에 클로디가 친구의 딸인 마리아라는 여학생을 베이비시터로 고용해주어서, 그 사람이 크누트를 초등학교에 통학시키고 저녁을 먹이고 같이 놀아주고 때로는 재워주기도 했습니다. 클로디는 결코 제 기분을 상하게 하는 말을 입에 담지 않았고, 집요하게 잔소리를 해대는 일도 없었습니다. "A 씨는 치과보다 관공서를 훨씬 더 무서워해. 나는 치과가 훨씬 더 무서운데"라거나, "B 씨가 동네 슈퍼에는 먹을 만한 게 하나도 없다면서, 조금 멀지만 중동 지역 식료품을 주로 취급하는 가게에 데려가줬어. 그때 병아리콩 페이스트를 사봤지. 그랬더니 너무 맛있어서 그 가게에 또 가자고 내가 먼저 조르게 됐지 뭐야" 같은 아무래도 좋을 이야기뿐입니다. 얼굴 표정이나 목소리는 담백하지만, 그 손가락만은 어느 틈엔가 저의 머리칼이나 목을 휘감고서 끈질기게 애무하면서, 가슴이며 넓적다리에서 자근자근 시간을 짜내어갔습니다.

그러던 클로디가 하루는, "네 아들 크누트를 보면 기분이 나빠져"라는 말을 꺼냈습니다. 깜짝 놀라 이유를 물으니, 종이를 잘라 인형 놀이 하는 걸 마리아가 목격했다고 합니다. 인형들은 클로디가 크누트의 아버지를 목 졸라 죽이는 장면을 연기하고 있었답니다. 살해 방법 또한 무시무시해서, 뱀처럼 가늘고 길게 잘라낸 종이에 뜻을 알 수 없는 글자를 비늘처럼 가득 적어 넣고, 클로디 인형이 그걸 크누트 아버지 인형의 입과 코와 귀 속에 억지로 집어넣게 하고 있었다는 겁니다. 마리아가 놀라서 놀이를 멈추게 하고 따져 물으니, "클로디가 아빠를 죽이는 장면이야" 하고 알려주었다고 합니다. 저는 웃으며 그저 흘려들었습니다. 클로디는 크누트의 아버지를 만난 적도 없는데 어떻게 죽일 수가 있겠습니까. 하지만 그 일이 있은 후로 클로디는 시답지 않은 일로 저와 말싸움을 하게 되었고, 어느 날 클로디가 마리아와 카페에서 손을 잡고 있는 광경을 유리창 너머로 목격한 뒤로 곧장 헤어졌습니다. 인형극 이야기가 진짜인지 크누트에게 따져 묻는 일은 하지 않았습니다. 이것은 나중에 알게 된 일입니다만, 클로디가 관련되어 있던 우주개발 작업이란 우주선 안에서 먹는 과자를 아이들용으로 바꿔 파는 프로젝트였다고 합니다. 일은 어떻게든 잘 굴러간 모양으로, 하루는 크누트가 친구에게 받아온 '너도 우주비행사가 될 수 있어'라는 비스킷 상자에 적힌 설명을 읽다가, 제조사 이름이 눈에 들어왔습니다. 어디선가 들어본 적이 있는 이름. 그것은 클로디가 근무하는 회사 이름이라는 사실을 깨달았습니다.

아들은 열세 살이 되자 갑자기 키가 자라더니, 돼지도 소도 닭도 먹지 않게 되었습니다. 고기는 말코손바닥사슴 스테이크 외에는 먹지 않겠다고 합니다. 그것뿐이라면 괜찮겠는데, 남편이 사라진 게 제 책임이라며 몰아세우는 것이었습니다. 저는 기억나는 대로 다 이야기했는데 그것만으로는 부족했는지, 아직 더 숨기는 게 있잖아, 혹시 실종이 아니라 누가 없앤 거 아니야, 알려주지 않으면 경찰에 신고하겠어, 라는 말까지 해댔습니다. 옛날 사람이라면 '사춘기라 어쩔 수 없다, 조만간 나아질 거다' 하며 지냈겠지만, 요즘 아이들은 사춘기가 안 오거나, 아니면 십대에 한번 사춘기로 접어들고 나면 부모가 죽을 때까지 끝나지 않는 모양입니다. 크누트는 주변 다른 사람들한테는 어른스러운 행동을 했지만, 저와 마주하면 도망가거나 반발하거나 둘 중 하나의 태도밖에 취하지 않는 듯했습니다.

크누트는 십대 중반부터 집에 여자아이를 자주 데려왔습니다. 하지만 매번 다른 얼굴이었고 특정 여자아이와 사귀는 낌새는 없었습니다. 가벼운 마음으로 여러 명의 여자아이를 만나 누군가에게 상처를 주고 있는 게 아닌가 걱정이 되어 물어보았더니 경멸하는 얼굴로,

"본인이 재주 없는 분야에서 쓸데없이 머리 굴리지 말고 꿀이

랑 화장지 떨어졌던데 사다 놓지?"

같은 못된 말을 합니다. 하루는 또 여자아이를 데려와서 방에 틀어박힌 채 나오지 않기에 문 앞에서 몰래 엿들으니, 크누트는 언변이 뛰어나고 다정하여 여자아이가 무척 기분이 좋아 보였습니다. 그러다가 여자아이가 자기 애인과 자전거 여행 갔을 때 있었던 일을 크누트에게 신나게 이야기하기 시작했고, 크누트가 멋지게 장단을 맞추며 잘 들어주기에, 처음부터 여자아이는 크누트와 사귈 마음이 없었던 거다, 다시 말해 아들은 게이라는 걸 늦게나마 깨달았고, 그렇대도 요즘 세상에 그런 걸 부모에게 숨기는 자식이 있나, 백 년 전에는 그런 일도 있었겠지만, 싶어 의아했습니다. 그 뒤로 몇 주 동안 아들의 파트너가 누구인지 찾아내려고 했지만 엇비슷한 사람조차 찾을 수 없었습니다. 어느 날, 젊은 사람들이 성에 대한 관심을 완전히 상실한 세계를 그린 공상과학영화를 보았습니다. 더 이상 인구가 증가하면 자기들이 멸종될 위기에 처한 삼나무와 자작나무가 꽃가루를 대량으로 흩뿌려 인간의 생식욕을 마비시킨다는 이야기였습니다. 그러나 면역력이 약해 산소마스크를 쓰고 생활하는 병약한 소년만이 꽃가루를 마시지 않고 사랑에 눈뜹니다.

크누트는 대학에서 언어학을 전공하고 그대로 대학원에 진학했습니다. 제가 대학 이야기 하는 걸 너무 싫어해서, '언어학'이라는 단어를 입에 담으면, "정확히는 언어학이라고 하기 어려울 수도 있어"라고 하며 더는 설명해주지 않습니다. 대학원에 들어간 뒤로는 제가 무심코 '장학금'이라는 말을 꺼내면 "연구비야"라고 냉정하게 고쳐 말했고, 다음번에 '연구비'라고 하면 "하나의 연구를 위해 받은 돈은 아니지만" 하고 수정합니다.

아들과의 관계가 무척 피곤하던 차에 그린란드에서 오는 유학생을 개인이 지원하는 제도에 대한 기사를 봉사활동 관련 잡지에서 읽었습니다. 관심이 생겨서 전화로 문의했더니, 지원 방법이 다양했습니다. 유학생에게 저렴한 방을 제공해도 되고, 가끔씩 식사에 초대해 상담을 해줘도 되며, 혹은 생활비와 항공료를 전액 떠맡아 후원자가 될 수도 있다고 했습니다. 저는 우선 레스토랑에서 밥을 사주며 이야기를 들어주는 소소한 지원 활동부터 시작했습니다. 혼자 외국에서 살기 시작한 젊은 사람에게 이모나 삼촌 같은 존재가 있어도 좋겠다. 부모님을 대신할 수는 없지만, 가끔씩 맛있는 음식을 사주고 상담 상대가 되어주는 사람. 그린란드 청년을 지원하는 일은 덴마크인으로서 지극히 자연스러운 일처럼 여겨졌습니다. 크누트에게 그 이야기를 했더니 "그런 건 식민지주의의 연장선이잖아" 하고 차갑게 받아쳤습니다. 저는 너무 간단히 부정을 당해 화가 치밀었지만 말싸움이 되어 또 몇 달씩이나 아들을 못 만나는 건 쓸쓸하기 때문에 말없이 물러섰습니다. 그래서 그린란드에서 막 도착한 젊은 여성을 왕립도서관 안에 있는 레스토랑에 초대했을 때도, 아들에게는 이야기하지 않았습니다. 그 여성은 장래에 화학비료 연구를 하고 싶어서 어학 학교에서 덴마크어 공부를 막 시작한 참이었습니다. 그 여성의 유창한 영어를 듣고 있으려니, 지금 당장 그린란드로 날아가 감자 재배를 도와주고 싶어졌습니다. 온난화 때문에 양배추도 기를 수 있게 되었다고 합니다. 하지만 해외에서 유입된 상품을 사려면 현금 수입이 필요합니다. 그리하여 하루 종일 헤드셋을 낀 채 전화 상담 서비스를 응대하는 부모님을 보며 자라서, 부모님보다 영어를 더 잘하게 된 그 여성도 옷을 살 돈이 필요해서 전화 상담 업무를 시작했는데, 일을 하며 창밖을 보고 있으면 토끼 한 마리가 달려와 두 다리로 서서 가만히 자기를 보고 있었다고 합니다. 머나먼 외국에 있는 고객이 하는 영어가 갑자기 멀게 느껴져서, 헤드셋을 낚아채듯 빼고 밖으로 달려 나가, 토끼의 발자국을 뒤쫓아 달렸습니다. 그것이 코펜하겐에서 공부해보자고 생각한 계기라고 합니다.

다음으로 식사에 초대한 사람은 소심한 남학생이었는데, 이야기하기 어렵다는 듯이 커다란 덩치를 의자 위에서 불편하게 이리저리 꼬는 버릇이 있었습니다. 그 모습이 묘하게 섹시했습니다. 그 학생은 뛰어나게 말을 잘하는 인상은 아니었지만 고심하여 고른 단어가 세련되고 오히려 어휘가 너무 풍부하여, 사고의 밭이 지나치게 많이 경작되어 있는 탓에 유창하게 말을 할 수 없는 것처럼 보였습니다. 이 학생이 장래에 어떠한 분야에서 활약할지를 상상하는 것만으로도 제 마음이 어렴풋이 밝아왔습니다.

그러던 어느 날, 젊어서 워싱턴주로 이주했던 이모가 당뇨병으로 돌아가셨고, 이모에게 자녀가 없었기에, 형제자매도 사촌도 없는 조카딸인 제가 혼자 유산을 물려받게 되었습니다. 저는 갑자기 굴러 들어온 돈으로 중남미 여행이라도 떠나볼까 생각했지만, 혼자 여행을 간다고 해도 외롭기만 하고 기가 죽을 일만 생기지 않겠어요. 전부터 갖고 싶었던 앤티크 가구를 샀지만 그래도 돈이 많이 남았습니다. 그리하여 유학생 한 명을 전면적으로 지원하기로 했습니다. 그 생각이 들자마자 갑자기 기분이 날아갈 듯해서 당장에 결심을 했습니다. 아들 크누트에게 그 이야기를 하자, 처음에는 반응이 없었지만, 시간이 흐를수록 입에서 신랄하게 빈정거리는 말이 튀어나오는 날이 많아졌습니다. "그냥 친구를 만들면 안 돼? 젊은 사람한테 돈을 주고 감사 인사를 받으면 기분이 좋아지나?"라거나, "북극권 생활을 파괴해놓고, 이제 와서 지원해준 뒤 은인이 되려고 하는 덴마크 사람이라니 뭔가 뻔뻔하지 않아?" 같은 말을 한 적도 있었습니다.

그나저나 요즘 제멋대로에 미숙하고 풋내 나는 젊은이들이 가볍게 쓰는 '포스트식민주의'라는 단어가 저는 꽤씸했습니다. 만약 크누트 말처럼 유럽이 주변 국가를 착취하여 풍요로워졌다면 더욱 그리해야 할 터인데, 돈 때문에 고생한 적 없이 자란 크누트는 어째서, 자기 것도 아니면서 자기 것이 된 부를 그 '주변'에 베풀지 않는 걸까요. 아무런 도움도 되지 않는 연구를 하면서 길거리에 나앉을 걱정이 없는 것은 바로 그 부 덕분입니다. 그런 자리 위에 떡하니 버티고 앉아, 대학에 가고 싶어도 좀처럼 갈 수 없는 환경에 놓인 같은 세대 젊은이가 있다는 사실을 생각조차 하지 않는다니 오만하고 무지하기 짝이 없습니다. 물론 그런 심한 말을 제 아이에게 한 적은 없습니다. 어쩌면 저도 모르게 그 비슷한 말을 해버렸을지도 모르지만, 적어도 크누트가 제 말을 듣고 상처 입은 얼굴을 한 적은 없습니다. 게다가 저는 언쟁 따위 하고 싶지 않습니다. 어떻게 접근해도 아들은 기분이 언짢기에, 더 이상 아들에게 마음을 쓰지 않고, 앞으로 전면적으로 지원할 그린란드 출신 청년 나누크만을 생각하기로 마음먹었습니다. 물론 아들과 함께 시간을 보낼 기회가 있다면 놓치고 싶지 않다는 기분까지 억누를 수는 없었지만요.

나누크의 얼굴을 처음 본 순간, 이 아이가 나의 새로운 아들이다, 라고 생각했습니다. 나누크는 한 시간 정도 함께 식사하는 것만으로도, 전채요리와 디저트 사이에 덴마크어가 느는 모습이 명확하게 느껴질 정도로 어학에 재능이 있었습니다. 웃을 땐 바다표범처럼 귀염성 있는 얼굴이 되지만, 멀찍이 서서 바라보고 있으면 시원시원한 얼굴이 됩니다. 저는 나누크가 흰 가운을 입고 환자인 저를 내려다보며, 괜찮습니다, 걱정하지 마세요, 라고 말하며 웃는 모습을 몇 번이나 상상했습니다. 간호사로 일했기 때문에, 저는 의사를 이상화하고 동경하는 일은 없습니다. 환자들의 쩨쩨한 질투나 어린애 같은 투정에 의사가 그들의 발을 아무렇지 않게 밟아버리는 일도 있다는 것을 경험으로 알고 있습니다. 그런데도 의사가 된 미래의 나누크의 모습을 백의의 남자 천사로 그려보게 됩니다.

나누크는 어학연수를 마치고 대학에 들어갈 즈음부터 여행을 떠나 돌아오지 않았습니다. 남편도 여행을 떠나 그대로 돌아오지 않았던 기억이 떠올라, 눈앞에서 문이 탁 닫힌 기분이 되었습니다. 갑자기 커피를 마실 수가 없게 되었고, 푸석푸석해진 머리칼을 헝클어뜨린 채로 방치해두었으며, 팔꿈치에 통증을 느꼈습니다.

그러다가 얼마 후 나누크를 우연히 만나게 되었는데, 배신당했다는 마음이 도무지 떨쳐지지가 않았던 저는 나누크를 원망하거나, 대학으로 돌아오도록 억지로 설득하는 일도 하기 싫어서, '아들'이라는 이름이 붙은 모든 것을 잊고, 병원 일을 생활의 기둥으로 삼자고 다짐했습니다. 출산과 육아를 이유로 일을 그만두기 전까지 저는 안정되어 있었습니다. 여성은 밖에서 일하기를 그만두면 불행해진다는 말은 아무래도 진실인 듯합니다. 직장에서는 환자들로부터 감사 인사를 받고, 때로는 상사에게 칭찬을 받으며, 물론 마음에 안 드는 일도 있지만, 그렇다고 기분이 좋았다 나빴다 하는 정도이지 내내 언덕에서 굴러떨어지는 일은 없습니다. 지금까지도 일주일에 며칠은 비정기적으로 일을 했지만, 그것은 대부분 간호사 여러 명이 갑자기 그만두어 일손이 부족할 경우였고, 제가 먼저 자발적으로 일자리로 돌아간 것은 처음이었습니다. 보드게임에 비유하자면 '원점으로 돌아갔다'고 할까요.

하지만 경솔한 천사가 하늘 어딘가에서 제 운명을 결정할 주사위를 멋대로 던진 걸까요. 병원에서 말도 안 되는 일이 벌어졌습니다. 사랑에 빠져버린 겁니다. 게다가 상대는 백마 탄 백발의 기사도 아니고, '진짜 싫은 사람'으로 직장에서도 의견이 만장일치하는 베르마라는 의사였습니다. 이 나이가 되어 겨우 저도 '싫은 사람'의 좋음을 이해할 수 있게 되었습니다. '좋은 사람'은 신경 쓰이지 않도록 저를 감싸주기에 존재감이 점차 옅어지지만, '싫은 사람'은 늘 신경이 쓰입니다. 파리 쫓듯이 열심히 쫓다 보면 웃음이 터질 때도 있고 분노가 치밀 때도 있습니다. 소극적으로 대하면 계속 짜증이 나니까 차라리 이쪽에서 한술 더 떠 행동하자는 야심이 생깁니다. 상대방을 치켜세우기도 하고, 납작하게 굴복시키기도 하고, 어루만지기도 하고, 아프게 찌르기도 하고, 주위 사람들이 하던 욕을 일부러 전해서 상처를 주기도 하고, 당신이 좋은 사람이라고 생각하는 건 나밖에 없다고 믿게 만들기도 하고, 불현듯 급소를 찌르기도 하면서, 상대방의 다양한 반응을 즐깁니다. 때로는 예상하지 못했던 반격을 당해 제 쪽이 상처를 입을 때도 있습니다만, 어떤 아픔이나 분노도 의외로 금세 사라진다는 사실을 알고 있기에, 상황을 봐서 다시 상대방의 마음을 꼬집거나 문지르거나 하면 됩니다. 그렇게 서로의 마음을 언어로 강하게 만지작거리다 보면, 성적 감정도 깊어집니다. 바짝 졸이고 향신료를 가득 넣어 개성 있는 요리가 완성됩니다. 만약 정말로 젊은 세대가 성에 관심이 없는 것이라면, 도대체 무슨 즐거움으로 사는 것일까요.

"인간, 나이를 먹고 볼 일이네. 어떤 행복이 기다리고 있는지 예상할 수 없으니까."

언제부터인가 다시 맛있어진 블랙커피를 마시며 친한 동료 한네에게 속삭였더니, 상대방은 히죽히죽 웃으며,

"아주 신났네. 하지만 그런 남자를, 믿을 수 있겠어?"

하고 반신반의했습니다.

"물론이지. 다른 남자들보다 훨씬 더 믿음이 가. 그 남자는 아첨도 떨지 않고, 여자를 기쁘게 만들 약속도 하지 않으니, 속일 일이 없잖아. 오히려 끔찍한 말만 해대도, 그게 좋다는 의미인 거야."

"그러고 보니 네 엉덩이를 두고 어쩌고저쩌고했었지."

"서랍."

"너무하네."

"서랍에도 여러 종류가 있잖아. MALM이냐 HEMNES냐 추궁했더니 허둥거리더라. 하지만 그 남자의 조국에서 만든 가구로 인정받았다는 건 같은 고향 사람으로 인정받았다는 뜻 아니겠어."

실제로 베르마라는 의사를 처음으로 의식한 것은 그가 제 둔부를 서랍에 비유했다는 말을 전한 사람이 있었기 때문입니다. 이십대 때였다면 화를 내고 상처를 입었을지도 모르지만, 지금의 저는 베르마가 저를 관심에 두고 있다는 사실을 눈치채고 놀려주고 싶어졌습니다. 그래서 베르마와 다음번에 이야기할 기회가 생기면, "저는 MALM인가요, 아니면 HEMNES?" 하고 불의의 습격을 하자고 그날이 오기를 남몰래 기대하고 있었습니다.

아니나 다를까 둘만 있는 기회가 생겼고, 몸과 몸의 거리가 가까워진 순간 반응이 있었습니다. 달변에 머리 좋고 자신만만한 남성에게 있을 법한 일인데, 아마도 그는 제게 반했다는 사실을 스스로 알아차리지 못하고 있다가, 신체가 가까이 접근했을 때 문득 깨닫고 동요하면서도 곧바로 제게 몸을 맡겼던 것입니다. 젊은 시절 저는 손해를 보았다고 생각합니다. 싫은 사람은 피하고 싶은 나머지 베르마 같은 사람을 놓치고, 대신에 지루한 남성과 결혼해버렸죠. 그 뒤로 나타난 클로디는 일방적으로 밀어붙여서 함께 즐길 여유가 없었습니다. 지금에서야 겨우 저는 연애를 할 수 있는 나이에 도달했습니다. 하루는 베르마를 도발하기 위해 이런 말을 하고 말았습니다.

"나 부두교에 관심이 있어서 언젠가 아이티에 가고 싶어. 같이 가지 않을래?"

말을 꺼내놓고 나서야 깨달았는데 아이티에 가는 것은 저의 오랜 꿈이었습니다. 베르마는 얼굴을 찡그렸습니다.

"여자와 미개인은 이성적이지 않은 것에 끌리는 척하면서 독자적인 문화를 이루었다고 생각하지."

"그렇다면 당신하고 같이 휴가를 가겠다는 꿈은 버려야겠네."

여기서 저는 일부러 과장되게 고개를 숙이고 입술을 깨물었습니다. 베르마는 서둘러,

"잠깐 기다려. 무슨 소리야. 나하고 같이 아이티에 가고 싶은 건가."

하고 어색하게 물었습니다.

"당신이 아니면 누구하고 가겠어?"

"그건 그렇지만, 나하고 같이 가는 게 중요하다면 뭣 하러 그렇게 먼 나라까지 가나. 둘이 같이 보내는 첫 휴가는 당연히 로마지."

"어째서 로마야?"

"내가 가고 싶으니까."

"로마도 부두교가 번성했지. 아, 아닌가. 그건 가톨릭이네. 하지만 가톨릭 신부가 부두교 사제보다 법을 어기는 경우가 더 많아."

"휴가 이야기는 다음에 하고, 지금은 체내 여행을 하자고."

집요하게 목덜미를 애무하던 두툼한 손이 주저 없이 겨드랑이 아래로 스윽 들어오더니, 저의 무게중심을 비스듬하게 기울였고, 그 순간 부딪힌 소포의 탑이 쓰러져 바닥에 흩어지고 말았습니다. 그 성급함에서, 베르마는 아이티에 가고 싶지 않을 뿐만 아니라, 저와 함께 휴가를 가는 걸 강력하게 멀리 미루고 싶어 한다는 게 느껴졌습니다. 이유는 앞으로 조금씩 찾아보는 수밖에 없습니다.

요즘 저는 감기에 걸려 2주 동안 일을 쉬고 있었습니다. 일부러 전화도 하지 않고 예고 없이 출근해 베르마를 놀라게 해줄 기대에 부풀어 있었습니다. 접수창구에 물으니 베르마는 진료 중이라며 환자실을 알려주기에, 립스틱을 새로 덧바르고 복도에서 기다렸습니다. 어쩐지 중학생 같은 방식이지만, 무방비와 짓궂음을 번갈아 꺼내는 작전입니다. 제가 무방비하게 나오면 베르마는 반드시 짓궂은 말을 꺼내겠지요. 문이 열리고, 베르마가 나왔습니다. 저는 내심 준비하고 있다가 뺨에 부드러운 표정을 지으며,

"보고 싶었어."

하고 말해보았습니다. 그 즉시 베르마가 얼마나 끔찍한 말을 쏘아대느냐, 이 부분이 관건입니다. 그러나 베르마는 맑고 깨끗한 미소를 지으며,

"나도 꼭 같은 기분이야. 어째서 연락이 없었니."

하고 산뜻한 목소리로 말하는 겁니다. 날 방심하게 해놓고 갑자기 찌를 작정이구나 싶어 저는 더더욱 경계하며,

"전화기가 고장 났었어."

하고 일부러 바보 같은 소리를 했습니다. 평소 베르마라면 "고장 난 건 너의 변명 제조기지"같은 말을 던졌겠지만, 오늘의 베르마는 있는 그대로 받아들이며,

"오늘은 이걸로 일을 마칠래. 지금부터 둘이서 워터프런트 카페에 가서 샴페인으로 회복 축하를 하자. 그런 뒤에 팔에 안을 수도 없을 만큼 크나큰 꽃다발을 사줄게. 물론 장미는 아니야.

네가 장미를 별로 좋아하지 않는다는 것 정도는 눈치챘으니까."

라고 말하며 제 손을 잡아끌고 달리기 시작했습니다. 이거 무슨 영화 패러디야? 설마 〈작은 사랑의 멜로디〉? 하고 말하려는 순간, 베르마가 뒤를 돌아보았고, 저는 숨이 턱 막혔습니다. 베르마의 얼굴에는 비꼬는 웃음 따위 티끌만큼도 비치지 않았던 것입니다.

"당신, 무슨 일이야? 어디 아파?"

"당신을 오랜만에 보니까 설레서 그래."

베르마는 제 손을 끌어당기며 출입구를 향해 대형 병원의 긴 복도를 달려 나갔습니다.

7장

크누트는 말한다

나는 쏴쏴 아스팔트를 때리는 빗소리를 들으며 컨테이너 휴지통 속을 뒤지고 있었다. 지붕이 있어서 다행이지 만약 지붕이 없었다면 버려진 종이가 다 젖었으리라. 습기를 머금고 투명해져서 쉬 찢어지는 종이는 쓸쓸하다. 무거운 뚜껑을 열자, 종이 쓰레기가 컨테이너의 절반까지 쌓여 있었고, 제일 위에는 무료로 배포되는 신문이 왕창 버려져 있었다. 빨간 망토 소녀 그림책에 등장할 법한 늑대 삽화가 눈에 들어왔다. 최근 덴마크에서 목격되고 있는 늑대 X에 관한 기사이리라. 그게 사진이 아니라 삽화인 것은 신문치고 드문 경우다. 읽지 않아도 내용은 대충 예상이 된다. 늑대 한 마리가 사냥꾼 손을 피해 도망 다니며, 한밤중 버스정류장이나 축구 운동장에 나타나 마을에 소동이 일고 있다. 늑대 X가 사람을 공격한 적은 없지만, 예전처럼 안심하고 밤에 밖을 돌아다니지 못하겠다고 느끼는 사람들도 있다. "밤 외출을 스스로 규제하는 건 경찰이 풍기 문란을 단속하는 후진국에서나 있는 일이다. 민주주의 선진국 국민이 어째서 밤을 두려워해야 하나. 늑대가 두 번 다시 들어오지 못하도록 국경을 막아야 한다. 그리고 하루빨리 유럽공동체에서 탈퇴해야 한다"라고 주장하는 정당마저 생겼다. 이들에 따르면 오래전 루마니아와 불가리아까지 경계를 확장한 탓에 늑대가 들어왔다고 한다. 이 주장은 흡사 난센스처럼 들리지만, 멸종된 늑대가 북서유럽에서 목격되기 시작한 시기와 사람들이 남동유럽에서 자유로이 들어올 수 있게 된 시기가 일치한다. 나는 물론 늑대가 아니라 외국인을 배척하자고 주장하는 정당이 두렵지만, 지금은 늑대에 대한 기사를 읽을 마음이 없다. 언젠가 버린 어떤 원고를 Hiruko가 부탁해서 찾고 있다. 실은 요즘 매일같이 모르는 사람들로부터 수많은 원고가 들어와 무척 곤란하다. 심지어 전부 프린트된 종이 원고라 공간을 차지한다. 데이터로 보내면 일부를 변경하여 인터넷상에서 팔릴 염려가 있기에, 요즘은 다들 주의 깊게 손으로 쓴 종이 원고를 보낸다. PDF 같은 특정 포맷을 이용하면 마음대로 변경할 수 없다고 믿었던 시대가 그립다. 제일 안전한 것은 글자 인식기로는 읽을 수 없지만 인간은 읽을 수 있을 정도의 손으로 쓴 악필 원고다.

종이는 짐이 된다. 쌓아두면 무너지고, 상자에 넣어도 점점 더 무거워져서 수많은 상자를 언젠가 다 운반하는 일도 힘들다. 글을 쓴 사람에게는 미안하지만 버리는 수밖에 없다. 처음에는 읽고 내용을 메모한 뒤 버리려고 했지만 그러면 시간이 너무 많이 걸린다. 훌훌 넘겨보고 버리는 수밖에 없다.

일이 이렇게 된 이유는 내가 베스트셀러 논문집을 편집하려 한다는 밑도 끝도 없는 소문이 퍼진 탓이다. 어느 유명 잡지 인터뷰에서 내가 그 책 이야기를 했다는데, 나는 그런 적이 없고, 애초에 유명 잡지가 날 찾아올 리가 없다. 유명하지 않은 잡지도 나를 인터뷰하러 온 적이 없으니까. 이상하게도 그 인터뷰를 읽었다는 사람은 많이 있는데, 인터뷰 자체는 찾을 수가 없다. 유령선처럼 인터넷의 대양을 떠돌며 가끔씩 안개 속에 모습을 드러냈다가 다시 사라지는 사이트라도 있는 것일까.

'이 논문이야말로 당신의 논문집에 없어서는 안 될 중요한 테마를 다루고 있습니다'라는 취지의 편지가 덧붙은 원고가 계속 날아왔다. 내가 편집하는 것으로 되어 있는 논문집 테마가 무엇인지조차 가늠이 가지 않는다. 도착한 원고들의 테마는 '개와 이야기할 때 견주의 언어 특색'이라든가, '술 취한 사람이 쓰는 언어 발음 체계의 국제 비교'라든가, '망각의 품사' 같은 학문적이라기보다 살짝 재미가 가미된 일반인을 위한 에세이가 많았다. '망각의 품사'라는 테마에는 살짝 흥미가 생겨서 3분의 1 정도 읽었다. "그 사람 이름이 도무지 생각이 안 나"라고 하는 말은 평소에 자주 듣기에, 망각의 품사는 고유명사가 압도적으로 많다는 건 누구나 예상할 수 있다. 그다음으로 많은 것이 보통명사로, 어쩌다 공구 상자 같은 걸 꺼내 와서 선반을 고치며, "저기, 저거 좀 가져다 줘"라고 부탁하는 건 그 순간 장도리라든가 십자드라이버 같은 단어가 생각나지 않기 때문이다. 그에 비해 형용사를 망각하는 일은 잘 없다고 쓰여 있다. 분명 그렇다. 하지만 형용사는 그 수가 압도적으로 적고, 아주 기본적인 형용사만 사용해도 생활이 가능하다. 자신의 형용사 인생이 얼마나 빈약했는지 깨닫지도 못한 채 세상을 떠나는 가련한 사람도 많으리라. 커다란 맥주를 주문하고, 빠른 자동차를 타고, 맛있는 고기를 먹고, 아름다운 가수를 텔레비전으로 본다. 그것만으로도 만족하는 인간은 자신의 인생이 형용사 결핍 상태라는 사실을 생각하지도 않으리라. 유일하게 풍부한 것은 일과 상사에 대한 불만을 토로할 때 사용하는 형용사다. 그것도 개수는 정해져 있지만, 욕을 할 때 형용사를 망각해서 "멍청아, 어, 그러니까 그게 뭐더라, 악랄하다도 아니고, 악독하다도 아니고, 그렇지, 악착스럽다. 악착스러운 노인네"라는 식으로 단어를 고르는 일은 본 적이 없다. '악착스럽다'라는 단어가 생각이 안 나면 '치사하다'나 '욕심 많다'나 '쩨쩨하다'나 다 괜찮다. 의미가 약간 달라도 목적은 이룰 수 있고 듣는 사람도 납득이 간다. 명사의 경우는 그렇지 않다. '십자드라이버'가 필요한데 '망치'라고 말할 수는 없다. 십자드라이버의 형태가 분명히 눈에 아른거리는데 '십자드라이버'라고 말할 수 없을 때는 숨이 막힐 정도로 답답하다. 하지만 그것은 찾고 있는 물건이 확실히 떠오르는데 찾을 수 없기 때문에 답답한 것이고, 그렇지 않다면 자신이 망각하고 있다는 사실조차 깨닫지 못한다. 혹시라도 내가 인터뷰한 일을 완전히 잊고 있는 것이라면 어떨까. 다른 것들도 많이 잊어버려서, 예를 들면 사춘기 때 잘못해서 친구에게 상처를 입혔다거나, 유아기 때 성폭력을 당했다거나, 그렇게 잊고 있던 것들이 잔뜩 있다고 한다면, 실체를 알 수 없는 자신이라는 존재를 떠안고 살고 있는 꼴이 된다.

원고에 덧붙여 보낸 편지들은 인터뷰 내용을 추측하는 데 도움이 된다. '내고 싶은 책이 있어서 자기 출판사를 만들겠다는 사고가 무척 멋있었습니다'라는 편지가 있었는데, 아마도 나는 그 논문집을 편집할 뿐만 아니라 출판사를 차리려고 기획하고 있는 모양이다. '북유럽에는 편집자가 되는 게 꿈이라는 사람이 늘고 있다고 들었습니다. 제 나라에는 그런 멋진 경향이 전혀 없어서 부럽습니다. 그 길의 선두 주자라고 말할 수 있는 당신이 꼭 제 논문을 읽어주시면 좋겠습니다'라는 외국에서 온 편지도 있었다. 그러니까 나는 존재하지 않는 그 인터뷰 속에서 편집자를 꿈꾸는 청년, 책을 사랑하는 북유럽의 밝은 미래를 이끌어갈 기수가 되어 있는 듯하다. 또 다른 편지에는 '논문은 소수의 언어로 써야 옳지 않습니까. 그렇게 하지 않으면 소수의 언어는 일상다반사밖에 표현하지 못하는 평탄한 말이 될 터이고, 거꾸로 학문은 개인의 일상에서 떨어져 나와 탁상공론이 되어버릴 것입니다, 라고 했던 당신의 주장을 읽고 저는 너무 기쁜 나머지 눈물이 앞을 가렸습니다. 반세기 전부터 저도 같은 생각을 해왔습니다만, 찬성해주는 사람을 좀처럼 찾아낼 수 없었습니다'라고 아이슬란드어로 쓰여 있었다. 가짜 나의 모습이 점차 드러나기 시작했다. 어쩌면 그 녀석은 진짜 나와 다르게 행동하는 인간이며 새로운 착상을 훌륭히 세상에 퍼뜨려 사람을 끌어들이는 청년인가 보다.

이렇게 된 거 차라리 그런 인터뷰가 있었다고 치고, 그 책을 편집하고, 출판사도 만들어버리면 어떨까. 가짜의 등에 올라타는 것이다. 하지만 실제로 원고를 읽는 작업에 들어가자, 나는 도저히 할 수 없는 일이라는 걸 깨달았다. 내가 게으르고 쉽게 지치는 탓도 있지만, 대량의 원고에도 책임이 있다. 언어를 연구

248

한다면서 언어의 리듬감이 전혀 없는 사람이 너무 많다. 걷는 듯이 읽는 일을 허락하지 않는다. 누구에게도 결코 반론할 틈을 제공하지 않도록, 벽에 뚫린 작은 구멍을 막아내는 일에만 정신이 빼앗긴 탓이 아닐까. 구멍이 뚫려 있기에 바람 잘 통할 때도 있는 법. 딱딱하고 건조한 서론도 읽을 마음이 나지 않지만, 반대로 셀프 사진 같은 서론만 끝없이 이어지는 글도 나를 나가떨어지게 했다. 글쓴이가 일찍이 시인이 되고 싶었지만 인정을 받지 못하고 좌절했던 일, 지금의 애인을 만난 덕분에 겨우 자신과 어울리는 관심사를 찾을 수 있었던 이야기 등등을 지인도 아닌 내가 끝도 없이 읽어서 어쩌겠는가.

가끔씩 읽고 싶은 원고가 생겨도 언어가 제각각이라 읽기가 어렵다. 편지 정도라면 무슨 언어로 쓰여 있어도 기계를 이용해 곧바로 덴마크어로 변환이 가능하지만, 문자 인식기로 해독할 수 없는 손으로 흘려 쓴 원고는 번역기로 돌릴 수도 없다.

잠이 오지 않았다. 여태 잠을 푹 자는 것만큼은 자신이 있었는데, 요즘은 한밤중에 형광등의 희고 불쾌한 빛이 뇌 안쪽에 켜지기 시작했고, 심지어 스위치가 어디 있는지 찾을 수 없으니 끌 수가 없다. 우편배달부가 벨을 눌러 아직 잠이 덜 깬 내 발밑에 그날의 우편물을 놓고 간다. 봉투를 하나하나 쭉쭉 찢어 열고 타인의 글자로 빼곡한 종이 뭉치를 꺼내 읽어보는 수밖에 없다. 읽은 것은 주소, 이름, 제목을 두꺼운 매직펜으로 지운다. 점심나절이 되면 봉투를 깨끗이 열 수조차 없다. 저녁에는 다 읽은 원고와 그게 들어 있던 봉투를 배낭에 넣고, 근처 컨테이너 휴지통에 버리러 간다. 한 번에 다 옮길 수 없어서 몇 번이나 왕복한다. 어스름 속에 배낭에서 주섬주섬 종이 뭉치를 꺼내 버리는 내가 수상해 보일지도 모르겠다. 발걸음을 멈추고 이상하다는 듯 보고 있는 주민도 있다. 집에 돌아가면 나에게 소중한 자료까지 같이 버린 기분이 들어서, 파일을 열어 확인해볼 때도 있다. 버리지 않았다는 사실이 판명되면 안심이 될 법도 한데 그래도 잠이 오지 않는다. 내 여권도 같이 버린 기분이 들어 벌떡 일어난다. 책상 서랍 속을 마구 뒤져보면 늘 두던 곳에 제대로 있다.

Hiruko에게서 전화가 왔다.

"요즘 잠을 제대로 못 자."

"어째서?"

"집에 원고가 계속 배달돼."

나는 간단히 사정을 이야기했다.

"내일의 내일, 너를 방문한다."

"그렇게까지 안 해도 괜찮아. 밤에 잠이 안 온 적이 없어서 놀랐을 뿐이야. 국민 3분의 1은 잠을 잘 못 자는 것 같고, 불면증은 노화처럼 자연현상인지도 몰라. 걱정하지 마."

"걱정은 우정의 지붕."

"확실히 지붕은 중요하지. 특히 비가 많이 내리는 나라에서는."

"Susanoo가 걱정. 그러니 코펜하겐에 간다."

"그래. 그럼 같이 Susanoo 문병을 가자. 아카슈, 노라, 나누크는 거의 매일 Susanoo의 얼굴을 보고 있는 것 같던데, 코펜하겐에 사는 나는 딱 한 번 갔을 뿐이네."

"내일의 내일 코펜하겐. 너의 집에서 13시?"

"좋아. 내가 만든 소시지 샌드위치를 대접할게. 그걸 먹고 같이 병원에 가자. 그날은 우리 집에서 자고 가. 내 소파는 침대로 변신 가능해."

"밤의 메타모르포세스."

이 단어를 듣고 나는 갑자기 불안해졌다. 밤이 되면 늑대가 되는 녀석. 달이 뜨면 흡혈귀가 되는 녀석. 게임에 등장하는 캐릭터를 보고 있으면 이런 역할을 연기하고 싶어 하는 녀석이 있다는 데 놀란다. 그 어떤 밤이 와도 늑대나 흡혈귀로 변신하고 싶지는 않다. 로마의 전사나 검은 띠를 두른 체격이 듬직한 남자도 되고 싶지 않다.

"아무튼 네가 와주는 건 기뻐. 그러고 보니 하나 생각나는 게 있다. 논문을 보내온 사람들 중에 히루타라는 이름이 있었어. 그 사람이 보낸 논문 내용이 교통사고로 뇌의 일부가 손상된 환자가 표음문자는 잊어도 표의문자는 잊지 못하는 증상을 분석한 거였거든. 재미있을 것 같기는 했지만, 아까도 말한 것처럼 전부 버리자고 결정해서 버려버렸어."

"버렸어?"

반문하는 Hiruko의 목소리에는 뾰족한 칼이 숨겨져 있었고, 나의 심장은 몇 번인가 뛰다 말다 했다. 그 원고는 버리지 말았어야 했다. '히루타'는 이름일 텐데 Hiruko와 어딘가 비슷하다. 게다가 표의문자와 표음문자를 테마로 다룬 것을 보아 Hiruko의 고향 사람인지도 모른다. 어째서 원고를 받아 든 순간, 그 사실을 깨닫지 못했을까. Hiruko는 자신과 같은 모어로 이야기하는 사람을 필사적으로 찾고 있다. 어떤 단서도 놓치지 않고, 쫓아갈 수 있는 곳까지 쫓아갈 마음을 먹고 있다. 그런 Hiruko의 여행에 함께하는 것이 나의 과제라고 생각했으면서, 중요한 때에는 실마리가 될 원고도, 주소가 쓰여 있던 봉투도 버려버리다니. 나의 뇌에는 역시 망각의 구멍이 뚫려 있는 것이다.

"버렸다고는 해도 집 근처 컨테이너 휴지통에 버린 거야. 수거차가 자주 오지는 않으니 분명 아직 그대로 있어. 지금 가서 주워 올게."

나는 되도록 가벼운 목소리로 말했다.

"버리는 건 놀이. 줍는 건 일."

Hiruko가 말했다. 그 말이 이해가 가지 않는 것은 아니지만, 한순간의 섬광과도 같은 이해였고, 손으로 꽉 쥐는 것처럼 제대로 이해했느냐고 묻는다면 자신이 없다.

"자, 그럼 지금 컨테이너 휴지통에 투고 원고를 주우러 간다. 내일모레, 기대하고 있을게. 안데르센 동화 쿠키 선물도 기대할 거고 말이야."

내가 얼마나 마음이 급한지 눈치채지 못하게 하려고 그런 바보 같은 농담까지 하고는 서둘러 전화를 끊었다. Hiruko는 오덴세의 메르헨 센터에서 일하고 있지만, 거기에는 선물 코너 따위 없을 테고, 애초에 그런 쿠키를 만드는 제과 회사가 존재하는지조차 모르겠다. 동화에는 관심이 없어도 요즘 요정에 대해 생각할 때가 있다. Hiruko에게는 어딘가 나의 일상 풍경 내로 채 들어오지 못하는 요정 같은 면이 있다. "전철에 사람이 많아서 백마를 타고 코펜하겐에 왔어"라는 말을 들어도 믿어버릴 것 같다.

나는 가죽점퍼를 걸치고 밖으로 나왔지만, 이슬비가 내리고 있어서 다시 돌아와, 방수성 강한 재킷으로 갈아입었다. 그렇게 나는 아마도 평생에 한 번일 쓰레기 뒤지기를 하게 되었다.

재생지뿐만 아니라 와인병, 의류 등 재활용 컨테이너가 늘어선 곳은 큰길에서 한 걸음 들어간 인적 드문 좁은 길이었다. 판도라의 상자가 아닌 컨테이너 휴지통 뚜껑을 열었다. 근처에 떨어져 있던 나뭇가지를 지지대로 삼아 뚜껑이 닫히지 않도록 하고, 상반신을 휙 집어넣어 제일 위에 버려진 신문을 끄집어내는 일은 어찌어찌 가능했는데, 그 아래 있는 두꺼운 종이의 층을 휘저을 수가 없다. 하는 수 없이 다시 집으로 돌아가 발판을 가져왔지만, 안에 들어가지 않으면 바닥까지는 손이 닿지 않는다. 발을 들어 올렸지만 거기서 움직임이 멈췄다. 일단 안으로 들어갔다가는 관처럼 뚜껑이 닫혀서 밖으로 나가지 못하게 될지도 모른다. 나뭇가지 한 개가 간신히 지지하고 있는 뚜껑이 탁 하고 닫힌다면, 나는 안에 갇히게 되리라. 문득 아카슈에게 도움을 청해볼까 하는 생각이 들었다. 아카슈라면 뭐든 기분 좋게 받아줄 것 같다. '성 이동 중'인 아카슈를 그라고 해야 할까, 그녀라고 해야 할까. 인칭대명사는 3인칭에게만 성별이 있다. 어째서 그런 것일까, 나는 납득하지 못하겠다. 예를 들면 가시(可視)·불가시(不可視)설이 있다. 일인칭 나와 이인칭 너는 눈에 보이기 때문에 여자인지 남자인지 일목요연하다. 하지만 3인칭으로 지칭되는 인물은 그 자리에 없기 때문에 남자인지 아닌지 대명사로 확실히 선을 긋게 된다. 나는 찬성할 수 없다. 겉으로 보아 남자인지 여자인지가 일목요연하다는 전제는 구시대적인 발상이고, 성별이 분명히 언급되었는데 실은 그 자리에 없는 3인칭이라는 것도 그로테스크하지 않은가.

　아카슈는 두 시간 후 내가 있는 곳으로 와주었다. 코펜하겐에서는 같은 고향 사람 집에 묵고 있다고 한다.

　"너는 어느 마을에 가도 같은 고향 사람이 있구나."

　라고 하자,

　"전 세계가 호텔이지."

　하고 대답했다. 나는 아카슈만큼 독일어가 유창하지는 않아, 둘이 대화할 때는 영어를 쓴다. 독일어는 학교에서 몇 년인가 공부했고 노력하면 더 잘할 수 있겠지만, 지금 와서 독일어로 말하면 영어로 말할 때보다 몇 배는 더 에너지를 소비하기 때문에 쓸데없이 배가 고프다. 그러다 너무 많이 먹게 되어 살이 찔 걱정이 있기 때문에 별로 쓰고 싶지 않다.

　"코펜하겐에는 노라하고 둘이서 왔다며."

　"응. 트러블이 많은 트래블이었지. 재미있었어. 나누크는 히치하이크를 하고 싶어서 노라를 두고 먼저 출발했대. 나누크는 요즘 어딘가 OK가 아니야."

　"무슨 소리야?"

　"자기가 아닌 다른 사람 역할을 연기하고 있어."

　"뭘 위해서?"

"글쎄. 어쩌면 성격이 갑자기 바뀌었는지도 몰라. 하지만 그런 일이 가능할까. 만나면 나누크 본인에게 물어봐. 네가 물어보면 솔직히 말해줄 것 같아."

아카슈는 가느다란 몸을 진빨강 사리로 감싼 채 파란 우산을 들고서 우리 집에 왔다. 그 우아한 자태를 망치고 싶지는 않았지만, 앞으로 할 작업을 위해서는 두 손을 자유롭게 쓸 수 있도록 우비 같은 옷을 입어줄 필요가 있었고, 바지도 트레이닝복으로 갈아입어야 했다. 남이 싫어하는 옷을 억지로 입히는 건 폭력이나 마찬가지라 말을 꺼내기 어려워 난처했는데, 이제부터 어떤 작업을 도와야 하느냐고 아카슈가 먼저 물었다.

"실은 쓰레기통을 뒤져야 해."

작심하고 고백했더니 아카슈가 소리 내 웃었다.

"너구리가 따로 없네. 산에 먹을 게 없어서 마을로 내려와 쓰레기를 뒤지는 거로군."

"너구리는 나야. 내가 컨테이너 휴지통에 들어가서 뒤질 테니까, 너는 밖에 있다가 내가 꺼낸 종이를 받아서 지면에 놓아줘. 음식물 쓰레기통은 아니니까 안심해. 재활용 종이 컨테이너야."

"네가 안에 들어가는 거야?"

"내가 들어가니까 너구리가 아니라 곰이겠네."

"아니, 그게 아니라, 내가 들어가는 게 더 나을 것 같다 싶어

256

서. 덩치가 작으니까. 요가를 한 덕분에 유연성도 있고."

"요가 해?"

"아니, 진짜로 한 적은 없지만, 인도인이면 요가를 알려달라고 주변에서 종종 그러거든. 얼추 요가 흉내를 내다 보니까 진짜처럼 보이게 되었어."

"나도 출판사를 차리는 북유럽 청년 역할을 연기하면 꽤나 잘어울릴지도 모르겠네."

"주변에서 그런 기대를 받고 있어?"

"기대라기보다는 오해지만, 그 둘은 대충 비슷한 거니까. 아무튼 컨테이너 휴지통이 있는 곳으로 가자. 그 전에 한 가지 부탁이 있어. 작업하기 편한 옷으로 갈아입지 않을래? 안 그러면네 사리가 더러워지거나 찢어질지도 몰라서."

아카슈가 시원스럽게 승낙을 해서 나는 마음을 놓으며 서랍속에 넣어두었던 트레이닝 바지와 티셔츠와 파카를 꺼냈다.

"뭐야, 다 회색이네. 회색 좋아해?"

라고 하는 아카슈의 얼굴이 웃고 있었다. 듣고 보니 그렇다. 회색을 좋아하는 건 아니지만, 빨강 계열 옷은 불꽃 같아 더워서못 입고, 파랑 계열은 청년다운 싱그러움을 강조하는 것 같아 부끄럽고, 검정은 예술가인 척하는 것 같아 싫고, 흰색을 입을 만큼 순진하지는 않을 뿐이다.

옷을 갈아입고 생판 다른 사람이 된 아카슈와 함께 컨테이너 휴지통으로 돌아왔더니, 구름 사이로 쏟아지는 빛을 받아 컨테이너가 은색으로 빛나고 있었다.

"우주선 같네."

그런 농담을 하며 아카슈는 뚜껑을 열고 안을 들여다보았다.

"우선 뚜껑을 고정하자."

나는 몇 가지 도구를 가방에 넣어 왔다. 뚜껑을 90도로 열고 뒤에 있는 철제 울타리에 단단히 고정했다. 아카슈는 체중이 없는 존재처럼 발판으로 휙 하니 올라가 컨테이너 가장자리를 한 발로 짚고는 종이의 융단 위에 엉거주춤한 자세로 섰다.

"가라앉지 않네. 종이가 상당히 꽉 차 있어. 위쪽에 있는 건 다 신문지야."

아카슈는 가늘고 아름다운 손가락으로 일단 신문지부터 한 묶음씩 정성스레 내게 건넸다. 그 아래에는 내가 버린 논문 더미가 있었다. 문서 절단기에 넣지 않고 버린 데는 이유가 있다. 가늘게 절단된 서류만을 골라 담아 재생하는 데 악용하는 범죄 조직에 관한 기사를 읽었기 때문이다. 컴퓨터와 기계를 사용하면 아무리 잘게 절단된 종이라 해도 간단히 재생할 수 있다고 한다. 거꾸로 말하면 요즘 같은 시대에, 절단 처리가 되지 않은 서류에는 악용할 만한 정보가 포함되어 있지 않을 게 빤하다고 생각하기 때문인지, 나쁜 녀석들은 눈길도 주지 않는다. 그래서 일부러 그대로 버렸다. 다만 주소와 이름과 제목 부분만은 검은 매직으로 지웠다. 지금은 그 일을 후회한다. '히루타'라는 이름을 찾는 게 훨씬 더 편했으리라. 아카슈가 조금씩 건네주는 종이를 펄럭이며 그 논문과 비슷한 부분이 없는지 주의를 깊게 살폈다. 아무것도 찾지 못하면 옆에 둔다. 컨테이너 주위에 종이로 만든 설산이 몇 개나 생겼지만, 작업이 끝나면 물론 전부 은색 우주선으로 되돌려 넣을 작정이었다. 다행히 지붕이 있는 부분은 바닥이 콘크리트로 고정되어 한 층 높여져 있었기에, 지면을 적시며 내리는 비가 종이로 침투하는 일은 없었다.

"자네들, 뭘 찾고 있는 건가?"

문득 등 뒤에서 남자 목소리가 들려 돌아보니, 경찰관 두 명이 서 있었다. 이 조용한 주택지 뒷골목에서 경찰관을 본 적은 이제껏 없었다. 누가 신고한 것인지도 모른다. 나는 재빨리 졸린 얼굴 깊숙이 숨어 있던 자아를 표면으로 끄집어내며,

"실은 중요한 논문을 실수로 버리고 말았습니다. 언어학 논문입니다."

하고 천천히 대답했다. 이로써 세상 물정 모르는 언어학 대학원생 역할을 완벽히 연기해내고, 거짓말도 제대로 했다고 생각했는데, 생각해보면 완전히 거짓말은 아니다. 사실 그 자체였다.

"아, 그렇습니까. 그럼 다 끝나고 제대로 정리하시기 바랍니다."

라고 하며 경찰관은 깔끔하게 그 자리를 떴다. 우리는 서로 얼굴을 마주 보며 어깨를 으쓱하고는 작업을 이어갔다.

종이는 무섭도록 얇다. 의자라면 컨테이너 휴지통 안에 겨우 열다섯 개 정도밖에 들어가지 않을 텐데, 종이라는 두께 0.1밀리미터 이하의 층은 몇만 장이고 쌓여 있고 한 장 한 장에 무시무시하게 많은 글자가 쓰여 있다. 그 생각을 하니 정신이 아득해지면서 발밑이 휘청거렸는데, 아카슈의 목소리가 들리자 몸의 균형이 원래대로 돌아오다니 신기하다.

"그 논문 내용은 기억이 안 나?"

"기억나. 뇌를 다치면 표음문자는 잊어도 표의문자는 기억할 때가 있다는 병증 사례를 다뤘어."

"그래서 Hiruko가 관심을 가졌구나."

"같은 고향 사람일지도 모르니까 말이야."

"그런 것도 있지만, 그보다 Susanoo의 병을 치료할 힌트가 숨겨져 있을지도 모르기 때문이야."

그렇구나, 아카슈의 말을 들으니 분명 그렇다. 히루타의 논문을 아무 생각 없이 다른 논문과 함께 버려버린 나의 뇌는 감자나 다름없다. 우리는 한동안 말없이 작업을 계속했는데, 아카슈가 문득 이런 말을 꺼냈다.

"너는 Susanoo가 어째서 말을 하지 않게 되었다고 생각해?"

"글쎄. 특히 Hiruko와 대화하는 걸 피하는 것처럼 보여. 기억을 공유하는 게 싫은지도 모르지. 고향에 대해 자기만의 이야기를 가지고 있어서, 그걸 지키고 싶어 입을 다물고 있는지도 몰라."

제목 없는 원고의 첫 장인지 마지막 장인지도 알 수 없는 페이지에 눈길을 주고, 그게 내가 찾고 있는 원고인지 순식간에 판단하는 일은 대단히 피곤한 작업이었다. 아카슈가 도와주지 않았더라면 진즉에 포기했을 것이다. 애초에 Hiruko에게 전화로 그런 소리를 하지 말 걸 그랬다고 후회했다. 하지만 그런 말을 꺼냈기 때문에 발견할 수 있는 가능성이 생겨난 것이다. 만약 완전히 망각했다면 몇 년에 한 번밖에 나타나지 않을 단서가 사라져서 재생지가 되었을지도 모를 일이다. 컨테이너 휴지통 속 종이는 좀처럼 줄어들지 않았다. 아카슈는 한숨을 내쉬며 말했다.

"생각했던 것보다 훨씬 더 많이 압축되어 있는 것 같아. 신발 밑창에서 종이가 밀어 올리는 힘이 느껴져. 노라한테도 도와달라고 할까. 병문안 가는 것 외에는 딱히 할 일이 없으니까 관광객 놀이라도 해보겠다고 했는데, 막상 무척 지루해하고 있을지도 몰라."

"그건 됐어. 노라는 정확한 사람이라 내가 무슨 실수를 했는지 알면 혀를 내두를 거야. 욕하거나 하지는 않겠지만, 이런 얼빠진 사람은 처음 본다고 눈으로 말할 테니까, 그걸 보는 게 괴로워. 나누크에게 부탁해볼까?"

"나누크는 안 돼."

"어째서?"

"비웃듯이 코웃음만 칠 뿐 도와주지 않을 거야."

"그렇게나 성격이 바뀐 거야?"

"맞아."

그때 내 손이 멈추었다. 어느 문장 하나에 시선이 빼앗겨, 다음 문장, 그리고 그다음으로, 절구 모양 개미지옥의 개미처럼 밑으로 떨어졌다. 유아가 쓰는 말은 부모의 정신에 크나큰 영향을 끼친다. 어머니 아버지가 각기 받아들이는 뜻이 다르기 때문에, 부부 싸움의 원인이 되는 경우도 있다. 아버지가 유아어 속에서 우주로부터 온 메시지를 읽어내 가족을 버리고 증발해버렸다는 극단적인 예를 이 책에서 다루고자 한다, 와 같은 전반적인 취지의 내용으로 보아 서문의 일부이리라. 원고 전체를 읽고 싶다. 하지만 바로 아래위에 쌓인 종이는 아쉽지만 다른 투고자의 글이었다. 다행히 손으로 쓴 글씨라 곧장 구별이 갔다.

"아카슈, 여기 재미있는 논문이 있어. 내가 찾는 논문은 아니지만, 꼭 읽고 싶네. 그러니까 조금만 기다려줘."

나는 이미 체크가 끝난 땅에 흩어진 원고를 다시 한번 뒤지며, 같은 필체의 원고를 몇 장 정도 찾아냈다. 그걸 배낭에 넣고 아카슈에게 다시 작업을 하자고 말했다. 사실은 쉬고 싶었지만, 흐트러뜨려놓은 채 커피를 마시러 갈 수도 없는 노릇이라 조금 참기로 했다.

보슬비는 추적추적 내리다 멎기를 세 번 정도 반복했고, 우리는 땀과 공기 중의 습기로 축축해진 몸으로 마침내 컨테이너 바닥까지 도달했다. 가장 밑에는 아까 흥미가 생겼던 유아어에 관한 논문이 한 묶음 나왔지만 히루타의 원고는 없었다.

"이상하네. 빠트리지는 않았을 텐데."

나는 아카슈에게 컨테이너 주위에 쌓인 종이 산과 도금이 벗겨진 컨테이너의 바닥 사진을 찍어달라고 했다. 쓰레기를 바닥에 바닥까지 뒤졌다고 내일 Hiruko에게 말한다고 해도 믿어주지 않을 것 같다는 기분이 들었다. 그것은 나를 믿지 않아서도 아니고, Hiruko가 의심이 많아서도 아니며, 이런 작업을 몇 시간이나 걸려가며 하는 인간이 있다는 사실이 나 자신도 믿기 어렵기 때문이다. 학술적이라고는 할 수 없는 작업에 함께해준 보답으로 아카슈에게 저녁을 사기로 했다.

"내가 제일 맛있다고 생각하는 인도 음식점이 있는데, 어때?"

살짝 농담조로 제안했더니, 아카슈는 고개를 갸웃하며,

"재밌을 것 같은데."

　하고 말했다. 밖에서는 눈에 잘 띄지 않는 가게로, 오래전 인테리어 그대로 단골손님을 끌어들이는 술집 같은 분위기를 풍기고 있었다. 나도 이 가게를 우연히 알게 되었는데, 1년 전쯤 어느 일요일, 다리를 접질렸고 집에 토마토케첩과 머스터드소스 외에는 입에 넣을 게 아무것도 없다는 사실을 깨달았다. 엄마한테 전화를 하면 곧장 샐러드부터 디저트까지 전부 바구니에 넣어 배달 서비스로 보내줄 테지만 그것만은 피하고 싶었다. 평소라면 이럴 때 역으로 나가 길거리에서 파는 소시지 샌드위치를 먹었겠지만 삔 다리로 역까지는 너무 멀다. 택시로 길거리 음식을 먹으러 가는 것도 앞뒤가 안 맞다. 문득 집 근처에 이제껏 가본 적 없는 가게가 있다는 게 생각났다. 그냥 술집인지도 모르지만 그런 곳에서도 어느 정도 음식은 나올 것이다. 다리를 끌며 가보니 놀랍게도 인도 음식점이었다. 밖에는 아무것도 쓰여 있지 않았지만 문을 여는 순간 향신료 냄새가 흘러나왔다. 손님은 나 하나였고 카운터 뒤에 있던 턱수염 난 남자가 웃음기 없이 메뉴판을 가져다주었다. 반신반의했지만 공복에 떠밀려 과감히 양고기 카레를 주문했고 이어서 나온 요리는 나를 더욱 놀라게 했다. 고기가 입 안에서 살살 놀더니 위 속에서 짐승의 활력을 되찾으며 불타올랐다. 가격이 꽤 비싸서 그 뒤로 안 갔지만 소시지 샌드위치로는 아카슈에게 감사를 표하기에 충분하지 않았고, 아카슈는 채식주의자일지도 모르기 때문에 인도 음식점으로 가는 게 좋겠다고 생각했다.

음식점에는 내가 먼저 발을 들이고, 텅 빈 가게를 둘러본 뒤 아카슈를 돌아보니, 얼굴이 희미하게 굳어 있었다. 가게 깊숙한 곳에서 나와 테이블로 안내해준 콧수염을 기른 남자에게 아카슈는 평소처럼 애교 있는 미소를 건네지도 않았다.

"무슨 일이야?"

나는 테이블 너머로 얼굴을 가까이 가져가 목소리를 죽이고 물었다.

"파키스탄 사람이 하는 가게야. 인도가 아니라."

"그래? 미안. 그럼, 나갈까."

"아니, 냄새로 판단하건대 식사의 질은 좋을 거야. 게다가 평화주의자라면 문제없어. 다만, 가게 안에 이상한 긴장감이 도네."

메뉴에 '인도 요리'라고 쓰여 있잖아, 라고 말하려고 앞표지, 뒤표지를 살피고 안쪽 페이지를 전부 뒤적거렸지만, 어디에도 '인도'라고는 쓰여 있지 않았다. 코끼리가 코를 들어 올린 채 웃고 있는 일러스트가 여기저기 아로새겨져 있을 뿐이었다. 코끼리 그림만 보고 인도라고 확신했을 정도로 나의 뇌가 성급하구나 싶어 실망스러웠다.

아카슈는 화제를 바꿔, 코펜하겐에서 자기를 재워주는 사람의 이야기를 해주었다. 아카슈와 같은 푸네 출신으로, 어릴 때는 철학을 전공했지만 지금은 중고차 판매를 하고 있다. 인도 느낌의 얼굴과 호리호리한 체형을 보고, "차는 필요 없는데 요가를 알려줬으면 좋겠다"는 고객도 있단다. 결함 있는 차를 팔아치우려는 게 아닐까 하고 의심하는 사람은 있어도, 결함이 있는 요가를 팔아넘길 가능성에 대해 생각해보는 사람이 없는 게 이상하단다.

"아카슈, 너는 좋겠어. 아를에서도 오슬로에서도 같은 고향 사람 집에 묵고, 밤에는 담화를 즐길 거 아니야."

"그렇지. 그래서 Hiruko가 가여워. 어린 시절 얘기를 나눌 사람이 아무도 없잖아. 어릴 때 이런 과자가 있었지, 라거나 이런 장난감이 유행했지, 같은 쓸데없는 이야기가 내 마음을 무척 편안하게 해. 지우개로 마구 지워가고 있는 과거를 그 위에 다시 덧대 쓰는 거지. 어차피 일평생 다시 돌아갈 일은 없을 테니 고향 이야기 같은 거 할 필요 없다고 생각할지도 모르지만 그게 아니야. 돌아갈 수 없기 때문에 어린 시절의 생생한 이미지가 살아가는 데 필요한 게 아닐까. 게다가 혼자서는 안 돼. 혼자서 떠올리는 것만으로는 망상이 되어버려. 때로는 누군가와 공유할 필요가 있는 거야."

이튿날 오후 1시 정각에 Hiruko가 찾아왔다. 짙은 녹색 옷에 피부색이 비쳤다.

"열차가 늦지 않은 모양이네."

"늦는 상자는 열차가 아니야."

"그런 자세를 가진 철도 회사가 이 세상에서 사라진 것은 참으로 안타까운 일이야. 하지만 그것보다 훨씬 더 안타까운 일이 있어. 몇 시간이나 찾았지만 히루타의 투고 원고를 찾지 못했어."

나는 아카슈가 찍어준 사진을 Hiruko에게 보여주었다.

"고마워."

표정은 찌뿌둥했지만 Hiruko의 입에서 비난이 아니라 감사의 말이 먼저 나와서 더 미안했다.

"정말 미안해. 그렇게 소중한 물건을 버렸다는 게 믿어지지 않아. 우편물이 너무 많이 오니까 질식할 것 같아서 다 갖다 버리자는 생각밖에 안 들었어."

그때 Hiruko는 모서리가 접히고 더러워진 원고 한 다발이 책상 위에 놓여 있는 것에 재빠르게 눈길을 주었다.

"그건 네가 찾는 원고가 아니야. 하지만 나한테 꼭 필요한 내용이 들어 있는 것 같아서 가져왔어."

그렇게 말하고 나니 Hiruko가 부탁한 원고를 열심히 찾는 대신 내가 관심 있는 원고에 정신이 팔렸던 게 아니었느냐고 생각할까 싶어 덧붙여 말했다.

"미안. 우연히 발견했는데 약간 흥미가 생겼을 뿐이야."

"무슨 내용?"

"자기 자식이 쓰는 옹알이를 듣는데 그게 우주에서 온 메시지로 들려서 그 지시에 따라 움직이다가 자취를 감추게 된 남자 이야기야. 최근 들어서야 그 남자의 행방이 밝혀졌어. 정체를 감추고 로마에서 살고 있었대. 테러리스트가 아닌가 하는 의심을 받아 조사했다가 경위가 밝혀졌어. 가명으로 취직했으니 고용주로서는 화가 날 상황이고 아무 말 없이 아내와 어린 아들을 두고 떠난 건 도덕적으로 비난받을 일이지만, 아무튼 테러리즘과는 무관해서 그대로 석방되었고 미디어에도 보도가 안 되었는데, 당사자는 그 뒤로 불면증에 걸려서 논문 저자인 정신과 의사에게 가서 치료받았어. 그 의사가 이 사례에 관심이 생겨서 연구 결과를 발표할 허가를 얻은 거야."

Hiruko가 눈을 반짝이며 들어서 나는 안심했다.

"그건 그렇고 내가 맛있는 소시지 샌드위치를 직접 만들어주기로 약속했지."

나는 오븐에 빵을 넣고 프라이팬에 기름을 두른 뒤 병에서 피클을 손으로 집어 종이처럼 얇게 썰었다. 링 모양으로 썬 양파는 바삭바삭하게 튀겨 냉장고에 넣어두었다. 케첩과 머스터드가 담긴 큰 용기는 언제나 준비되어 있다.

"요즘은 세븐일레븐에서 파는 소시지 샌드위치가 맛있다는 녀석들이 많아. 하지만 지금 먹는 건 직접 만든 전통 요리라고."

"호쿠에쓰의 세븐일레븐에서는 오뎅을 팔았어."

"오딘? 북유럽 신화에 나오는 보스가 그렇게 멀리까지 세력을 펼쳤구나."

"오딘이 아니고 오뎅."

우리는 모래사장에서 노는 두 아이처럼 소시지가 구워지는 것을 진지하게 바라보고, 빵에 머스터드소스를 바르고, 오븐 속에서 따뜻해지는 빵에 굴러떨어질 듯한 소시지를 올리고, 그 위에 튀긴 양파를 뿌리고, 케첩을 뿌려 손을 핥고, 피클을 집어 먹으며 상에 놓았다.

랑데부의 행선지가 늘 병원이라고 한다면, 남들은 내가 비극의 주인공이라고 생각하리라. 불치병에 걸린 애인을 매일 만나러 간다거나, 엄마의 문병을 가는 애인을 매일 따라간다거나. 우리의 경우는 조금 달랐다. 서로 약속하고 만나는 일을 달리 부를 말이 없기에 '랑데부'라고 부른다. 여기에는 친구를 만날 때와는 다른, 애인끼리 만날 때만의 특별한 기대와 감흥이 있다. 하지만 애인 사이가 되고 싶지는 않았다. 왜냐하면 본래 애인 사이란 늦든 빠르든 언젠가 싸우고 헤어지게 되기 마련이지만, Hiruko와는 언제까지고 헤어지고 싶지 않다.

'랑데부'는 Hiruko가 직접 만든 언어인 판스카의 어휘에도 정식으로 올라 있는 듯하다. 판스카는 스칸디나비아 반도에서 쓰이는 여러 언어를 자기 나름의 방식으로 뒤섞은 것인데, 물론 그 외의 언어에서 유래하는 단어도 섞여 있다. 예를 들어 재킷과 같은 단어를 다 뭉뚱그려 Hiruko는 '아노락'이라고 부른다. 그린란드어에서 유래하는 이 언어의 울림을 Hiruko는 매우 좋아해서, 파카, 윈드 브레이커, 블루종, 라이더 재킷 같은 단어는 '쇼핑몰 언어'라 부르며 업신여긴다. 쇼핑몰을 돌아다니며 유행에 살짝 뒤처진 옷을 저렴한 가격에 쓸어 담는 사람들의 욕망을 자극하는 말은 모조리 쇼핑몰 언어란다.

"자, 나가볼까. 아노락을 입고 랑데부다."

하고 내가 말하자, Hiruko는 자기 언어가 놀림을 받았다고 생각했는지 내 팔을 치고는, 그대로 내게 긴 팔짱에 체중을 실었다.

"아노락은 아름다운 언어. 핫피*라는 단어도 좋아해."

"해피?"

"핫피는 행복한 상반신."

"상반신에는 입과 귀가 있으니 행복하지."

"Susanoo는 말하고 싶은가?"

"하고 싶겠지. 인간이라면 누구나 목소리를 내고 싶잖아."

"Susanoo는 누구하고 말하고 싶은가?"

"우선 지금은 우리하고 말하고 싶지 않을까? 너랑 나랑 아카슈랑 노라랑 나누크 말이야. Susanoo는 오랫동안 잊고 있던 우정이라는 깊은 맛을 떠올리고 싶을 거야. 여럿이 몰려다니는 우정이라니 어딘가 고등학생 같지만. 어른이 되고 나면 좀처럼 맛볼 수 없는 행복한 맛이지."

"Susanoo는 우리와 말하고 싶다. 하지만 나하고는 말하고 싶지 않다."

"왜 그렇게 생각해?"

"얼굴의 언어."

"그럴까."

---

*　일본의 하급 무사나 일꾼이 입던 소매가 짤막한 상의. 현대에도 마쓰리 같은 전통적인 자리나 축제에서 입는다.

"네가 말하고 싶지 않은 사람은?"

"딱히 그런 사람은 없어. 아, 한 사람 있네."

나는 양손을 이용해 M자를 만들었는데, 그게 두 개의 커다란 가슴처럼 보여서 서둘러 손을 내렸다.

"엄마? 아들은 엄마하고 말하고 싶지 않은가? 나는 Susanoo의 엄마?"

"얼굴이 닮았을지도 모르지."

Hiruko가 흠칫하는 듯했기에 나는 눈썹을 살짝 올리고, 그건 농담이라는 주석을 다는 표정을 지어 보였다.

"나는 정말로 Susanoo의 엄마를 닮았을지도. 그리고 Susanoo는 엄마와 말하고 싶지 않을지도. 욕하는 대신 침묵하 거나 이해할 수 없는 언어로 말하거나. 햄릿."

이번에는 내가 흠칫할 차례였다. Hiruko가 그걸 눈치채고 걱 정스러운 듯이 물었다.

"햄릿이 전기 쇼크?"

"그래. 엇비슷해."

"어째서?"

"우리 엄마가 말이지, 나더러 종종 햄릿이라고 하거든."

"칭찬?"

"욕이지."

우리는 끝없이 수다를 떨며 병원으로 들어가, 접수창구에서 방문자 등록을 마치고, 엘리베이터를 탔다. 유령이라도 나올 듯한 고풍스러운 상자였다. Hiruko의 얼굴이 어두워졌다.

"Susanoo는 나하고 말하고 싶지 않다."

"Susanoo는 아직 아무하고도 말을 안 해. 너하고 말하는 걸 피하는 게 아니야."

"나는 Susanoo에게 많은 말을 던졌다. 야구 투수처럼 수도 없이 던졌다. Susanoo는 포수가 아니었다."

"미안한데 투수가 뭐더라? 유럽에서는 야구 룰을 아는 사람이 거의 없어."

"나는 이자나기처럼 복숭아의 말을 이자나미에게 던졌다."

"미안. 그 스포츠는 더 모르겠다."

"신화라는 스포츠. 달리고, 날고, 보물을 빼앗으려 싸우고."

"아아, 신화라면 관심 있어. 하지만 북유럽에서 복숭아는 아주 비싸다고. 세 개 던지면 파산이야. 그러니까 오딘도 발키리도 복숭아는 던지지 않아."

나비처럼 사뿐히 날아다니는 잡담에 문득 종지부를 찍게 만든 것은 하얀 문 하나였다. 병원의 문이란, 열고 들어가면 전혀 예상하지 못한 이질적인 차원이 기다리고 있으니 두렵다.

8장

Hiruko는 말한다

　문을 열자, 병실이 묘하게 어스름했다. 안쪽에 환자와 의사처럼 Susanoo와 나누크가 마주 보고 앉아 있었다. 나누크가 상반신을 틀어 이쪽을 보았다. 눈부신 흰 가운 옷깃 사이로 반짝이는 남색 실크 넥타이가 엿보였다. 점잔을 빼고 있다. 아직 대학교 정문 근처에서 어슬렁어슬렁하는 주제에 국제적으로 이름이 알려진 의사라도 된 것처럼 거만을 떤다. 별로야, 나누크. 진짜 네 모습은 아니지? 누구 흉내를 내는 거야? 아니면 이거 다 '의사선생님 놀이'야?

　방 분위기는 '놀이'와 상당히 거리가 멀었고, 어떤 웃음도 용납하지 못하는 엄격함에 차 있었다. 나는 이런 공기에 노출되면, 당장이라도 도망치고 싶어진다. 비밀 조직의 회합. 신흥종교의

필수 세미나. 설마하니 나누크, 누구한테 세뇌당한 것은 아니지. 크누트도 나처럼 답답한 공기를 느꼈는지, 코끝에 닿는 악취를 부채로 털어내듯 손을 움직이며 큰 걸음으로 방 한가운데까지 나아가 일부러 익살맞게 말했다.

"미안, 미안. 방해라는 건 알겠지만, 나는 태어날 때부터 방해하는 인간이라 이것 말고 다른 역할은 연기할 수가 없네."

나누크는 나이에 맞지 않게 입가에 지치고 빈정거리는 웃음을 띠며 대답했다.

"너희들의 방문이 방해가 되는 건 아니야. 오히려 감사하다. Susanoo에게는 같은 고향 사람의 도움이 필요해. 친구라는 게 사람들 기대만큼 큰 도움이 되는 건 아니지만, 고향이 같으면 도움이 될 때가 있으니까 말이지."

친구는 도움이 안 된다는 의견에 크누트가 발끈한 모양이었지만, 반론 대신 우스꽝스러운 길로 뚫고 나가자고 결정했는지,

"그렇군. 그렇다면 Susanoo와 같은 고향 사람인 Hiruko를 데려온 내게도 칭찬의 말을 내려주시면 기쁘겠는데요."

라고 하며 영화에 나오는 집사처럼 머리 숙여 절을 했다.

나는 아무런 반응이 없는 Susanoo의 얼굴을 응시하고 있었지만, 오히려 그래서는 안 된다고 생각을 바꿔먹고 등을 휙 돌렸다. 그러자 눈앞에 돌연 뭉크의 그림이 나타났다. 전시회 포스터

가 벽에 붙어 있었던 것이다. 세 명의 젊은 여성이 나란히 난간에 서 있는 모습이 뒤쪽에 비스듬히 그려져 있다. 세 사람의 얼굴은 보이지 않는다. 원피스의 보드라운 하양과 오렌지 빛깔이 감도는 빨강, 어린잎색이 각기 낙낙하게 몸을 감싸고, 기분 좋은 북유럽의 여름이 나의 피부를 어루만진다. 여자들의 표정은 보이지 않지만, 난간에 팔꿈치를 올린 채 그녀들이 들여다보는 수면은 어둡다. 강인가, 호수의 일부인가. 어두운 물에는 맞은편 육지와 그곳에 울창한 녹음을 만들어내며 서 있는 큰 나무가 비쳐 있다. 이렇게 수면에 비치면 모든 것이 슬프고 그늘져 보인다. 육지에서 난간은 직각으로 뻗어 있지만 원근법 때문인지 뒤로 갈수록 각도가 날카로워져서 어두운 물이 나이프처럼 세 사람의 가슴을 찌르며 소실점으로 향한다. 여름 동안은 밤을 맞이하는 시간이 아주 길다. 잘 보면 작고 노란 달이 배경에 있다. 달은, 언제까지고 저물려 하지 않는 여름날 태양을 배려하여, 거목의 뒤편에 낮게 위치하여 대기하고 있다.

나는 모두로부터 등을 돌리고 있었기에, 나누크가 Susanoo에게 영어로 말을 거는 목소리가 등 뒤에서 들려왔다.

"오늘은 Hiruko가 와주었으니 평소와 다른 실험을 할 수 있겠다. 자네와 같은 모어를 말할 수 있는 사람이 왔어."

크누트가 놀리듯이 참견했다.

"나누크, 너도 Susanoo의 모어를 말할 수 있잖아. 그렇다면 Hiruko는 필요 없는 거 아닌가."

나누크는 헛기침을 하더니 점잔을 빼며 대답했다.

"물론 나도 그 언어를 말할 수 없는 건 아니지. 하지만 내 경우는 어학에 재능이 있는 노력파이기는 하나, 어른이 된 뒤에 배운 외국어다. 토착이 아니야. 그에 비하면 원주민 Hiruko가 하는 말에는 과거의 냄새나 맛 같은 것이 배어 있으니 같은 고향 사람의 기억을 자극해줄지도 모르지."

나누크는 '토착'이니 '원주민'이니 하는 단어를 썼다. 마치 내가 미개인이고, 자기는 국제 학회에 나가 그 미개인의 언어에 대해 영어로 발표하는 연구자라는 듯한 얼굴을 하고 있다. 그 점을 자연스러우면서도 엄격하게 지적해주고 싶었지만, 지금 내게는 더욱 중요한 숙제가 있다. Susanoo에게 말을 거는 일. Susanoo가 언어를 되찾도록 돕는 일.

나는 두세 번 심호흡을 한 뒤 Susanoo에게 말을 걸려고 했다. 하지만 목소리를 내려고 해도 목구멍 안쪽에 '수수떡'이 꽉 막혀서 소리가 안 나온다. 이런 바보 같은 일. 살면서 수수떡 같은 건 먹어본 적도 없는 내 목에 수수떡이 걸릴 리가 없잖아. 먹고 싶다고 생각해본 적조차 없다. 언제였던가, "수수떡을 보상으로 줄 테니 따라와"라는 말을 들은 적이 있는 것만 같은 기분이 든다. 이마에 일장기 머리띠를 맨 폭주족 청년이 타인의 영역을 엉망으로 만들기 위해서 지원병을 모집할 때였다. 그때는, "멍청하기는. 그런 떡 같은 거 안 먹어" 하고 대답하며 퉁명스럽게 외면해버렸다. 하지만 정신을 차려보니 주변 친구들은 모두 수수떡을 받아서 신이 나 보였다. 꽤 오래전에 꾼 꿈이다.

나는 Susanoo에게서 등을 돌린 채, 수수떡 환상이 사라질 때까지 몇 번이나 꿀꺽꿀꺽 소리를 낸 침을 삼켰다. 겨우 수수떡이 사라지자 목구멍 안쪽에서 예상외로 큰 목소리가 흘러나왔다.

"내가 누구였더라? 아침에 눈을 뜨면 제일 먼저 그런 생각을 할 때가 있어. 나는 무슨 언어로 말을 했더라? 딱히 기억이 사라진 건 아니지만, 그래도 숙면으로 일단 한번 의식이 끊어져 어딘가로 멀어져버린 나를 새로이 조우할 수 있다니 신기해. 아침이란, 내가 누구인지 아직 생각이 나지 않는 시간이잖아? 나는 오늘 누구하고 말할 작정이었더라? 여러 가지 의혹이 끓어오른다. 하지만 말이야, 오하요!* 하고 목소리를 내서 말하면 어쩐지 마음이 놓여. 오하요! 어린아이였을 때는 한 가지 말투밖에 알지 못했어. 오하요! 아침에 일어나 제일 먼저 꺼내는 말은, 오하

* 일본어로 '안녕, 잘 잤어요?'라는 뜻의 아침 인사.

요. 점벙점벙 얼굴을 씻고, 민트 맛 치약을 짜서 이를 닦은 뒤, 아버지 어머니에게 오하요라고 했지, 당신도. 학교 가는 길에 만난 친구에게 오하요, 라고 했겠지. 아니면 부끄러워서, 어이, 라고 하며 얼버무렸을까? 교실에 들어가 수업을 시작하기 전에, 반 친구들 모두가 한목소리로 선생님에게, 오하요 고자이마스**라고 했을 거야. 하루의 시작에 주변 사람들과 같은 시간을 살아가고 있음을 서로 확인하는 말. 오하요."

나는 여전히 모두에게서 등을 돌리고 있었지만, 공기 중에 따스함이 움직여왔기에 크누트가 다가온 것인가 하고 생각했다. 내 생각대로 귓불 바로 뒤에서 크누트의 목소리가 들렸다.

"지금, 뭐라고 한 거야?"

"안녕."

"그렇게 길어? 안녕이 도대체 몇 음절이야?"

"안녕만이 아니고 안녕 언저리까지. 안녕의 장면. 안녕의 추억."

"아, 그런 거라면 나도 추억이 있어. 어릴 때 종종 아침 빵을 입에 물고 나서야 허둥지둥 굿모닝이라고 해서 엄마한테 혼났지. 더 서두를 때는 빵을 물고 자전거에 뛰어오른 뒤에 갑자기

**   '오하요'의 존칭.

생각나서 고개만 돌리고 집 쪽을 향해, 굿모닝, 하고 외친 적도 있었어. 입이 막혀 있어서 '우-우-우'라는 소리밖에 안 들렸지만. Hiruko, 너도 자주 지각했어? 자전거로 통학했니?"

"자전거 통학은 금지."

"그럼 부모님이 차로 학교까지 데려다주셨어?"

"차로 하는 픽업도 금지."

"어째서?"

"상류층 놀이는 금지."

"그렇담 너희 나라에는 상류층이 존재하지 않았어?"

"존재했다. 태양. 태양의 힘."

"오호, 태양 에너지?"

크누트가 얼빠진 소리를 했다. Susanoo가 어렴풋이 웃는 소리가 났다. 그런 기분이 들었다. 설마. 하지만 바람처럼 나의 귓가에 닿은 웃음은 나누크의 목소리나 크누트의 목소리와는 달랐다. 거의 뒤돌아볼 뻔했지만 꾹 참았다. 이대로 얼굴을 보지 않고 계속 이야기하자. 정곡을 찔렀다 싶은 느낌이 있었다. '태양'의 이미지가 열쇠가 될 듯하다. 다만 태양이라고 말로 하는 것만 가지고는 약하다. 보다 확실히 Susanoo의 마음을 파헤치고 싶다. 태양과 관련하여 떠오르는 발상을 하나씩 늘어놓아보았다.

"수평선에서, 지평선에서, 능선에서 둥근 얼굴을 내밀고, 오렌지나 석류를 닮은 색으로 빛나며, 잠들어 있는 새를 깨우고, 밤 동안 어둠 속에서 빛을 잃은 나뭇잎에 초록빛을 돌려주고, 꽃에 빨강과 노랑과 파랑 빛깔을 돌려주며, 차가운 지면에 온기를 더하고, 사람들을 야외로 끌어내는 구형의 여신님."

오래전 태양에는 이렇게 긴 이름이 붙었는지도 모른다.

"지금, 뭐라고 한 거야?"

크누트는 내가 무슨 말을 하는지 알고 싶어 견딜 수가 없는 모양이었다.

"태양의 긴 이름."

"그런 게 있어?"

"없어. 발명."

그때 아는 척하는 나누크의 목소리가 끼어들었다.

"긴 이름의 여신, 실제로 신화 속에 존재하잖아. 책에서 읽은 적이 있어. 아마, 어쩌고였는데, 아마."

"아마테라스 오미카미."

"그래, 그거. 아마는 비라는 뜻이지. 아마가사*의 아마."

"아니야."

---

*   雨傘. 우산.

"그렇담, 아마구치* 카레의 아마."

"아니야."

"아마미 오시마.**"

"아니야."

"아마데라.***"

"아니야."

나는 나누크가 지닌 어휘의 풍부함에 감탄하면서도 화가 치밀었다. 이토록 뛰어난 두뇌를 가졌으면서 대학에 다니는 대신 의사 선생님 놀이나 하면서 거드름을 피우고 자기만족에 빠져 있다니 안타까운 노릇이다.

"아마는 텅 비었다는 의미. 제일 위에 있는 신. 그 신은 여성이야."

하고 분명히 말해주었다. 그러자 나누크는,

"허어, 여성이 제일 위에 위치하다니, 그건 페미니즘이라는 이름의 종교인가?"

하고 놀리는 듯한 어조로 답했다. 나누크는 영어도 덴마크어

---

*　甘口. 단맛이 돎.
**　奄美大島. 규슈 남단과 오키나와 사이에 있는 섬으로 인간이 손이 닿지 않아 원시림에 가까운 숲이 보존되어 있다.
***　尼寺. 비구니 절 혹은 수녀원.

도 유창하게 쓴다. 나는 어느 나라의 상류층 혹은 엘리트가 쓰는 말투를 흉내 내고 싶다고 생각한 적은 이제껏 한 번도 없다. 나라와 나라 사이를 이동하며, 필요한 단어를 줍거나 필요 없어진 단어를 버리면서 내가 직접 판스카라는 언어를 만들어왔다. 판스카는 끊임없이 모습을 바꾸며 나와 동행해준다. 언어의 이사를 계속하는 나의 완벽한 길동무 판스카. 하지만 나누크의 유창한 덴마크어나 영어를 듣고 있으면, 주변에서는 내가 사랑하는 판스카가 단순히 '이민자의 서투른 말'이라고 치부될지도 모른다는 생각이 든다. 나도 모르게 목소리가 오므라들었다.

"그건 페미니즘이 아니라 신도라는 종교."

"신도라는 섬인가."

"섬이 아니야. 도는 길. 신들의 아우토반. 추돌 사고가 많은 아우토반. 내가 안전을 지키고 싶어."

"호오, 네가 안전을 지키는 거야? 교통경찰이라도 되나?"

"나는 태양의 여신."

입에서 나오는 대로 아무렇게나 말하다 문득 뒤를 돌아보고 말았다. Susanoo는 아까 그 자세 그대로 미동도 하지 않고 앉아 있다.

갑자기 획 뒤돌아보는 괴물 이미지가 선명하게 떠올랐다. 어린 시절, '누가 누가 굴러떨어졌습니다'라는 놀이가 있었다. 놀이에는 괴물 역할이 있다. 괴물이 없으면 놀이가 성립하지 않는다. 그러니 괴물을 퇴치해서는 안 된다. 무시해서도 안 된다. 설령 Susanoo가 괴물이라 해도 그쪽을 바라보아야만 한다. 나는 길에서 우연히 옛 친구를 만나 카페에서 수다를 떠는 장면을 떠올리며 Susanoo에게 말을 걸었다.

"누가 누가 굴러떨어졌습니다, 라는 놀이 기억나? 괴물 역할을 하는 아이는 얼굴을 두 손으로 가리고 눈을 감고서 천천히, 누가 누가 굴러떨어졌습니다, 라고 말해. 괴물이 이 말을 하는 동안은 다들 움직여도 돼. 하지만 괴물이 돌아보는 순간에는 정지해야만 해. 비디오를 재생하다가 갑자기 정지 버튼을 눌렀을 때처럼 다들 어중간한 자세로 굳어버리는 게 재미있었어. 막 한 발을 들어 올리려는 순간 말이야. 거기서 비틀거리거나 움직여버리면 괴물의 인질이 돼. 인질은 괴물의 몸에 염주처럼 줄줄이 엮여서 해방되기를 기다려. 다른 아이들은 조금씩 괴물에 다가가다가 괴물이 다른 쪽을 보는 사이에 눈에 보이지 않는 사슬을 손으로 탁 치지. 잘되면 포로는 전원 해방. 그 놀이, 기억하지?"

그 시절에는 누구나 인질이 된 아이를 구하려고 필사적으로 뛰어들었다. 남을 도와줘도 손에 남는 것은 없는데, 그뿐 아니라 오히려 자기가 인질이 되어버릴지도 모르는데, 자신을 위험에 노출하면서까지 남을 구해주려고 했다. 보상으로 수수떡을 주겠다는 꼬드김에 넘어가서 그런 것도 아니다. "괴물에게 잡힌 건 자기 책임이다"라고 딱 잘라 말하며 혼자만 집에 돌아갈 수도 있었을 텐데, 친구를 못 본 척하지 않았다.

그리고 보니 북유럽으로 유학을 떠나기 전에 잊을 수 없는 인질 사건이 있었다. 고교 시절 동급생 중에 고향 신문사 기자가 된 사람이 있었다. 중앙 언론은 '어금니에 뭔가 끼어 있는' 것처럼 시원스레 기사를 쓸 수 없었고, 치간 칫솔을 아무리 사용해도 끼인 것을 빼지 못한 채 독자를 잃어갔다. 한편 인터넷 신문은 종류가 너무 많아져서, 신뢰할 수 있는 신문을 찾는 게 어려워졌다. 하나라도 신뢰할 수 있을 법한 온라인 신문이 나와서 평판이 좋아지면, 같은 이름으로 가짜 보도를 해서 방해하는 인간이 나타난다. 그런 분위기 탓에 종이로 된 지방 신문에 관심이 쏠렸고, 수도권에 사는 사람들이 지방 신문 정기구독을 시작했다. 나의 동급생은 그런 시대의 흐름 속에서 중앙지를 제친 '호쿠에쓰프라우다'라는 신문에서 근무했다. 그러던 어느 날, 러시아와 중동 사이를 촘촘히 누비듯이 지프를 끌고 취재하며 논픽션을 쓰다가 테러 조직에 붙잡히고 말았다. 테러 조직은 국가에 거액의 몸값을 요구했다. 여론은, "자기 멋대로 위험 지역에 숨어들고, 심지어 자국의 정치를 비판하는 민간 신문사 기자의 몸값을 어째서 세금으로 내야 하느냐"는 의견이 강했다. 정부는, "최근에는 몸값을 내도 인질이 살해당하는 경우가 많기 때문에, 안전을 위해 몸값을 지불하지 않기로 했다"는 성명을 발표했다. 이렇게나 정성스럽고, 누가 들어도 완벽하게 이론적이며 모순이 전혀 느껴지지 않는, 역시 정부이기에 할 수 있는 훌륭한 설명에 국민도 납득했는지, 몸값은 지불되지 않았고, 정부에 항의하는 데모도 일어나지 않았다. 그러나 인질은 살해당하지 않았다. 어디에 살고 있는지는 확실치 않지만, 정부 사이트에 무단 침입하여, '나를 도와주지 않은 국가 따위에 미련은 없다. 앞으로는 번역자가 되어 테러 조직에 정보를 제공할 생각이다. 스파이가 될 마음은 없다. 다만, 올바른 정보가 다양한 방면으로 흘러나가도록 하고 싶을 뿐이다'라는 대담한 메시지를 전달했다. 이 행위를 '나라를 팔아먹는 용서할 수 없는 행위'라고 비판한 장관에게 그는 곧바로, '나는 나라는 물론이고 밤 한 톨도 팔지 않는다. 가끔 시장에서 피스타치오를 팔기는 한다'는 답을 보내왔다. 나는 피스타치오라는 단어가 주는 울림이 우스꽝스러워서 눈물이 날 정도로 웃었던 기억이 있다.

"누가 누가 굴러떨어졌습니다!"

표정에 변화가 전혀 없는 Susanoo를 향해 노래하듯 읊조렸더니, '누가 누가'가 아니라 '달마가 굴러떨어졌습니다'라는 놀이였던 것 같은 기분이 들었다. 어느 쪽일까. 누가 누가였나, 달마였나. 섬바디인가, 보리달마인가.

"어떻게 된 거야? 무슨 소리를 하는 거야?"

크누트가 또 못 참고 뒤에서 손바닥으로 내 팔꿈치를 감싼 채 흔들며 물었다. 좋은 향이 은은히 콧속 점막으로 스며들었다. 크누트에게서는 삼나무 숲과 라벤더와 갓 구운 빵 냄새를 섞은 향기가 난다. 나는 흘러나오는 미소를 숨기지 않고 대답했다.

"아이들 놀이. 누가 누가 굴러떨어졌다. 혹은 달마가 굴러떨어졌다. 누가 누가일까, 달마일까."

"달마가 누구야?"

"몇 년 동안이나 좌선을 하다가 팔다리가 사라진 사람. 도달한[達] 사람. 수련하는[磨] 사람. 그게 달마(達磨)."

나는 말할 때도 한자를 떠올리며 말한다. 크누트에게는 한자가 보이지 않겠구나, 하고 문득 깨달았다. 크누트의 경우는 알파벳을 소리 내 말하는 것이나 마찬가지다. 달마라고 할 때도 알파벳. 스시라고 할 때도 알파벳. 내가 그런 생각을 하고 있다는 것도 모른 채 크누트가 말했다.

"언제였던가, 달마라는 이름의 레스토랑에 간 적이 있어. 거기서 피조개 스시를 먹었지. 그나저나 카르마와 달마는 관계가 있나?"

"둘 다 인도 출신."

"인도?!"

예상 밖의 방향에서 느닷없는 목소리가 튀어나왔다. 어느새 열린 문 너머에 새빨간 사리를 입은 아카슈가 서 있었다. 나누크는 엄한 얼굴을 지키려 하면서도 입가에 미소를 띠며, 어서 안으로 들어와 문을 닫으라고 아카슈에게 손짓했다. 아카슈는 빨갛다. 달마 인형도 빨갛다. 물론 사리의 선명한 홍색은 민예품이 발하는 촌스럽고 포근한 빨강과는 다르다. 체형도 아카슈는 호리호리해서 달마와는 대조적이다. 아카슈, 달마 알아? 인도인이야. 그런 식으로 아카슈한테 말을 걸고 싶었지만, 아카슈에게는 영어로 말을 걸어야 했고, 지금 영어로 말하면 Susanoo에게서 마음이 멀어질 것만 같은 기분이 들었기에, 나는 아카슈에게 고갯짓만 하고 Susanoo를 향해 말했다.

"달마가 인도인이라는 걸 알았을 땐 의외였어. 그렇게 먼 나라 사람이었다니 말이야. 어릴 때 제일 좋아하던 요리는 카레. 나뿐만이 아니야. 다들 카레를 좋아했어. 너도 그래? 어릴 때부터 익숙하던 것이나 사람이 머나먼 인도에서 왔다니 신기하지. 그래서 인간은 자신의 어린 시절을 만나기 위해 머나먼 외국으로 여행을 떠나는 것일까."

Susanoo는 무슨 소리를 들어도 뺨의 근육 하나 움직이지 않았다. 같은 이야기를 크누트나 아카슈에게 한다면 곧바로 눈을 반짝이며 반응했을 텐데. 그러는 편이 훨씬 더 즐겁다. 그런데도 나는 지금 이 귀염성 없는 Susanoo라는 남자에게 계속해서 말을 걸지 않으면 안 된다. 고집불통 영감 같으니. 말하지 않기로 결정하면 말하지 않고, 행동하지 않기로 결정하면 절대로 행동하지 않는 고집불통 영감. 가족을 한데 모으고 있던 주부는 그런 시아버지에게 화가 치밀어, 마음속 접시를 벽으로 내던진다. 나는 그런 주부의 역할을 떠맡게 된 걸까. 우리는 Susanoo를 같은 세대 인간으로서 친구처럼 대하지만, Susanoo는 한 세대 위에 속하는지도 모른다. 어쩌면 노인인지도 모르고. 젊을 때부터 대화가 능숙하지 못했던 사람이 나이를 먹으면, 재미도 없는 이야기에 맞장구를 치거나 다 같이 웃는 일이 더더욱 성가셔진다. 얼굴이 젊어서 생각 안 해봤지만, Susanoo는 언어를 잃어버린 고독한 청년 따위가 아니라 그저 고집불통 영감이었나. 만약 그렇담 어쩌지.

"한 가지 묻고 싶은 게 있는데, 너는 몇 살이야? 아주 젊어 보이지만, 사실은 우리보다 한참 나이가 많은 거 아니야? 그래서 젊은 애들하고 이야기하는 게 두려운 건가."

Susanoo가 안도하며 사실 자기는 벌써 쉰 살이라고 대답하는 장면을 상상해보았다. 아니면 육십대, 칠십대, 팔십대. 설마. 아무리 외고집 할아버지라도 다가가 먼저 말을 거는 게 좋아요,

라고 초등학교 때 선생님이 말씀하셨다. 물론 같은 세대 친구와 이야기하는 편이 즐겁다. 좋아하는 아이돌 이름을 대는 것만으로도 말이 통하는 기분이 드니까. 하지만 항상 기분이 언짢고 말수가 적은 노인에게도 적극적으로 말을 거는 것이 좋다. 그러면 분명 '좋은 일'이 생긴다. 선생님, 좋은 일이라는 게 뭐죠? 그건 말이지, 간단히 말할 수는 없지만, 마당에 있던 마른 나무에 감이 주렁주렁 열리고, 기분 좋은 손님이 계속해서 찾아오고, 오래 병을 앓던 가족이 씻은 듯이 낫고, 또 뭐 그 비슷한 행복의 연쇄 같은 거란다. 아이, 선생님, 그거 꽃 피우는 영감인가 하는 옛날이야기잖아요? 머릿속에서 기억의 메아리가 울려 퍼진다. 그래, 맞아, 초등학교 때 선생님은 "어르신을 공경하세요"라고 늘 말했다. 하지만 어쩐지 와 닿지가 않았다. 어르신이라는 건 누구를 말하는 거지? 과묵하고, 고집스럽고, 까칠하고, 그 외에는 아무런 특색도 없는 Susanoo 같은 사람을 말하나?

아카슈는 필사적으로 Susanoo에게 말을 거는 나를 방해하지 말아야겠다고 생각했는지, 작은 목소리로 크누트에게 뭔가 물었다. 작은 목소리가 오히려 신경 쓰여서 귀를 기울이게 된다. 그런 내게 미소를 지으며 크누트가 영어로 아카슈에게 대답했다.

"Hiruko는 언어의 보물 창고야. 샤먼처럼 말을 하기 시작하면 멈추지 않거든. 홍수처럼 수많은 말이 쏟아져 나와서 나는 도

무지 따라 할 수 없어."

"전부가 아니라도 좋으니 하나 정도만 알려줘."

"오하요."

"오하요?"

"인생에서 제일 자주 사용하는 말인지도 모르잖아. 어릴 때부터 매일 쓰는 말이고."

"하지만 내용은 별로 없는 말이잖아. 지방색도 옅고. 안녕은 무슨 언어로 말해도 금세 자기 언어처럼 느껴져."

나는 아카슈의 말에도 일리가 있겠다고 생각했다. 보다 특별한 추억, 스칸디나비아에도 인도에도 없는, 우리들만의 특별한 지역 냄새가 나는 언어의 추억은 뭐가 있을까. 한자?

"아침[朝]이라는 한자에는 달[月]이라는 글자가 들어 있어. 아침인데 달. 이상하다는 생각 들지 않았어?"

Susanoo는 대답하지 않는다.

"선생님께 물어보니 달이 보인다고 그게 꼭 달은 아니래. 육달월*이라는 것도 있고, 라는 대답이 돌아왔어. 하지만 달에 살이 붙어 있다니 너무 이상해. 달의 스테이크, 먹어본 적 있어?"

Susanoo는 보이지 않는 벽 너머에 있어서, 내 목소리 따위 그

---

* 한자 부수의 하나. 고기 육(肉)을 뜻하는 달 월(月) 모양 부수. 肝, 腸, 臟 등.

저 공기의 진동으로밖에 느끼지 못하는 듯하다.

"아침 해가 떠도 달이 여전히 하늘에 남아 있을 때가 있지. 종이로 만든 것 같은 흰 달."

여전히 침묵.

"아침이 시작되어도 밤은 아직 끝나지 않았어. 낮과 밤이 겹쳐진 이중의 시간이 아침. 그러니 아직 달이 남아 있어. 아침은 어둡다. 밝은데 어두워. 너는 달이야?"

Susanoo의 어깨가 이때 처음으로 움찔하고 움직였다. 아주 작은 움직임이었지만 배 속 깊은 곳에서 전해진 깊은 진동이었는지, 나의 신체에도 곧바로 전해졌다. Susanoo가 달이다, 어쩌고 하며 입에서 나오는 대로 중얼거렸을 뿐이지만, 그래도 '데마카세'*는 '데루니** 마카세루***'라는 뜻. 제멋대로 나오는 것을 방해하지 않고 나오도록 몸을 맡긴다. 그걸로 된 게 아닐까? 최후의 망설임을 바람에 날려버리고, 나는 눈을 가린 채 달리기를 시작하듯 마구 수다를 떨었다.

"그랬구나, 너는 달이었구나. 역시 그럴 거라고 생각했어. 츠

---

*   입에서 나오는 대로 말을 내뱉음.

**   나오도록.

***   몸을 맡긴다.

292

키오(月男) 씨. 츠키타로(月太郎) 씨. 그런 이름을 가진 남자아이는 반에 없었지. 하지만 아사코(朝子)라는 이름을 가진 아이는 반에 꼭 한 명은 있었잖아. 아사코가 없으면 아침이 오지 않아. 산뜻한 이름. 히루코(昼子)라는 아이는 반에 없었지? 낮[昼]은 천천히 여유를 부리는 시간인데 말이야. 뭐가 문제야? 히루코라서 미안해. 히루코(昼子)가 아니라, 거머리라는 뜻의 히루코(蛭子). 생피를 빨아 먹는 거머리. 미끈미끈한 거머리. 기분 나빠?"

크누트는 분명 한 마디도 이해가 안 될 터인데, 나의 언어를 하나하나 빨아들이듯이 호흡하고 있다.

"민달팽이, 지렁이, 해삼. 미끈미끈, 번들번들, 미끄덩미끄덩. 형태가 확실하지 않은 생물들. 물에 녹아버릴 것만 같은 피부. 거머리의 몸은 부드럽지만, 그래 봬도 제대로 된 형태가 있어. 곡옥의 형태. 곡옥이 뭔지 기억하지? 아주 오랜 옛날부터 전해지는 장신구. 곡옥은 배 속에서 몸을 둥글게 말고 있는 아기 같아. 나도 엄마 배 속에 있을 때는 좁은 공간에서 몸을 말고 곡옥의 형태를 하고 있었지. 그랬는데 어느 날 갑자기 밖으로 꺼내져, 자궁 내벽이 사라지고, 주변에서 나를 안아주던 것들이 없어지니 나도 형태가 무너져 흐물흐물. 바깥 기운은 피부에 스미기만 할 뿐 아무런 지지도 되어주지 않았어. 시간이 한참 흘러도 형태가 고정되지 않았던 나. 그래서 물에 버려졌지."

'버려진다'라는 단어를 발음한 순간, 나는 전신에 힘이 빠져 바닥에 축 늘어져 의자에 주저앉았다. 크누트가 곧장 옆에 웅크리고 앉아 내 어깨에 팔을 두르며, 위로하듯 얼굴을 들여다보았다.

"괜찮아?"

나는 무거운 몸을 겨우 들어 올려 나누크가 건네준 의자에 앉았다.

"너는 버려진 아이로구나."

흰 가운을 입은 나누크가 내 얼굴을 정면으로 보며 진지하게 말했다.

"내가 버려진 아이라고?"

"맞아."

크누트는 흔치 않게 화난 목소리로 옆에서 참견을 했다.

"나누크, 왜 그런 소릴 해?"

"형제가 여러 명 있으면 버려진 아이가 반드시 한 명은 있어. 실패작이지. Hiruko도 실패작이었잖아. 바다에 버려졌다 흘러가 덴마크에 정착했어. 그렇지?"

"무슨 소릴 하는 거야, 나누크? Hiruko의 과거도 모르면서."

"우리 집에도 있었거든. 제일 처음으로 태어나 손발을 쓸 수 없었던 여자아이가. 그 아이는 바다에 빠져 죽었어. 낚시에 따라갔을 때 배 가장자리로 기어올라 멋대로 떨어졌지. 제대로 걷지

294

도 못하면서 기어오르는 것만큼은 잘하는, 민달팽이 같은 아이였어."

나누크가 캐묻듯이 나를 보았다. 나는 머릿속이 새하얘졌지만 나누크에게 대답할 의무를 느끼고, 주뼛주뼛 더듬거리며 이야기를 시작했다.

"버려진 기억 같은 건 티끌만큼도 없어. 나는 집을 든든하게 받치는 기둥이었거든. 나는 엄마의 배 속에 처음으로 잉태된 귀중한 아이. 부모님의 보물. 남자 형제가 둘, 나중에 태어났어. 한 명은 거북이처럼 굼뜨고, 다른 한 명은 태풍처럼 난폭했지. 엄마는 울었어."

스스로 그런 말을 꺼내놓고 동요했다. 이것은 나의 이야기가 아니다. 버려진 것도 나의 이야기가 아니었지만, 남동생이 있었다는 것도 내가 아니다. 어디 다른 곳에 사는 누군가의 이야기를 하고 있다. 내게는 남동생이 없었을 터다. 그런데 어째서 그런 이야기가 입에서 술술 나오지? 그때, 예상하지 못한 일이 일어났다. Susanoo의 얼굴이 홍차 속에 떨어진 각설탕처럼 흐물흐물 풀어졌다. 그런 뒤 흙빛 입술이 젖혀지며 새하얀 이가 보였다.

"드디어 자기 이야기를 해주는군요."

틀림없이 Susanoo가 나를 향해 그렇게 말했다. 그 목소리는 결코 작지 않았지만, 가구 안에 설치된 스피커에서 나오는 소리처럼 들리기도 했다.

"이야기를 하지 않는 건 내가 아니라, 당신들입니다. 당신들은 분명 수많은 말을 내게 퍼부었지요. 하지만 말하고 싶지 않은 것은 아직 아무것도 말하지 않았습니다."

입가가 굳어서 대답할 수 없었다. 뺨도 목도 저리고 차다. 눈동자만이 제멋대로 두리번두리번 움직이고 만다. 마치 부서진 로봇처럼. 크누트와 아카슈는 입을 반쯤 벌리고 나를 보고 있다. 흰 가운을 입은 나누크가 달싹거리며 붉은 혀끝으로 입술을 핥는 모습이 시야에 거슬렸다. Susanoo의 목소리는 이제껏 예상했던 것과는 전혀 달랐고, 조용했지만 시원시원했다.

"당신은 장녀로군요."

"맞아요, 저는 처음 태어난 여자아이고, 부모님이 소중히 길러주셨습니다."

Susanoo에게 이끌려 나까지 묘하게 격식을 차린 말투가 되어버렸다.

"당신은 하인이 세 명이나 있는 집에 태어나 아가씨라고 불리며 자랐습니다. 하지만 머리칼이 가느다랗고 허약한 아이여서 좋은 집안 아가씨가 입는 옷은 전혀 어울리지 않았지요. 게다가 사람들에게 어리광을 부리지도 않고, 미소를 짓는 일도 할 수 없었습니다. 다시 말해 귀여운 아이가 아니었던 것이죠."

그 말을 듣고 보니, 나는 아가씨가 입을 법한 옷은 다 싫어했다. 그래도 여덟 살 정도까지는 원피스를 입고 불편한 듯 얼굴을 찡그리고 찍은 사진이 있었던 것 같다. 중학생이 되고 나서부터는, 주말이면 일부러 페인트공 작업복 같은 옷을 헐렁헐렁하게 입었고, 비도 내리지 않는데 홀떡홀떡하는 장화를 신기도 했다. 귀염성 있게 웃지도 못했다. 나는 희미하게 미소를 지을 생각이었는데, 어째서 그렇게 무서운 표정을 짓고 있느냐고 부모님이 물은 적도 있었다.

"당신은 학교 성적도 좋았고 집도 부자였으니 따돌림당한 기억은 없었을 겁니다. 하지만 부모에게 버려진 기억은 남아 있지 않습니까. 거머리같이 생긴 귀엽지 않은 여자아이였으니 바다에 버려진 것이겠지요?"

"설마. 만약 정말로 버려진 거라면 나를 길러준 부모는 나를 낳아준 부모가 아니었다는 말인데."

흥분한 탓인지 '우미노오야'*라고 할 때 억양이 이상해져서 '우미노오야'**가 되어버렸다. Susanoo는 갑자기 다시 입을 다물고 혼자 가만히 생각에 잠겼다. 불쾌감이 스멀스멀 가슴에 퍼

---

* 生みの親. 낳아준 부모.
** 海の親. 바다의 부모.

져갔다.

 나는 물론 버려진 적 따위 없다. 부모님은 부탁하면 뭐든지 곧바로 사주었다. '태곳적 곤충들'이라는 고가의 채집 컬렉션도, 성능 좋은 천체망원경도 사주었다. 혼이 난 기억은 단 한 번도 없다. 공부를 하고 있으면 유명한 가게의 쿠키나 껍질을 까 예쁘게 담은 과일을 가져다주었다. 아버지는 석유 비즈니스 관련 일을 했고, 어머니는 꽃꽂이로 유명한 가문에서 태어나 꽃꽂이 가르치는 일을 했다. 어머니 집안 유파 이름이 무엇인지는 잊었지만 말이다. 그런 두 사람이 나를 보는 눈이 실망으로 그늘진 적이 있었다. 그 일만큼은 확실히 기억하고 있다. 어린아이였던 나로서는 실망의 이유가 확실치 않았으나 좋아하는 책이나 벌레나 별에 몰두하고 있을 때면 부모에 대한 것쯤은 잊을 수 있었다. 하지만 중학교에 들어간 지 얼마 지나지 않은 어느 일요일, 아버지의 옛 지인이라는 가족 세 명이 집으로 놀러 왔다. 작지만 뾰족한 장신구를 은근히 반짝거리며 가느다란 몸을 실크 드레스로 품위 있게 감싼 여성은 멋 부리는 스타일이 어머니를 닮았다. 쓰는 언어나 화장 방법도 닮았다. 두 어머니 사이에는 분명한 공통점이 있는데, 딸들끼리는 이렇게 다를 수 있을까 놀라울 정도로 나와 그 아이는 달랐다. 풍성한 머리칼을 포니테일로 묶고, 벌써 어렴풋이 색정이 스며 나오는 목덜미를 보이며, 젊음을 돋보이게 하는 수수한 원피스에서 나온 팔은 살갗이 안쪽에서부터 빛나고, 손톱 끝까지 손질이 되어 있었다. 마치 고급 상품처럼 구석구석까지 정갈했다. 게다가 세련된 언어 틈틈이 화려하게 수놓인 짧은 웃음, 눈을 가늘게 뜨는 방법, 가끔씩 응석을 부리며 엄마나 아빠에게 가볍게 몸을 기대고 얼굴을 들어 올릴때의 시선 등 영화에 등장하는 아가씨 그 자체였다. 그런 딸을 만족스럽게 바라보는 아버지. 어디 불편한 곳은 없는지 찾기 위해 신경질적인 시선으로 딸의 몸을 샅샅이 훑고는 그때마다 안심한 듯 얼굴이 편안해지는 어머니. 나는 부모님이 이 가족을 남몰래 관찰하고 있다는 사실을 눈치챘다. 어머니의 눈에도 아버지의 눈에도 분명히 부러움이 서렸다. 그렇구나, 이 사람들도 이런 딸이 갖고 싶었구나. 비실비실한 소년 같은 내가 아니라. 문득 눈물이 쏟아질 것만 같아 방을 뛰쳐나와 양말만 신은 채로 마당을 달려 연못에 뛰어들었다. 충동적인 자살. 첨벙 하고 흙탕물이 튀었고, 흰 티셔츠에 커다란 얼룩이 생겼다. 연못은 허벅지가 반쯤 잠길 깊이밖에 되지 않았다. 물을 머금은 청바지가 허리를 아래로 잡아끌었다. 연못을 우왕좌왕 날뛰는 비단잉어들이 나보다 훨씬 더 가치가 있는 게 분명하다. 유럽에 온 뒤 그날의 일을 완전히 잊고 있었다. 그렇구나, 그래서 내가 버려졌다는 것이로구나. 바다는 아니고 연못이었지만.

"확실히 저는 물에 들어갔는지도 모릅니다. 하지만 버려진 것은 아니었고, 제힘으로 밖으로 나왔으며, 남동생들이 태어난 뒤로는 장녀로서의 역할을 잘 해냈습니다. 하나는 공부를 못하고 하나는 난폭하고. 나 말고는 아무도 손을 쓰지 못했던 남자아이들을 귀여워하며 돌보았습니다."

Susanoo는 그 소리에 껄껄 웃었다. 기분 나쁜 웃음소리였다.

"남동생이 태어났을 때는 충격이었겠지요. 부모님에게는 남자아이를 중시하는 오래된 인습이 남아 있었을 테니까. 거기에 놀라서 이런 나라에서는 더 이상 살고 싶지 않다고 생각했겠지요."

혐오스러운 기분이 가슴을 가득 채웠다. 문을 노크하는 소리에 생각이 끊겼다. 나누크가 "들어오세요" 하고 위엄 있는 낮은 목소리로 대답하자, 천천히 문이 열리며 노라가 들어왔다. 나는 여성이 한 사람 더 나타났다는 사실에 마음이 든든했다. 노라와 대화를 나누고 싶다. 남동생이 태어났을 때의 일을. 노라라면 분명 나를 이해해주리라. 하지만 노라의 눈에는 내가 보이지 않는 모양이었다.

"진짜야?"

노라의 첫 마디는 나누크만을 향해 있었다. 그것은 독일어였지만, 뜻을 알아들을 수 있었다. 인사는 없이, 돌연 이 대사다. 대담한 연출. 노라의 등장은 어째서인지 매번 오페라 무대를 떠올리게 한다. 방금까지 거만을 떨던 나누크가 노라의 목소리를 듣자 거북처럼 고개를 흰 가운 옷깃 속으로 움츠리며, 작은 목소리로 뭐라고 중얼중얼 반론했다. 노라는 턱을 들이대며 도발하는 듯한 말을 던졌다. 나누크는 눈썹을 찌푸리며 반항기의 소년처럼 입을 뾰족 내밀고 거친 목소리로 말했다. 노라와 나누크 사이에 언어의 펜싱이 시작되었다. 크누트도 아카슈도 '아아, 그래서 그랬구나' 하는 표정으로 끄덕이며 두 사람의 논쟁에 귀를 기울였다. 그러다가 독일어를 알아듣지 못하는 내가 이야기의 흐름에서 소외되었다는 사실을 깨달은 크누트가 요약해서 번역해주었다.

"아무래도 나누크는 의사 베르마와 성격을 교환했다나 봐. 기한을 두고 그렇게 하기로 약속했는데 나누크도 베르마도 지금은 무기한 연장을 원하고 있어. 노라는 거기에 결사 반대고."

성격을 교환하다니 그게 가능한 일일까. 하지만 나도 내가 아닌 남의 이야기를 내 기억이라고 이야기하고 있으니, 인간의 내면이 서로 바뀌는 일도 역시 가끔씩 생기는 모양이다.

그때, Susanoo가 두 팔을 크게 벌리고 나누크를 향해 영어로 말했다.

"자네는 늑대의 탈을 쓴 양이다."

노라는 입을 연 Susanoo를 보고 놀라움을 드러냈지만, 그것에 관해 아무런 말도 하지 않았다. 한편, 이제껏 환자 취급하고 있던 Susanoo에게 비판을 받은 나누크는 꽤나 발끈한 듯하다. 그래서 한층 더 거만을 떠는 영어로 그럴싸한 대답을 들려주었다.

"자네 말이야, 늑대라고 했지만, 베르마는 늑대가 아니야. 보기에 따라서는 늑대 그 자체인지도 모르지. 인간들은 자기 멋대로 늑대가 위험하다고 생각하지만, 그건 오해이고, 늑대는 사실 전혀 위험한 동물이 아니야. 그저 개처럼 남에게 예쁨을 받으려고 노력하지 않을 뿐이지. 본인의 생각을 그대로 입에 담아. 그게 나쁜가."

"그렇다면 자네는 노라에게 본인의 생각을 솔직한 그대로 말할 수 있는가."

그때 다시 문을 노크하는 소리가 들렸다. 누구지? 우리는 벌써 다 모였는데. 모두의 얼굴에 당혹스러운 안개가 서렸다.

9장

Susanoo는 말한다

문을 똑똑 노크한 것은 베르마 의사였다. 아무도 "들어오세요"라고 하지 않았는데 곧장 문을 열고 방 한가운데까지 서슴없이 들어오더니,

"아아, 여러분 다 모이셨군요. 낙원에 어서 오십시오."

따위의 말을 하며 환영의 미소를 뿌려댔다. '낙원'이라니 '병원'을 잘못 말한 것이리라. 심상치 않은 긴장감이 방을 감돌고 있다는 사실을 베르마는 눈치채지 못했는지, 아니면 눈치채지 못하는 척할 뿐인지,

"친구는 인생의 보물이지요. 아무리 바빠도, 아무리 멀리 살아도 아픈 친구를 보러 오는군요."

같은 공허한 소리를 한다. 그래, 이 녀석, 겉모습은 베르마지

만 성격은 나누크와 뒤바뀌었다. 그러니 거짓말처럼 번드르르한 말을 할 때조차 눈이 부실 만큼 천진해서 윽박지르기 어렵다. 모처럼 여기 모인 모두가 나의 다음 말을 숨죽여 기다리도록 분위기를 만들어놓았는데, 베르마의 등장으로 모처럼 공들인 노력이 수포로 돌아가게 생겼다. 여기서 한 차례 따끔하게, 아니 시원하게 못을 박아두어야 한다.

"닥터 베르마, 당신은 부끄럽지 않습니까."

의사는 나의 말에 명백히 멈칫한 듯했다. 됐다, 싶은 순간 의외의 대답이 돌아왔다.

"자네, 실어증은 다 나은 건가."

아마도 베르마는 나의 날카로운 공격에 멈칫한 것이 아니라, 이제껏 입을 다물고 있던 내가 입을 연 것에 놀란 모양이다. 이대로라면 베르마가 의사이고 나는 환자라는 권력관계에 내몰린다. 나는 헛기침으로 3초 정도 시간을 번 뒤 넘치는 여유를 갖고 받아쳤다.

"실어증에 대해서는 나중에 논의합시다. 닥터 베르마, 당신은 의사라서 눈앞에 있는 인간을 우선 환자로 보지요. 뭐, 그건 직업병 같은 것이겠지요, 하하하. 닥터라고 한다면 닥터 파우스트를 아시겠지요. 청춘을 되찾고 싶어 악마에게 영혼을 팔아버린 남자. 당신도 젊음을 되찾고 싶어서 나누크와 거래를 한 것입니까."

이렇게 예고 없이 갑자기 남의 약점을 스크린에 띄워 상대방을 당황하게 해서, 영혼이라고 불리는 주택의 문 자물쇠와 경첩 나사를 전부 풀어버리는 것이다. 이렇게 하면 야외에서 웅성거리던 혼령들이 폭풍우처럼 집 안으로 쏟아져 들어와 집주인은 더더욱 혼란스러워지고, 자신과 밖에서 들어오는 침입자와의 구별조차 힘들어져서 타인의 일상 이야기도, 신화도, 자신의 어린 시절 기억도 모조리 한 냄비에 집어넣고 휘휘 저으며 말을 꺼내기 시작한다. 뭘 감추고 뭘 피해 갈지 재빨리 판단하여 정보가 필요 이상으로 쏟아지는 일을 막는 장치가 멈춰버린다. Hiruko의 경우, 이 방법이 성공했다. 암시에 걸려들기 쉬운 여성으로 보이지는 않지만, 같은 모어를 쓰는 사람과 이야기하고 싶다는 기분이 너무 강해서, 자기를 지키지 못한 것이리라. 그에 비해 너구리처럼 차분한 베르마의 그릇에 해달처럼 팔팔한 나누크의 영혼이 들어 있는 이 남자를 뒤흔들어 고백하게 만드는 일은 어려울 것 같다. 지나치게 밀어붙이면 내가 지는 것이고, 중간에 고삐를 늦추면 처음부터 다시 시작이다. 나는 어깨에 힘이 들어가지 않도록 조심하면서, 눈꺼풀에 신경을 집중해 공격을 속행했다.

"악마에게 영혼을 팔고도 부끄럽지 않으십니까?"

베르마의 눈동자가 확장된 것처럼 보였다. 여기서 제대로 화를 내주지 않을까 하고 기대했지만, 놀랍게도 상대는 유쾌한 듯이 웃어젖혔다.

"악마? 현대인은 악마를 피하려 하지 않지. 오히려 자기 안에 악마가 있는 게 인생이 즐겁다고 생각해. 성욕, 금전욕, 명예욕. 그런 악마를 제어할 강한 이성만 있다면, 욕망은 강한 편이 낫다고 생각한다네. 성공했다는 사람들은 여자나 남자나 악마에게 목줄을 매고 반려동물처럼 기르는 데 익숙하지. 요즘 세상에 악마를 두려워하는 건 신흥종교의 신자 정도가 아니겠나."

신흥종교라는 말을 듣고 나는 큰일이다 싶었다. 딱히 신흥종교를 신봉하는 것은 아니지만, 내가 숨기고 싶은 부분을 들킨 것만 같아서 불안하다. 내가 풀이 죽는 모습을 날카롭게 파악했는지, 베르마는 더 우쭐해져서 말했다.

"솔직히 말하면, 이런 내게도 이성이 약해지는 순간이 오지. 그럴 때는 욕망에 휘둘려 실패를 범했어."

나는 곧바로 물었다.

"예를 들면, 어떤 실패였습니까?"

"어릴 때 너무 갖고 싶었던 미니카를 훔쳤지."

"그뿐입니까? 의외로 사소한 악마로군요."

"인턴 시절에는 병원에서 모르핀을 훔친 적도 있네. 하지만 들켰을 때 정직하게 사과했더니 그걸로 일단락되었어. 인간이 저지른 과오는 전부 용서가 되네. 그것이 유럽이지. 자네도 그런 이유 때문에 유럽으로 도망쳐 온 것 아닌가."

난처한 방향으로 이야기가 흘러간다. 아무래도 나는 잘못을 저지르고 할복하거나, 스스로 손가락을 잘라내거나, 사형 판결을 받는 국가에서 도망쳐 온 이민쯤으로 여겨지는 모양이다. 말도 안 되는 오해다. 내가 태어난 나라에는 분명 사형 제도 같은 것이 있었던 기분이 든다. 하지만 그런 제도와는 아무 상관이 없는 곳에서 나는 생활해왔다. 범죄자의 영역에 발을 들인 적 따위 없다. 그리 생각하고 싶다. 베르마는 눈가에 상냥함마저 드리운 채 덧붙였다.

"뭐, 걱정하지 말게. 나와 나누크 사이에 일어나는 일은, 악마 어쩌고 하는 그런 말도 안 되게 위험한 이야기가 아니야. 아주 조금 사회적 지위를 원하는 젊은이와, 오랜만에 사랑을 하여 몸과 마음이 젊어지고 싶은 중년 남성이 잠시 역할 교환 게임을 하고 있는 것뿐이야."

"타인의 젊음을 재미로 복용하다니, 그건 도핑이지요. 부끄럽지도 않습니까."

"도핑이라. 재미있는 발상이로군. 하지만 사랑은 올림픽경기가 아니야. 나누크와 내가 하고 있는 건 화학변화가 아닐세. 수술한 것도 아니고. 애초에 타인과 뇌를 교환하는 일 따위 의학적으로는 무리야. 상대방의 성격을 분석하고 흉내 낼 뿐이지. 의학이 아니라 연극이라네. 연기자가 햄릿 역할을 공부하고 연습해서 관객 앞에서 연기하는 것과 같지."

이때 문득 Hiruko가 크누트의 얼굴을 보며, "햄릿"이라고 중얼거렸다. 그러자 크누트가 그 이름을 뿌리치듯 고개를 격하게 흔들며 이야기에 끼어들었다.

"Susanoo, 당신은 Hiruko의 마음에 폭력적으로 파고들었어. 똑같은 행동을 지금, 베르마 의사를 상대로 시도하고 있군."

이런 종류의 트집은 예상하고 있었기에 나는 가볍게 반론했다.

"그건 아니지. Hiruko에게 언어의 폭력 따위 휘두른 적 없어. Hiruko는 공통의 기억에 다다르기 위해 제멋대로 샤먼 같은 존재가 되었지. 나는 말없이 Hiruko의 이야기를 듣고 있었을 뿐이야. 자네도 자기 눈으로 보았을 텐데. Hiruko는 나의 기억 속으로 비집고 들어오려고 절절 끓는 물로 하는 샤워처럼 내게 언어를 퍼부었지. 일종의 세뇌다."

크누트는 '세뇌'라는 말을 듣고 황급히 수비로 세태를 전환했다.

"그건 아니야. Hiruko는 당신이 언어를 되찾도록 도움을 주고 싶어서 마음에 떠오르는 말들을 가능한 한 많이 꺼냈을 뿐이지. 당신이 대답하지 않으니까 Hiruko가 일방적으로 말을 쏟아낸 꼴이 되었지만."

"상대가 입 다물고 있으면 끓는 물 샤워 같은 언어를 마구 쏟아내도 된다는 뜻인가."

"아니, 그건 아니야. 미안. 그럴 생각은 아니었어. Hiruko 대신 사과할게. 하지만 어째서 단 한 번도 항변하지 않았어? 사실은 목소리가 나오면서."

"Hiruko가 소중한 이야기를 꺼내주길 기다렸지. 신화를 지나, 어린 시절 즐거운 기억을 지나, 가슴 아픈 이야기에 접근해 오기를 참을성 있게 관찰하고 있었지."

"무엇을 위해 그런 일을 하지?"

'그것은 내가 밤을 지배하는 인간이기 때문이지'라는 어릴 때 읽은 만화에 나올 법한 대사가 입에서 튀어나올 뻔했지만 서둘러 집어삼키고 대신 이렇게 대답했다.

"나는 스몰토크를 잘 못해. 어차피 말을 한다면 영혼의 뿌리에 근접한 말을 해줬으면 해. 하지만 그걸 남에게 강요하는 건 불가능하니 암시만 주고 있지."

"암시를 걸었다는 건가."

"아니. 최면술이 아니야. 그런 전문적인 기술은 배운적 없어. 상대방의 이야기에 말없이 귀를 기울이다가 중요한 이야기를 듣는 순간, 거기다, 하고 지적할 뿐이지."

"중요한 이야기라는 것은 인간의 약점을 잡고자 하는 당신에게 유익한 이야기를 말하는 거겠지. 당신은 그런 이야기가 나올 때에만 반응하고, 나머지는 무슨 말을 듣든지 차갑게 무시해. 그게 심리적 폭력 아닌가."

"그러는 자네는, 항상 자기만 즐거우면 된다는 마음으로 Hiruko와 대화하고 있지 않나."

"두 사람이 관심을 갖고 있는 주제를 고를 뿐이야. 우리는 언어에 매료되어 있어. 언어, 언어, 언어."

"언어를 장난감 삼아 가지고 노는 것으로 만족하나?"

"그렇다면 당신은 도대체 어떤 심각한 이야기가 나와야 만족할 건가?"

"예를 들면, 성(性)이야. 자네는 모친에게 성욕이 있다는 걸 도저히 용납할 수 없지. 그 이야기를 Hiruko에게 꺼낸 적이 있는가."

크누트는 거북한 표정으로 입을 다물었다가, 자세를 무너뜨리지 않고 제대로 공을 들고 반격했다.

"유언비어에도 슈퍼에서 싼값에 산 것과 수제로 만든 것 두 종류가 있지. 당신이 지금 입에 담은 것은 후자로군."

"칭찬 고맙네. 하지만 이건 유언비어가 아니라 가설이야. 자네가 모친과 나누는 대화를 들은 적이 딱 한 번 있는데, 그 한 번으로 꽤 많은 것을 추측할 수 있었지."

"아를에서 말인가. 그때 일은 잊어줘."

"아들과 어머니의 대화가 꽤나 흥미롭더군."

"엄마는 내가 무슨 생각을 하고 어떤 하루를 보내는지 전혀 모르면서 자기 마음대로 날 판단해. 내가 아무 말도 안 하니까 그러는 것도 이해는 가지만. 나 역시 엄마가 지금 무얼 원하는지 어떻게 살고 있는지 전혀 모르고, 애초에 관심도 없어."

"관심이 없는 게 아니라 아는 게 두려운 거겠지. 어머니의 연애 이야기를 듣는다면 자네는 옛날 일이 떠올라 가슴이 아플 걸세."

"설마, 엄마한테 새로운 애인 같은 게 있을 리가 없잖아. 설령 있다고 해도 상관없어. 내가 엄마의 애인을 질투라도 할 거란 말인가. 말도 안 돼."

"질투는 안 하겠지. 자네는 모친이 남자와 성적으로 이어지고 싶어 한다는 것 자체가 싫은 거야. 그런 존재로서의 여성이 싫은 거다. 그러니 성욕이 사라진 나라에서 온 Hiruko와 같이 있는 거지."

본디 하얀 크누트의 뺨이 발갛게 물들었다. 크누트는 입을 다물었다. 침묵하기로 작정한 사람한테는 손쓸 도리가 없다. 일단 Hiruko와의 관계에 대한 고찰은 물리고 조금 다른 각도에서 공격해보기로 했다.

"크누트, 자네는 느낌이 좋은 청년이야. 다소 태만해 보이는 자네의 성격에도 여성들이 호감을 갖지. 하지만 태만한 성격은 타고난 게 아닐 거야. 어머니의 애인들처럼 욕망으로 희번덕희번덕하는 느끼한 남자가 되고 싶지 않아서 일부러 그런 포즈를 취한 거지."

"그거야, 그럴지도 모르지."

이렇게 쉽게 인정해버리면 내 공격도 힘이 빠진다. 조금 더 비꼬는 압력을 더해서 펑크가 나는지 관찰해보자.

"아버지가 히어로라고 생각하는 건 남자아이의 경우 다섯 살까지야. 자네는 그 단계에서 성장을 안 한 것인가. 아버지가 자취를 감추면서 환상이 무너질 계기가 사라진 건가. 자네는 지금도 아버지가 지적이고 섬세하며 배려심이 많은 인간이라고 믿고 있지 않나."

"아버지에 대한 기억은 없어. 자취를 감춘 이유마저 알 수가 없고."

"사실은 눈치를 챘으면서 그걸 인정하는 게 싫은 거겠지. 신흥종교에 빠졌는지, 테러 조직에 가담했는지, 그것도 아니면 여자를 쫓아 머나먼 나라로 흘러갔는지. 그게 무엇이든 어린 아들보다 매력적인 무언가가 다른 장소에 존재했기에 가정을 버렸을 거야."

만약 크누트가 나와 같은 기술을 습득했다면 이쯤에서 "그러는 너는 어머니에게 버림받고 매일 울지 않았나"라고 단박에 반격했으리라. 어머니가 집을 나간 뒤로 한동안은 공부한 기억도 논 기억도 없다. 기억나는 것은 반복해서 꿨던 꿈뿐이다. 평소에는 빗이나 스프레이 따위가 흩어져 있던 엄마의 화장대 주변이 깨끗이 정리되어 있었기에 가슴이 철렁했다. 거울은 검은 벨벳 천으로 덮여 있었다. 큰일이다 싶어 누나 집에 알리러 달려갔다. 내게 누나가 있었나 하고 신기하게 생각하면서, 누나 집까지 달려가 문을 두드리니, 안에서 콧수염을 달고 눈썹을 짙게 그려 남장을 한 누나가 나왔다. 누나는 내 이야기도 듣지 않고 갑자기, "너는 장남이 집을 이어받아야 한다고 생각하지. 그건 시대착오야, 멍청한 아들놈아" 하고 외치며 내 뺨을 갈겼다. 그리 아프지는 않았지만 누나가 나를 전혀 믿지 못한다는 사실이 슬퍼서, 훌쩍훌쩍 울며 지나치게 컴컴하다 싶을 만큼 어두운 길로 들어서자 막다른 곳에 '밤의 왕국'이라는 카바레 간판이 있었다. 엄마가 일하던 곳은 여기다. 곰팡내가 나는 계단을 내려가자 제일 안쪽에 붉은 램프가 켜진 방이 있고, 엄마가 낡은 소파에 앉아 있다. 찢어진 소파에서 노란 스펀지가 비어져 나온 것이 보인다. 거기서 비에 젖은 개한테서 나는 고약한 냄새가 피어오른다. 나는 엄마가 살아 있어서 안심한다. 하지만 엄마는 말을 걸어도 대답하지 않는다. 나를 보지도 않는다. 소파 냄새가 조금씩 시큼해지면서 생선 썩는 냄새에 가까워진다. 악취를 풍기는 것은 낡은 소파가 아니라 인간의 살인지도 모르겠다는 생각이 들자, 두려워져서 그대로 울면서 계단을 올라 눈부신 바깥 세계로 나서는 순간 잠에서 깼다. 세부적인 내용은 매일 조금씩 바뀌지만 대충 그런 꿈이다. 이 꿈을 자주 꾼 시기에는 학교에 가도 누가 내게 말을 걸지 않도록 항상 고개를 숙이고 있었다. 집에 와도 아버지와 거의 말을 나누지 않았다. 묵묵히 로봇을 제작하던 아버지에게 생생한 꿈 이야기를 하기가 어려웠다. 체내에 괴로움이 쌓여 피부를 찢고 고름이 번졌으며 내 몸에서 썩는 냄새가 나는 기분이 들었다. 반 여자애들이 나를 이상한 눈빛으로 바라보는 것은 그런 탓이라고 여겼다. 나를 보고 있는 아이가 누구인지 확인하고 싶어서 고개를 숙인 자세에서 갑자기 얼굴을 들어보지만 아무도 나를 보고 있지 않다. 그래도 누가 나를 보고 있다, 비웃고 있다고 하는 피부의 감각이 사라지지 않았다. 이 아이다, 이 아이가 분명하다 싶었던 여자아이가 하나 있었다. 그 아이는 내 자리 옆을 빈번하게 지나다녔고, 그때마다 가능한 한 넓은 범위에서 넓적다리 피부를 드러내 보이려고 큰 보폭으로 걸었다. 그렇게 짓궂은 짓을 하며 나를 도발하는 것은 용서할 수 없다. 한번 신경이 쓰이자 참을 수가 없어져서 방과 후 숨어서 그 애가 나오기를 기다렸다. 그 후 무슨 일이 있었는지는 기억나지 않는다. 분명 끔찍한 짓을 저질렀으리라. 지금 크누트가 그 부분을 지적한다면 나는 그 자리에서 곧바로 항복하고 도망칠 것이다. 하지만 다행스럽게도 크누트에게는 차고 넘칠 정도로 많은 나의 약점에 다가설 기술이 없다. 아무튼 지금은 멍청하게 나의 어린 시절 기억 속을 배회하고 있을 때가 아니므로, 황급히 크누트의 어린 시절 이야기로 돌아갔다.

"자네는 아직 어려서 아버지를 기억하지 못하는 거라고 끊임없이 스스로를 타이르고 있겠지만 사실은 아버지를 확실히 기억하고 있어."

크누트는 놀란 듯한 얼굴로 반박하기는커녕 평소보다 더 겸허하게 대답했다.

"과연 그럴까. 당신이 더 잘 알고 있는 것 같으니 어디 한번 알려줘봐."

"그건 내가 알려줄 것이 아니잖나. 직접 말해봐. 새빨간 거짓말이라도 좋으니, 이런 아버지였다고 천연덕스럽게 말을 하다 보면 자기도 모르게 진실을 마주하게 될 터다."

"무슨 소리지?"

"이야기를 만들면 된다는 이야기야. 나 같은 사람도 끊임없이 이제껏 나의 인생은 이러했다는 스토리를 머릿속에서 적당히 꾸며내어 덧씌우곤 하지. 새빨간 거짓말이라도 좋아. 예를 들어 이런 이야기는 어떤가. 자네가 어렸을 때, 어머니에게 애인이 생겼어. 그 녀석이 아주 못된 꾀를 부리는 놈이었고, 자네 아버지를 꼬드겨 가출을 시킨 거지."

"어떻게 하면 사람을 꼬드겨 가출을 시킬 수가 있지?"

"상상력을 발휘해봐. 어떤 활동 조직에 가입시키는 건 어떤가? 그 조직은, 음, 그렇지, 올바른 일을 목표로 삼고 있었지만 과격해져서 인륜을 벗어나는 짓을 하는 조직이 좋겠군. 예를 들어 원래는 평화를 꿈꾸며 무기 제조에 반대하던 조직이야. 폭탄이 얼마나 잔혹한지 아무리 호소를 해도 아무도 귀를 기울이지 않아서 점점 화가 나는 거지. 그러다가 무기를 제조하는 회사 사원 한 사람 한 사람에게 매일 사진을 보내는 활동을 시작해. 집에 폭탄이 떨어져 다치고 피투성이가 된 아이들을 찍은 사진들을 말이야."

"무섭군. 아빠는 그렇게 음산하고 과격한 행동을 하는 사람이 아니야."

"그럴지도 모르지. 그렇담 이런 이야기는 어떤가. 내전이 벌어지고 있는 나라로 가서 고아가 된 아이들을 돕는 일을 하지 않겠나, 라는 권유를 자네 아버지가 받았어. 오래전부터 남을 돕는 일을 하고 싶었다는 걸 문득 깨닫고 여행을 떠나."

"아빠는 높은 이상이나 정치에는 관심이 없는 편이었어."

"이것 봐, 제대로 기억하고 있지 않은가. 아무것도 기억하지 못한다고 믿고 있는 것 같지만 그럴 리가 없네."

"진짜네. 분명 지금, 무언가 떠오르는 것만 같은 감각이 생겼어. 신기해."

"이런 이야기는 어떤가. 자네 아버지는 세련된 인텔리 남성이고 아기 돌보는 일이나 집안일도 착실히 하면서 부인과 싸우는 일도 잘 없었어. 하지만 아침에 일어나면 항상 가슴속에 보름달 같은 구멍이 뻥 뚫려 있었지. 어느 날, 술집 카운터에서 옆에 앉아 있던 남자와 마음이 맞아 밤늦도록 이야기를 나누었어. 그리고 그대로 같이 여행을 떠나자는 소리에 훌쩍 집을 나온 거지."

그때 끼이이익 하고 가구를 움직이는 소리가 들렸고, 나는 펄쩍 뛸 만큼 놀랐다. 아카슈가 가느다란 팔로 의자를 움직여 노라에게 권하며 자기도 의자에 앉으려는 참이었다. 뭐야, 의자 끄는 소리였나. 놀라게 하지 마라. 망령이 나온 줄 알았잖아. 아카슈는 이제부터 차분히 연극을 관람하겠다며 기뻐하는 눈치였다. 너무 해맑은 기분으로 유유자적하면 곤란해. 이건 잔인한 암흑극이니까. 이 방에 사람 수가 너무 많은 것도 문제다. 내가 잘하는 것은 일대일 승부. 하지만 한 명만 남겨두고 나머지는 방에서 나가라고 할 수도 없다. 크누트는 똑바로 선 채 태풍 속에 선 거목처럼 천천히 좌우로 흔들리고 있다. 나누크와 베르마는 가슴 앞으로 팔짱을 낀 채 여봐란듯이 여유로움을 과시하고 있고, Hiruko는 안쪽 소파에 몸을 파묻은 채 조그맣게 웅크리고 있다. 체력을 다 써서 쉬고 있는 것처럼 보이지만, 저렇게 덩치가 작고 마른 여성이 의외로 만만치 않게 강한 법이다. 몇 번이나 죽을 뻔해도 반드시 회복해 보다 강해져서 돌아온다. 방심하다가는 나 같은 사람도 한참 어린 남동생 취급을 당하리라. 그때 크누트가 문득 정신을 차리고 모두의 얼굴을 돌아보며,

"미안. 내 이야기만 했네. 이런 자리에서 아빠 이야기를 한들 아무 의미도 없는데."

하고 사과했다.

"괜찮아. 네가 어떤 사람인지 다들 알고 싶어 해."

아카슈가 맑고 아름다운 목소리로 말했다. 고마운 발언이다. 크누트는 아카슈를 향해 감사의 마음을 표하듯 고개를 끄덕인 뒤 말했다.

"아버지의 등이 기억나는 기분이 들어. 설거지를 하고, 세탁물을 건조기에서 꺼내 개고, 열심히 집안일을 했어. 그 모습을 나는 뒤에서 보고 있었지. 말을 걸어도 대답을 안 해. 일이 끝나면 기쁜 듯이 밖에 나갔어. 나랑 같이 놀아주면 좋을 텐데 하고 생각했어."

"한 번쯤 뒤를 따라간 적이 있겠지."

"아직 어릴 때여서 혼자 밖에 나가는 습관이 들기 전이었던

것 같아."

"하지만 딱 한 번, 아버지에게 지금부터 재미있는 곳에 데려가줄게, 라는 소리를 듣고 무척 기뻤던 적이 있겠지."

"그랬던 것 같은 기분이 들어. 엄마는 일요일 낮부터 침실에 틀어박혀 자고 있었지. 아빠는 나를 데리고 버스를 탔어."

"광장에 어른이 많이 모여 있고, 접수창구가 있고, 팸플릿이 놓여 있고, 무료로 주스를 마실 수 있고, 깃발과 풍선이 하늘에 한들거리고, 음악이 흐르고, 아버지가 거기 있는 사람들과 오랜 친구처럼 즐겁게 이야기를 나누어서, 어린 자네는 신기하게 생각했겠지."

"그러고 보니 그런 일이 있었던 것 같은 기분이 들어."

"그중에 한 사람, 자네에게 친절하게 대해준 사람이 있었고, 그 사람은 마치 가족처럼 아버지를 잘 알고 있는 것만 같아서, 봐서는 안 되는 광경을 보고 만 기분이 들었겠지."

"분명 그랬어."

"크누트, 암시에 걸려들지 않도록 조심해."

노라의 목소리였다. 남의 작업을 방해하는 녀석은 용서할 수 없다. 나도 여기까지는 꽤나 냉정했지만, 이때 북받쳐 오른 분노를 제대로 조절하지 못했는지 정신이 들고 보니 내가 주먹을 쥐고 노라에게 성큼성큼 다가서고 있었다. 그때 아카슈가 휙 일어

나 내 앞을 가로막으며,

"화내지 마. 당신은 자기 분노를 컨트롤할 수 있게 되었잖아."

하고 말했다. 나도 질 수는 없다.

"뭐야, 여성으로 변신했다면서 결정적인 순간에는 슈퍼맨인가."

"당신은 아까 성욕이 사라진 나라 어쩌고 했는데 그건 당신 나라 이야기잖아."

"그래서 뭐?"

"당신의 경우, 성욕이 사라진 게 아니라 화학변화를 일으킨 거지. 주위 사람들을 지배하고 싶다는 욕망으로 변화해버린 거야."

"흥, 너야말로 여자 옷을 두르지 않으면 자신의 몸을 사랑하지 못하는 주제에."

그러자 아카슈보다 체격이 좋은 노라가 조용히 일어나 나를 향해 독일어로 가르치듯 말했다. 독일어라면 자신 있지만 이건 무슨 뜻인지 알 수 없었다. 낮고 차분한 여성의 목소리. 신뢰할 수 있는 음성. 나는 오래전, 어머니의 화사하고 밝은 목소리와 대조적인 이런 목소리를 만나 갑자기 진지하게 공부를 해보자고 마음을 다잡았던 기억이 있다. 그래, 영어를 가르치던 독일인 여성의 목소리였던가. 그 목소리가 크고 튼튼한 화물선처럼 나를 태워 유럽으로 데려와주었다. 만약 그때 그대로 태어난 마을에 살았더라면 나는 달콤한 말로 여자아이를 유혹해 성실한 충고를 하며, 정교한 말로 상처를 주고는 상냥하게 위로하고, 그렇게 내 뜻대로 움직이게 해서 상대방의 신체에 닿지 않고서도 성적 만족을 얻는 교사가 되어 있지 않았을까. 하지만 그렇게 되지는 않았다. 낮은 목소리의 그 여성이 배를 준비해주었기에 조국을 떠날 수 있었다. 그리하여 평범하게 여자친구를 사귀고, 평범하게 교제도 했다. 아니, 어학 교사가 배를 준비해줄 리는 없으니, 이 기억도 어딘가 비뚤어져 있다.

"목소리가 나오게 되어 잘됐어, 정말로."

노라가 한 말이 이번에는 제대로 이해가 갔다. 마치 나를 걱정하는 누나 같은 말투다.

"Susanoo가 말을 할 수 있게 되어서 우리는 모두 무척 기뻐."

방 안 구석에서 들려온 것은 Hiruko의 목소리였다. 입도 뻥긋할 수 없을 만큼 지쳐 있을 텐데, 노라의 목소리에 힘을 얻어 단숨에 기력을 회복한 모양이다. Hiruko는 독일어를 못하는 것으로 아는데. 그런데도 두 여자들은 지금, 오해의 여지 없이 든든하게 연대하고 있다. 이래서는 누님이 둘이나 있는 꼴이니 성가셔 죽을 지경이다. 키가 큰 노라를 내려다보기엔 무리가 있었지만, 얼굴을 위로 들어 올리면 내 키가 조금 커진 것만 같은 기분이 든다. 자세로 콧구멍을 크게 키우니 아주 조금 거만해지는 기분이 들었다.

"노라, 너는 여기 늦게 들어와서 상황 파악을 제대로 못 하는 것 같네. 말을 할 수 없었던 것은 내가 아니야. 너희들이지. 분명 목소리는 나왔어. 하지만 너희들은 입을 열고 닫을 뿐이지 진짜로 중요한 이야기는 아무것도 하지 않았잖아. 너도 마찬가지야, 노라. 너에게 소중한 것은 대체 뭐야. 나누크와의 관계겠지. 나누크는 너한테서 도망치기 위해 여행하고 있어. 너는 그 사실이 슬프지도 않나?"

"나누크, 네가 도망치고 있다는 게 정말이야?"

노라는 나를 무시하고 돌연 나누크 쪽으로 얼굴을 돌려 진지하게 물었다. 나누크는 태연하게 대답했다.

"도망칠 생각은 없어. 밖으로 나가 심호흡을 하고 싶었을 뿐이지. 너희 집 안에만 있으면, 내가 무력해진 것 같아 가슴이 답답해. 지금 생활이 즐겁고, 애인이 필요하다는 기분은 안 들어. 내 돈도 있고, 지위도 있어."

"하지만 그 지위는 네 힘으로 얻은 게 아니잖아."

"그래도 몇 개월 동안 어떤 역할을 연기하다 보면, 그 역할이 평상복처럼 피부에 익숙해지지."

"어제였나. 의학을 공부한 적도 없으면서 병원에 숨어들어 의

사인 척하며 몇 년이나 근무했던 사기꾼 의사가 체포됐어. 오랜 기간 들키지 않은 것도 의사 역할이 평상복처럼 몸에 착 달라붙었기 때문일 거야. 하지만 나누크, 너는 인생을 사기꾼으로 살고 싶니?"

그걸 듣고 있던 베르마가 기묘하게 가느다란 소리로 웃었다.

그때 관중석에 있던 아카슈가 끼어들었다.

"나누크, 지금 대답은 너한테 상당히 큰 문제이니 신중하게 생각해. 그사이, 크누트 이야기를 더 듣고 싶네."

나는 감독의 자리를 뺏기지 않으려고 곧장 말했다.

"크누트, 어떤가. 만약 암시에 걸려든 기분이 든다면 더 이상 아무 말 하지 않아도 돼."

"아니, 그렇지는 않아. 어릴 때 아빠가 나를 데리고 간 곳은 비밀결사처럼 어두운 모임이 아니었어. 밝은 태양 아래 헬륨가스를 불어 넣은 빨간 풍선이 푸른 하늘 가득 흔들리고 있었고, 여자들과 남자들이 서로 동지가 되어 이야기를 나누고 있었어."

노라가 그 말에 미소를 지으며 나누크 문제를 잠시 잊고 즐거운 듯 말했다.

"뭔가 노동조합 축제 같은 분위기네. 옛날에는 아이를 데리고 오는 사람들도 많았으니 어린 크누트가 아빠를 따라갔을지도 모르겠다."

"노라, 너도 노동조합 운동에 관심이 있구나."

아카슈가 추임새를 넣었다.

"응. 거의 전멸한 노동조합 문화가 부활한 시기가 있었잖아. 나도 자주 갔었어. 노동절, 여성의 날, 여름 축제, 크리스마스 바자회."

나는 눈을 가린 채 화살을 쏘는 것처럼,

"자네가 열심히 집회에 나간 것은 어떤 남자를 만나기 위해서 였지."

하고 입에서 나오는 대로 질러보았다. 어차피 노라에 대해서는 티끌만큼도 모르고, 힌트가 될 만한 정보는 한 조각도 없으니 감에 맡기는 수밖에 없다.

"그런 적이 있었던 것 같기도 해."

"정치 집회에서만 좋아하는 사람의 얼굴을 볼 수 있다는 것도 쓸쓸한 일이야."

내 말에 노라의 표정이 그늘졌다. 적중했구나. 제대로 짚은 듯하다. 너무 밝은 방향으로 가버리면 힘을 발휘할 수 없게 된다. 내가 지배하는 것은 시간대로 말하면 밤, 태양이 아니라 달의 시간이다. 노라가 스읍 하고 숨을 들이마시는데, 뱀이 기어가는 소리인 것만 같았다.

"그럴지도 몰라. 그 무렵 나는 어떤 사람하고 만나는 날을 손꼽아 기다렸어."

"하지만 그 남자는 너에게 여자로서의 매력을 못 느꼈지."

"나는 내 기분을 숨김없이 드러내 보였는데 상대방은 무관심하더라. 오히려 나를 피하기 시작했어."

"자네는 자기 성격과 태도를 갈고닦으면, 그걸로 자기 매력이 커질 거라고 생각했겠지. 하지만 그 남자 같은 인간은 장기간에 걸쳐 성적 흥분을 시켜줄 상대인지 아닌지를 본능적으로 파악하고, 그 여성에게 다가갈지 말지를 결정해. 성격이 좋다거나 사는 방식이 매력적이라거나 하는 것에는 애당초 흥미가 없지. 그보다 자기와 비교할 때 스스로를 한심하게 만드는 여성은 거북하기 때문에 피하는 거야."

"그럴 수가, 너무해."

"성기의 흥분을 마약으로 치환해보면 이해가 쉽지."

"그건 마치 마약을 살 돈이 손에 들어오면 무슨 짓이든 하지만 그 외에는 아무런 관심이 없는 중독환자 같잖아."

아카슈가 항변했다.

"남성에게는 그런 부분이 있어."

나는 딱히 그렇게 생각하는 것도 아니면서 시험 삼아 떠보며 아카슈의 반응을 살폈다.

"만약 그게 사실이라면, 남성을 관두고 싶은 인간이 있는 것도 무리가 아니네.”

시원스레 자신의 아이러니를 토로하는 아카슈는 역시 공격할 틈을 주지 않는다. 한편 나누크는 풀이 죽은 노라를 보며 점차 마음이 불편한 표정을 짓더니,

“노라, 너는 훌륭한 인간이야. 믿음직스럽고 올곧은 사람이지. 다들 널 그렇게 봐.”

라고 하며 위로했다. 나누크라면 절대로 입에 담지 않을 말이지만, 베르마가 중년의 지혜를 불어넣어주었으리라. 노라는 그 말에 위로를 받기는커녕 더욱 슬픈 표정을 지으며 말했다.

“너는 도대체 누구니, 나누크. 네가 베르마 의사의 지위와 성격을 받아 살고 있다는 건 알겠어. 하지만 그렇다면, 너는 베르마 의사가 사랑하는 사람을 사랑하고 있니?”

나누크는 웃으며 고개를 가로저었다.

“그런 거라면 베르마가 나의 젊음을 빌린 이유가 없잖아. 베르마는 어떤 여성을 사랑하고 있는 것 같아. 나는 아무도 사랑하지 않아.”

“연애 따위 재미있나 몰라.”

Hiruko가 등 뒤에서 중얼거렸다. 나는 모두를 깜짝 놀라게 만든 그 발언을 노골적으로 무시하며 목소리를 높여 크누트에게 짓궂게 물었다.

"크누트, 너는 베르마 의사가 누구와 사랑을 나누고 있는지 알고 있나."

크누트는 당혹스러워하며 고개를 가로젓더니 곧바로 침착함을 되찾고,

"관심 없어. 하지만 어째서 아빠가 사라졌는지, 그 원인에는 흥미가 생겼어. 혹시 뭔가 아는 게 있다면 알려줘."

하고 내게 부탁했다. 남의 부탁을 받는 건 기분 좋은 일이다. 어떤 사람을 지배하고 싶다고 생각한다면 그 사람을 돕는 게 제일이다.

"단서를 알려줄 수는 있는데."

"Susanoo는 아무것도 모르면서 너를 암시로 조종해서 네 입에서 그걸 끌어내려는 것뿐이야. 그래도 괜찮겠어?"

아카슈가 걱정스러운 듯이 크누트에게 경고했다. 아무래도 이 녀석은 꽤나 크누트를 걱정하는 모양이다. 아, 그렇구나, 크누트를 사랑하고 있구나. 그것밖에는 생각할 수 없다.

"크누트, 자네는 아카슈가 같은 방에 묵자고 하면 어떻게 할텐가? 거절하겠나, 받아들이겠나."

나는 반사적으로 아무도 건드리려 하지 않는 부분을 건드렸다. 크누트는 질문의 의도를 파악하지 못했는지 엉뚱한 대답을 했다.

"네 아빠가 여장을 하면 잘 어울릴 거라고 엄마가 딱 한 번, 그런 소릴 한 적이 있어. 왜 그런 말을 한 건지 너무 이상해서 지금도 기억하고 있어."

아카슈는 진지한 얼굴로 말했다.

"크누트, Susanoo는 너랑 진심으로 대화를 나누려는 게 아니야. 모두를 꼭두각시처럼 조종하려는 거야."

"하하하, 자네한테도 감추고 싶은 게 있나."

"Susanoo, 다들 애써 널 찾아와서 입을 꾹 다물고 있는 너한테 필사적으로 말을 시키려고 했던 건 Hiruko를 위해서였어. 연락이 두절되어버린 나라, 세계지도에서 사라져버린 나라를 찾기 위해서라고. 당신 손에 코뚜레가 꿰인 소처럼 축사로 끌려가려고 여기 모인 게 아니야. 당신의 축사는 좁고 어두워."

"하지만 자네들은 내가 그 나라라는 데로 돌아가고 싶은지 아닌지, 그리워하며 연락을 취하고 싶어 하는지 아닌지, 같은 고향 사람을 만나 이야기하고 싶어 하는지 아닌지 단 한 번도 묻지 않았지. 당연히 그럴 거라는 전제로 갑자기 밀고 들어왔어. 그건 내셔널리즘 아닌가."

아카슈는 아연했다. 아마도 아카슈에게는 유럽에서 다른 인도인들과 네트워크를 만들고 서로 도우며 살아가는 삶이 인간으로서 너무나 당연한 일이리라. 아카슈는 가까스로 말을 긁어

모았다.

"내셔널리즘은 자신이 태어난 나라에서만 발생하는 거라고 생각했어."

"그렇지 않네."

"하지만 이건 내셔널리즘 같은 게 아니야. 더 개인적인 욕구지. 당신은 옛 친구나 가족한테 연락하고 싶지 않아?"

"전혀. 과거의 인간관계는 발목을 붙잡을 뿐이야. 그나저나 자네들은 도대체 왜 Hiruko를 돕겠다는 마음을 먹은 거지? 그 나라라는 데가 사라져서 자네들 중 누군가가 곤궁에 처하나."

한동안 침묵이 흘렀다.

"그야 같은 지구인이니까 걱정이 되지."

몇 초 후 아카슈가 그렇게 대답했지만 자신감에 넘치는 어조는 아니었다. 나는 안심하며 말을 이었다.

"아카슈, 자네는 자기 자신을 더 걱정하는 편이 낫지 않겠나. 성을 이사하는 중이라고는 하지만 계속 이삿짐센터 화물차에서 살 수는 없겠지. 화물차에서 자네와 같이 살고 싶은 인간은 없을 걸세. 크누트, 자네는 아카슈와 둘이 이삿짐센터 화물차에서 머무를 생각인가?"

"응? 이삿짐센터 화물차? 재밌을지도. 하지만 약간 좁겠지. 어릴 때 트럭 화물칸에 몰래 뛰어들어 먼 곳까지 가면 재미있을 거라고 생각한 적이 있어. 어떨까, 방금 떠오른 생각인데, 다 같이 캠핑카를 빌려 타고 여행해볼까? 매번 각각 교통수단과 호텔을 찾는 것도 힘들잖아."

터무니없는 방향으로 이야기가 흘러간다. 크누트는 흥분해서 말을 이었다.

"아니, 배가 더 좋겠다. 다음 목적지는 로마처럼 자동차로 갈 수 있는 마을이 아니야. 배를 타고 Hiruko의 고향을 찾아가보면 어떨까? 국제 항공망에서 누락된 지역이라도 배를 타면 갈 수 있을 거야. 여기서 지중해를 돌아 수에즈운하를 지나고 아카슈의 고향을 경유해서 동남아시아를 더듬어 가면, 그 너머가 어떻게 되었는지 눈으로 직접 확인할 수 있을 거야."

나는 서둘러 찬물을 끼얹었다.

"크누트, 자네 지금 무슨 소릴 하는 건가. 의외로 제 아버지를 빼닮았군. 그 사람도 분명 갑자기 떠오른 생각으로 그리 잘 알지도 못하는 사람들과 함께 목적지조차 없는 여행을 떠났을 걸세. 그리고 두 번 다시 돌아오지 않았지. 안타깝게도 그런 유전자를 가진 인간이 인류 전체의 몇 퍼센트쯤 존재하지."

"틀렸어. 그런 게 아니야. 아니, 그럴지도 모르겠군."

"크누트, 네가 긴 여행을 떠난다고 슬퍼할 자녀는 없어. 지금 이야말로 여행을 떠나기 적합한 시기가 아닐까."

그러면서 아카슈가 배 여행이라는 꿈의 풍선을 부풀리는 듯한 말을 하기에 나는 어떻게든 바늘을 찔러 풍선을 펑 하고 터뜨리기 위해 필사적이 되었다.

"호화선 여행이라. 지루할 거야. 배에는 수영장이나 보석 상점이 있고, 매일 밤 턱시도를 입어야 하는 연회가 열리지."

아카슈가 반박했다.

"아니야, 그런 배를 탈 필요는 없어. 인도로 가는 화물선을 태워달라고 하면 돼. 그리고 뭄바이에서 싱가포르로 가는 화물선으로 갈아타자."

"태워주는 대신 뱃멀미를 참아가며 매일 설거지를 해야겠지."

"아니, 중노동은 필요 없는 모양이야. 실은 나더러 화물선을 타지 않겠냐고 여러 번 제안이 왔었어."

아카슈는 벌써 갑판 위에 한 발을 올린 듯 보였고, 의외로 제일 먼저 나누크에게 그 흥분이 전해졌다.

"바다라. 그립다. 매일 병원에서 보내다 보니 바다가 가깝다는 사실을 완전히 잊고 있었어. 어릴 때는 흔들흔들 파도를 타다가 해달을 본 적이 있지. 낚시를 배운 적도 있어. 갑자기 배를 너무 타고 싶다."

이 병원을 나가면 지금까지처럼 거만을 떨 수는 없을 거라고 나누크에게 말해주고 싶었지만 오히려 역효과가 날 것 같아 다른 이야기를 했다.

"자네가 그리워하는 건 북해지. 그린란드를 둘러싼 얼음이 떠 있는 바다잖아. 인도로 향하면 자네는 자네의 바다에서 점점 멀어질 걸세. 뜨뜻미지근한 태평양의 물 따위 얼마나 기분 나쁜가."

"나의 바다라거나 타인의 바다라거나, 그런 구별이 가능한가. 어릴 때는 그린란드밖에 몰랐지. 코펜하겐으로 유학 와서, 더 먼 곳으로 가보고 싶었어. 트리어까지 와서 지금은 존재하지 않는 고대 로마제국까지 발걸음을 옮겼고. 하지만 그 이상으로 큰 유럽은 보이지 않았어."

"그리고 지금 코펜하겐으로 돌아왔지. 나누크, 넌 그래도 괜찮아? 물론 이곳은 살기 좋아. 하지만 네가 원하던 것이 안락한 생활이었니?"

아카슈가 쓸데없는 참견을 했다. 나누크가 대답하기도 전에 나는 불뚝 화가 치밀어 아카슈에게 대꾸했다.

"생활은 당연히 안락한 편이 낫지. 좁은 선실에 갇혀 마룻바닥이 끊임없이 흔들리는 생활이라니, 건강에 안 좋기만 할 뿐이야."

아카슈는 나를 정면으로 보며 말했다.

"분명 배 안은 좁겠지. 하지만 좁은 공간에 갇혀 먼 곳까지 가는 것이 배 여행이야."

말없이 이야기를 듣고 있던 베르마가 의외의 이야기를 끄집어냈다.

"어이어이, 나누크, 남의 성격을 들고 도망칠 생각인가. 여행을 떠날 거라면 나도 데려가게."

설마 갈까 싶었던 이 인간까지 들고일어났다.

"삐약삐약 시끄러운 병아리들하고 여행을 떠나는 게 얼마나 힘든지 아시오, 닥터. 젊은 것들은 바보요. 너무 깊이 얽히지 않는 게 좋소."

"그렇지 않아. 요즘 젊은이의 즐거움을 만끽하고 있거든. 데려가주게. 그리고 내 애인을 같이 데려가도 되겠나."

"그건 어려울 겁니다. 이 여행은 커플 금지요."

하고 내가 말했더니, 아무것도 모르는 크누트가,

"어째서 금지야. 딱히 문제는 없잖아, 누가 같이 가든지."

라고 하기에,

"누가 같이 가든 정말로 상관없나? 자네 어머니가 같이 가도 상관없겠어?"

하고 주의를 주었지만 크누트는 내가 농담을 하는 줄 아는지 웃으며,

"그야, 가족은 좀 힘들지. 하지만 커플이라면 괜찮잖아."

라고 대답했다. 정말이지 놈은 천하태평이다. 배에 오른 뒤 후
회해도 난 모른다.

"대양. 휴가. 바람. 배. 파도. 상공에는 태양."

노라는 언어를 나열하며 반쯤 눈을 감고 태양을 찾듯 얼굴을
위로 들어 올렸다.

"돌아올 수 있을지 없을지 모르는 여행을 휴가라고 부를 수
있겠나."

하고 내가 주의를 주었는데도 노라는 아카슈를 향해,

"얼마 전 모험 여행을 체험하고 온 뒤라 이젠 아무리 곤란한
상황이 펼쳐져도 불안하지 않아. 게다가 배 여행은 아주 환경친
화적이야."

하고 내 입장에서는 예상이 빗나간 말을 했다. Hiruko는 머
릿속에서 배 여행을 떠올리다가 머나먼 바다로 의식이 날아간
모양인지, 나만이 뜻을 알 수 있는 언어로,

"우리는 바다의 아이 흰 물결이"

하고 읊조렸다. 크누트가 눈을 반짝이며 물었다.

"무슨 노래야?"

"바다의 노래. 소란한 해안가의 소나무 숲에서"

"동요야?"

"응. 학교에서 부르는 노래야. 연기가 피어나는 오두막이여,

나의 그리운 집이라네"

"전통적인 노래야?"

크누트의 질문에는 대답하지 않고, Hiruko가 나를 향해 말했다.

"이 노래 가사는 말이지, 크누트 함순을 번역한 사람이 썼어. 마치 이 노래가 스칸디나비아까지 우리를 찾아온 것 같지 않아?"

"그건 아니야."

스스로도 이유를 알지 못한 채 나는 격렬하게 반대했다.

"그 가사는 누가 썼는지 몰라. 누군가가 스코틀랜드 민요를 잘못 번역했다가 만들어진 가사야."

Hiruko는 그 말을 듣고 자신이 없어진 모양인지 입을 다물고 말았다. 물론 나는 입에서 나오는 대로 지껄인 것뿐이지만, 적어도 Hiruko가 모두의 기분을 저 섬을 둘러싼 바다로 끌고 가는 것만큼은 피한 모양이다.

"배 여행은 인간을 엉망으로 만들어. 밖은 바다로 둘러싸여 있어서 도망갈 수 없기에 모두 다 같이 엉겨 붙어 있지만, 실은 같이 있고 싶어서 있는 게 아니야. 강제적으로 공동체가 생겨버리는 거지. 그게 배다."

나는 어떻게든 선박 여행을 막아보려고 발버둥 쳤다. 하지만 내심, 나 한 사람이 나머지 전원을 이길 수 없다는 것쯤은 알고 있었다. 몸이 경직되고 팔다리가 차가워진다. 그때, 뒤에서 누군가 내 어깨에 손을 얹었다. 묵직하고 따뜻한 손바닥이다. 뒤돌아보니, 그 아이가 서 있었다.

10장

문문은 말한다

잃어버린 물건은 쓸쓸해. 주인과 떨어져 집으로 돌아갈 수 있을지 없을지도 알 수 없어. 잃어버려진 녀석에게는 대체로 발이 없다. 그러니 스스로 걸을 수 없다. 잃어버린 물건은, 작은 접이식 나이프. 어째서 형은 이런 걸 가지고 다닐까. 비타가 다가와 나이프를 보았다.

"나이프는 위험해라라. 누구 것이야라?"

"형의 것이라라."

"문문에게 형이 있어라?"

"얼마 전, 여기 왔던 사람라라. 이름은 Susanoo."

"아, 생각났다. 슷사, 슷사, NO, NO, NO! 그 사람, 정말로 문문의 형이었어라?"

"몰라라라. 형이라면 좋겠어라."

"Susanoo는 어째서 나이프를 가지고 있어라라?"

"나이프로 용과 싸워라라."

"이렇게 작은 나이프로로? 무리라라."

비타는 콧구멍을 보이며 깔깔 웃었다. 나도 따라 웃었다.

"이 나이프로 분명 사과 껍질을 깎아라라."

"사과는 껍질을 깎지 않고 먹어라라."

"어째서라라."

"껍질까지 먹으면 지금보다 훨씬 더 예뻐져라라."

그 말을 듣고 손안에서 나이프가 웃었다. 외로워서 울고 있는 줄 알았던 나이프가 웃어서 나는 안심했다.

"형한테 돌려주고 올게라라."

"나도 같이 갈래라라."

"안 돼."

"왜 안 돼?"

"아무튼 절대로 안 돼라라!"

엘리베이터로 3층까지 올라가 서둘러 복도를 걷는데, 속도 때문에 좌우의 흰 문이 아이스크림처럼 시야의 양 끝에서 녹아 내린다. 간호사들의 눈부신 흰 가운도 아이스크림처럼 녹아내린다. 그들 가운데 한 사람이 스쳐 지나가며, 방긋 웃고는,

"바쁜 것 같네."

하고 말을 걸어주었다. 357호실로 가자. 375호실이었던가. 위치는 기억하지만 번호는 잊었다. 그 방에서 형은 닥터 베르마랑 나누크와 셋이서 자주 언어 게임을 한다. 봉제 인형 같은 것들을 보며, 다양한 나라의 언어로 언쟁하는 즐거운 게임이다. 문을 열자 먼저 Susanoo의 등이 있었다. 한 장의 널빤지처럼 슬프게 굳어 있다. 가엾게. 다들 전방에서 공격하고 있구나. 한 명 대 그 밖의 다른 모두. Susanoo는 동료들이 멀리하고 따돌리는 아이. 어릴 적 누구 같다. 나는 뒤에서 Susanoo의 어깨에 가만히 손을 올렸다. 슬플 때 비타가 어깨에 손을 올려주면, 언제나 신체의 심(芯)이 밝아지기 때문에 나도 같은 행동을 해주자고 생각했었다. 하지만 Susanoo는 차가운 것이라도 닿은 듯 몸을 움찔하더니 고개만 돌렸다. 그래도 내 얼굴을 보고는 안심한 듯 웃으며, 이번에는 배를 내 쪽으로 돌렸다.

"너였구나. 무슨 일이니? 뭘 찾니, 문문?"

"이걸 두고 갔어."

그렇게 말하며 나이프를 내밀자 Susanoo는 눈을 크게 뜨며,

"츠루기."*

---

* 　일본어로 검이라는 뜻.

하고 중얼거리며 소중히 받아 들었다. 츠루기가 뭘까. 방 안에
있는 사람들은 Susanoo를 따돌릴 생각은 아닌 듯했다. 오히려
어찌할 바 모르는 표정을 하고 있다. 닥터 베르마. 가짜 닥터인
나누크. 그리고 전에도 병원에 온 적이 있는 남녀. 아마도 크누
트와 Hiruko라는 이름이었다. 오늘은 여성이 한 사람 더 있다.
키가 크고, 금색 머리칼 끝이 정전기로 움찔움찔 빛나고 있다.
그리고 또 한 사람, 빨갛고 예쁜 옷을 입은 사람. 여성이라고 생
각하면 여성이고, 남성이라고 생각하면 남성이다. 어느 쪽일까.
이렇게 예쁘니, 여자든 남자든 어느 쪽이든 상관없어. 그나저나
어째서 다들 이 방에 모여 있는 걸까. 파티를 하는 분위기는 아
니야. 회의를 하는 분위기도 아니고. Susanoo는 내게서 건네받
은 나이프를 한동안 노려보았지만, 그새 결심을 다진 표정으로
나이프 자루를 꽉 쥐고는, 내 옆에 몸을 딱 붙이고, 영화 속 전사
처럼 자세를 취했다. 창문이 "괜찮을까"라고 말하고 있다. 하늘
은 아직 어두워지지 않았지만, 석양이 조금씩 계단을 내려온다.

　그때 문이 열리고, 비타가 숨을 헐떡이며 서 있었다. 같이 오
면 안 된다고 그렇게 주의를 주었는데, 나를 쫓아온 것이다. 한
쪽 손에 늘어뜨리고 있는 건 낡은 라디오.

　"문문, 라라라디오가 부서졌어라라."

　"나중에 고쳐줄게. 지금은 일하는 중이야."

"무슨 일?"

이 질문에는 아무도 대답할 수 없다. 나도 대답할 수 없다. 비타는 참지 못하고 다시 입을 열었다.

"문문, 라라라디오가 부서졌어라. 그러니 고쳐줘라라. 이것 봐, 스위치를 눌러도 말이 없어라라."

비타가 라디오를 마룻바닥에 놓고, 별 스티커가 붙은 단추를 눌렀다. 아무 소리도 나지 않는다. 평소라면 비타가 좋아하는 음악만 틀어주는 라디오 방송이 당장에 흘러나올 터인데. 전파가 어긋났더라도 지지직 하는 소리는 나야 하는데 지금은 아무 소리도 안 난다. 이상하네, 이런 일이 전에도 있었나, 하고 한동안 생각에 잠겨 있을 때 갑자기, 큰 파도가 라디오 속으로 뛰어들어와 음악이 되었다. 나는 서둘러 스위치를 끄려고 했지만, 이번에는 아무리 버튼을 눌러보아도 음악이 멈추지 않는다. 아아, 큰일이네. 어쩌면 좋지. 아코디언이 연주하는 멜로디. 살짝 추워진 무렵의 이동유원지처럼 즐겁고 쓸쓸한 노래.

"좋은 곡이네."

비타는 내가 초조해하는 것쯤 신경도 쓰지 않고, 자기가 가져온 음악을 스스로 칭찬하며 몸을 흔들면서 당장이라도 춤을 출 기세다. 나는 라디오를 들고 비타와 퇴장하려고 했지만, 어느 틈엔가 음악에 맞춰 허리가 움직였다. 그러고 보니 언제였나, 꽤 오래전 일이지만 여름 캠프에서 다 같이 원을 그리며 춤을 추는 연습을 한 적이 있었다. 그때 정말로 즐거웠는데. 모닥불 주변에서 불꽃도 춤을 추었다. 또 춤을 추면 좋겠어. 당시 캡틴의 말버릇이 지금, 내 입에서 튀어나왔다.

"자, 여러분, 옆자리에 있는 분 손을 잡아주십시오!"

내가 한 말을 스스로 이해하기 전에 비타가 이해하고, 나의 오른손과 Susanoo의 왼손을 잡으며 리듬에 맞춰 발을 들쳐 올리기 시작했다.

"비타, 뭐 하는 거야?"

"우리, 지금부터 다 같이 춤을 추는 거지?"

비타는 댄스가 아이스크림보다 더 좋았고, 통통 튀는 음악이 흐르면 공처럼 곧장 벌떡 일어났다. 다들 비타가 너무 엉뚱하고 억지스럽고 순수해서 웃음이 터져 나올 듯한 표정을 짓고 있었다.

"자, 여러분, 어서 손을 잡아요!"

싫다는 말을 할 수가 없게 만드는 비타의 목소리에 떠밀려, Hiruko가 쭈뼛쭈뼛 Susanoo의 오른손을 잡았다. Susanoo는 시선을 회피하면서도 Hiruko의 손을 되잡았다. 남겨진 또 하나의 손을 Hiruko가 가슴 높이까지 들어 올리자, 크누트가 단번에 그 손을 잡았다. 그래, 이 두 사람은 나비에게 달린 두 장의 날개처럼 함께 날개 친다. 하지만 커플이라고 하기에는 좀 애매해.

어디가 애매한지는 설명할 수 없지만, 섹스를 하지 않는 분위기 랄까. 비어 있는 크누트의 오른손을 빨갛고 예쁜 옷을 입은 사람이 천천히 잡았고, 키가 큰 여성이, "아카슈"라고 하며 그 사람의 오른손을 잡았다. 아카슈라는 이름이구나, 예쁘고 빨간 옷을 입은 사람은. 그에 대답하며 아카슈가 "노라"라고 이름을 불렀다. 키가 큰 여성은 아마도 이름이 노라인 것 같다. 아카슈와 노라는 사이가 좋아 보였지만, 부부처럼 사이가 좋은 것은 아니다. 전혀 다른 성질의 사이 좋음이었고, 이런 것을 뭐라고 부르는지 나는 모른다. 노라가 낯빛을 살피듯 나누크의 얼굴을 보며, 흠칫흠칫 손을 잡았다. 나누크는 댄스 따위 딱 질색이라고 말하려는 듯한 무서운 얼굴을 했지만, 노라에게 잡힌 손을 떨쳐내지는 않았다. 이 두 사람은 사이가 나쁜데도, 어쩐지 부부처럼 보인다. 마지막 남은 베르마는 서둘러 나누크와 나의 손을 잡았다. 커다란 원이 완성되었다.

"다들 론도 추는 법, 아십니까."

하고 물어보았는데, "알고 있어"라고 곧장 대답한 건 비타뿐이었다. 알고 있다고 해도 그녀의 '알고 있음'은 언제나 자기 마음대로다. 비타의 발이 허공을 팡팡 올려 차느라 손이 팽팽하게 잡아당겨진 나와 형은 비틀거리다가 넘어질 뻔했다.

"아니야, 아니야. 잠깐 기다려. 우선 본보기를 보여줄게."

그러면서 나는 두 손을 조용히 풀고는 원 안으로 들어가 스텝을 밟아 보였다. 왼쪽으로 세 걸음 가고 한 숨을 쉰다. 다시 왼쪽으로 세 걸음 가고 한 숨을 쉰다. 그 자리에서 네 번 제자리걸음하고, 그 뒤에 왼쪽으로 세 걸음 가고 한 숨 쉰다. 이게 한 마디다. 그걸 여러 번 반복한다.

"아비뇽의 다리 위에서, 라는 노래를 알고 있습니까. 이 노래를 마음속으로 부르며 스텝을 밟으면 잘 됩니다."

"차는 걸 잊었어요!"

비타가 즉석에서 항의했다.

"차는 것은 한참 더 뒤예요. 우선 여기까지 연습합시다."

다 같이 로사리오 묵주처럼 이어져서 슬금슬금 걷기 시작했다. 오른쪽의 비타는 공처럼 튀어 올랐지만, 왼쪽의 베르마는 리듬이라는 열차에 타지 못하고 비트적비트적했다. 오른쪽이 비타, 왼쪽이 베르마, 나는 이음매다. 눈앞에 있는 아카슈는 몸을 꿀렁꿀렁 움직일 수가 있다. 관절과 관절 사이에 수많은 관절이 덧붙어 있는 듯하다. 크누트는 살짝 부끄러운 듯이 미소를 띠고는 허든거리며 걸었다. 모두의 발걸음이 너무 달라서 원이 금세 뭉뚱그려졌고, 춤은 멈추었다. 오직 라디오만이 제멋대로 연주를 계속했다.

"여러분 모두, 같은 스텝으로 부탁드립니다."

"그건 힘들어. 우리는 성격이 제각각이니까."

Susanoo가 확신에 찬 목소리로 말했다.

"그렇다면 모두 되도록 스텝을 작게 밟아보면 어떨까?"

Hiruko가 제안했다. 그렇다. 그렇게 한다면 박자가 잘 맞을 것 같다. Susanoo도 이상하리만치 Hiruko의 말에 쉽게 수긍하며 고개를 끄덕였다.

"그럼, 한 번 더 가겠습니다. 하나, 둘, 셋!"

내 왼쪽 옆에 있는 베르마는 어느 틈엔가 리듬을 수식으로 이해했는지 로봇처럼 정확하게 스텝을 밟는다. 뇌의 성능만큼은 뛰어난 사람이다. 그 맞은편에 있는 나누크의 모습은 내 자리에서 잘 보이지 않는다. 노라는 작은 스텝을 밟다가 긴 다리가 엑스 모양이 되었다. 그 자세가 별로였지만 언어로 어떻게 주의를 주면 좋을지 몰라 난처해하고 있으니, 아카슈가 노라에게 뭐라고 속삭였고 곧바로 노라의 무릎이 정면을 향했다. 노라는 가볍게 리듬을 타며, 편안하게 춤을 추기 시작했다. 그러자 이번에는 아카슈가 발이 걸려 샌들이 벗겨질 뻔했다. 노라가 아카슈의 몸을 지탱해 끌어안듯 해서, 아카슈는 회전을 멈추지 않고 자세를 일으켜 샌들을 고쳐 신을 수 있었다. 두 사람은 서로를 필요로 하고 있구나. 크누트는 변함없이 곰 인형처럼 보였다.

"젊음은 기계의 약동이다."

옆에서 베르마가 소곤거렸다. 어째서 인간이 아니라 기계인지 궁금했지만, 뭐 상관없다. 제대로 춤을 추고 있으니까.

"지휘자가 없어도 박자가 맞네. 우리 론도의 원이네."

그렇게 말하는 노라의 얼굴이 상기되어 있었다.

"론도에도 여러 가지가 있습니다. 아비뇽 다리는 벌써 지났고, 지금은 결혼행진곡을 부르며 춤을 추고 있어요, 하하하. 조만간 결혼할 예정인 사람은 우리 중에 나뿐이려나. 하하하."

하고 여유를 되찾은 베르마가 떠벌리자,

"당신, 호두까기 인형을 닮았군요. 수염은 없지만."

노라가 놀려댔다. 노라의 목소리에 심술궂은 감정은 섞여 있지 않았고, 베르마도 그 소리에 화를 내기는커녕 도리어 기분이 좋아져서,

"호두까기 인형 말입니까. 차이콥스키를 좋아하시나요? 그 발레곡에도 론도 형식이 나오지요."

어쩌고 하며 교양의 식탁보를 펼쳐 보였다.

아카슈의 팔다리는 단조로운 리듬에 질렸는지, 한 박자와 두 박자 사이, 두 박자와 세 박자 사이, 세 박자와 네 박자 사이에 팔랑팔랑 꿈틀꿈틀 화려하게 움직임을 더해 춤을 추기 시작했다. 심지어 목을 길게 빼고 뱀처럼 움직인다. 그에 비하면 옆에 있는 크누트는 춤을 춘다기보다 그저 성실히 걷고 있는 것처럼 보인

다. 하지만 본인은 웃는 얼굴로 춤을 즐기며 말했다.

"정말 재미있네. 배 여행을 가면 갑판에서도 매일 밤 다 같이 춤을 추자."

그 말의 의미가 뇌에 전달된 순간, 나의 심장이 공중제비를 넘으며 쿵쾅쿵쾅 뛰었다.

"배를 타고 여행을 떠나나요."

"그럴 수 있다면 좋겠다고 다 같이 이야기했거든. 사라졌을지도 모르는 섬나라를 찾아 떠나는 여행이니까 역시 배가 좋겠지. 그 나라로는 이제 비행기도 뜨지 않는 것 같으니까."

"멀리 가나요."

"멀리 가지. 아주 멀리 가."

나는 비타의 손을 꼭 쥐었다. 무슨 일이 있어도 비타만큼은 나와 함께 있어준다. 하지만 이 사람들이 다 사라지는 건 너무 슬퍼. 특히 견딜 수 없는 건 Susanoo가 없어지는 일이다. 모처럼 형제를 찾아냈는데 또다시 외둥이라니. 눈앞이 흐려져서 누가 누군지 보이지 않았다. 다리만큼은 제대로 춤을 추고 있었지만, 마음이 무거워지면서 눈물이 뺨을 타고 뚝뚝 흘렀다. 비타가 내 얼굴을 보았다.

"왜 그래, 문문, 마음이 슬퍼?"

"Susanoo가 배를 타고 멀리 가버려."

모두가 내 얼굴을 보고 잇달아 발을 멈추고는, 옆 사람 손을 놓고 고드름처럼 우뚝 멈춰 섰다. 음악만이 혼자서 흘러갔다. 꽁꽁 얼어버린 세계 속에서 Susanoo가 제일 먼저 녹아 나를 껴안았다.

"동생아, 나도 여기 머물고 싶어. 여기 있는 사람들과 함께 배 여행 따위 하고 싶지 않아. 너와 함께 쭉, 여기 있고 싶어. 하지만 가야만 해."

비타는 그 소리에 화가 나서 짓눌린 듯한 목소리로 말했다.

"어째서 떠나는 거야, Susanoo? 문문이 슬퍼하잖아. 가엾지도 않아? 어디로 가는데? 일 때문에 가는 거야?"

Susanoo는 상냥한 속눈썹으로 대답했다.

"일 때문이 아니야. 나는 나의 악의로 인해 여기 있는 사람들의 문을 활짝 열어버렸어. 그러니까 책임이 있어."

"하지만 금방 돌아올 거지?"

내가 묻고 싶은 말을 비타가 대신 물어봐주었다. Susanoo는 비타의 오른손을 잡아 올리고, Hiruko의 얼굴을 빤히 쳐다보며 왼손을 잡고 말했다.

"정답은 춤 속에 있어. 자, 조금만 더 추자."

라디오는 한참 전에 다음 곡으로 넘어갔고 이번 곡은 지난 곡보다 음색이 미숙했지만, 우리가 연습하는 스텝에는 딱 맞았다.

모두의 숨이 하나가 되어 마치 발로 호흡하는 듯했다. 이상하네. 노라는 떡갈나무 같은 몸, 아카슈는 버드나무 같은 몸, 크누트는 봉제 인형 같은 몸, 각각의 신체가 이렇게 다른데 지금 같은 곡에 맞춰 한 마리 큰 뱀이 되어 춤을 추고 있다. 뱀은 자기 꼬리를 입에 물고 원 모양을 그린다. 그 원이 회전하는 탓인지, 내 눈에 비치는 것들이 조금씩 달라졌다. 창문, 책상, 의자, 벽, 문. 반쯤 열린 문 너머에서 작은 무리가 방 안을 들여다보고 있다. 내 무릎에 닿을까 말까 할 정도로 키가 작은 녀석들이다. 하지만 아이는 아니다. 오른쪽에는 로봇, 왼쪽에는 팔이 닳아버린 낡은 갈색 곰 인형. 로봇은 발을 들지 않고 마룻바닥을 미끄러지듯이 방 안으로 들어와, 라디오에 다가가더니 허리를 획 접어 갑자기 전원을 꺼뜨렸다. 음악이 사라졌다. 로봇은 블루로 빛나는 금속 배낭을 등에 지고 있었다.

"어, 저 로봇은."

나누크가 외쳤다. 로봇은 끝까지 말하도록 기다려주지 않고,

"춤은 여기까지. 자, 다들 여행 떠날 준비를 하도록. 배로 떠나는 여행이니 짐은 한 사람당 50kg까지 괜찮아. 갑판은 햇살이 강하니까 모자 꼭 챙기고. 밤에는 추워지니 스웨터를 잊지 말길."

하고 로봇다운 목소리로 명령했다.

"출발은 이번 주 일요일. 저녁 6시에 코펜하겐항 해외 페리 대합실에서 집합."

문 근처에 선 곰 인형이 덧붙였다. 인형극에 나오는 동물 같은 말투였다.

"뭐야, 저 장난감은. 심리치료 도구들을 넣어둔 선반에서 도망쳐 나온 건가."

베르마의 말에 나누크가 손등으로 이마의 땀을 닦았다.

"아니야. 저 로봇과 봉제 인형은 내가 여기 오는 길에 사람들에게 부탁해서 가져오게 한 거야."

"자네가 여기까지 가져온 건가?"

"아니. 함부르크까지."

"함부르크에서 코펜하겐까지는 다른 소년에게 가져오게 했어."

로봇이 나누크 대신 대답했다. 호오, 나누크도 로봇의 눈으로 보면 그저 '소년'이 되어버리는구나. 그때, 로봇이 등에 짊어지고 있던 금속성 배낭에서 딱딱한 직사각형 종이 여러 장이 날아들었다.

"자, 이게 케이프타운까지 가는 배표입니다. 케이프타운에 도착하면 간디 여행사에서 인도까지 가는 티켓을 사세요. 첸나이행도 좋고 뭄바이행도 좋습니다. 그런 다음 인도보다 더 동쪽으로 가는 배로 갈아타려 한다고 이야기하고, 어느 항을 향해 가는 게 가장 좋을지 거기서 물어보세요."

로봇은 캡틴처럼 거만을 떨었다.

"이거 꿈이지?"

노라가 중얼거렸다.

"하지만 다 같이 같은 꿈을 꾸고 있다는 거야? 아니면 난 너의 꿈에 나오는 등장인물에 불과한가?"

아카슈가 말했다. 베르마는 가볍게 허리를 굽혀 바닥에 흩어진 티켓을 주웠다. 이 사람, 예전에는 허리가 아프다고 탄식을 늘어놓았는데 지금은 젊은 사람처럼 몸이 간들간들하다.

"이름이 쓰여 있군. 이건 나누크. 이건 노라."

베르마는 승선권에 쓰인 이름을 소리 내 말하며 나누어주기 시작했다. 티켓을 받아 들며 나누크가 말했다.

"그래, 가까운 나라와 먼 나라는 바다로 이어져 있어. 북극과 남극도 같은 표면에 있지. 스칸디나비아와 남태평양의 해수가 같은 물인지도 몰라."

"다 같이 배를 탄다고 생각하니 두근두근하네."

노라가 나누크의 얼굴을 가만히 응시하며 그렇게 말하더니 갑자기 이마에 주름을 잡고 덧붙였다.

"하지만 배는 바다에 기름을 흘리고 쓰레기 융단을 펼치기도 하지."

"아카슈, 이건 자네 티켓이네."

"오랜만에 가는 인도인가. 기대가 되네."

"이 티켓은 케이프타운까지야. 거기서 간디 여행사라는 곳을 찾아 인도행 배표를 사고. 아카슈, 너만 믿을게."

노라가 말했다.

"자네, 진짜로 여행을 떠날 생각인가? 연구는 어쩔 셈인가?"

베르마가 그렇게 말하며 크누트에게도 표를 건넸다.

"배 위에서도 언어 연구는 할 수 있잖아. 사실은 이런저런 사정이 있어서, 새롭게 출판사를 차리는 청년 역할을 연기해볼까 싶었는데, 그것도 잠시 보류야. 나는 아무래도 Hiruko가 태어난 고향을 찾으라는 운명을 걸머진 것 같아."

먼 곳으로 눈길을 주며 대답하는 크누트를 보고 Hiruko는 탐탁지 않은 표정으로 베르마에게서 티켓을 받아 들었다. 아카슈는 그런 Hiruko를 격려하듯이 말했다.

"너의 나라, 꼭 찾을 거야. 사라졌을지도 모르는 나라라니, 어떻게 그럴 수 있겠어. 바다에서 도망치는 일은 있을 수 없잖아."

그러자 Hiruko는 딱히 누구에게랄 것도 없이,

"나의 나라? 어느 나라? 찾는 의미 있을까, 없을까."

하고 중얼거렸다.

"마지막 한 장은 Susanoo. 어, 내 것이 없네. 다른 누구 티켓과 겹쳐져 있는 것 아닌가. 확인 부탁해. 누가 가지고 있나?"

당황하는 베르마를 향해, 모두가 고개를 가로저었다. Susanoo는 무시무시한 것이라도 보는 것처럼 티켓에 인쇄된 배 사진을 응시하고 있었다. 크누트가 자신을 관찰하고 있다는 사실을 눈치채고는,

"사라진 나라 따위 찾아도 의미 없어. 차라리 자네 아버지를 찾기 위한 여행을 떠날까."

하고 말했다. Susanoo는 상냥한 인간인데 크누트를 향해 목소리를 낼 때는 가시가 박혀 있었다. 베르마는 눈으로 바닥을 샅샅이 뒤지며 자기 이름이 적힌 승선권이 떨어져 있지 않은지 찾는 듯했다. 나와 비타의 표도 없었지만, 배를 타는 건 귀찮은 일이었기 때문에 입을 다물고 있었다.

"내 티켓이 없어!"

비타가 화를 내며 소란을 피웠다. 나는 비타를 안정시키기 위해,

"내 것도 없어. 그러니 우리는 둘이서 여기 남아 있자."

라고 말하며 위로했다. 하지만 비타는 나보다도 배가 더 소중한지 계속해서 소란을 피웠다.

"나도 배 타고 싶어!"

"나와 헤어진대도 배를 타고 싶니?"

그 말을 듣고서야 비타는 조용해졌다. 그때, 곰 인형이 좌우로 몸을 흔들흔들하며 방 한가운데로 걸어왔다. 잘 보니 이 녀석도 배낭을 메고 있었다. 데님 천으로 만든 작은 배낭은 입구가 열려 있었다. 곰이 고개 숙여 인사하자 티켓 세 장이 날아들어 바닥에 흩어졌다. 금색 문양이 들어간 어여쁜 초록색 티켓. 베르마는 세 장을 휙 주워 살폈다.

"망명 영화 스튜디오로 초대합니다. 이건 뭔가. 승선권이 아니라 디너파티 초대권인가. 흥, 닥터 베르마 님이라고 쓰여 있군. 나머지 두 장은, 저런, 문문과 비타의 이름이 있어."

베르마가 눈을 깜박깜박하며 가슴 안쪽 주머니에서 노안경을 꺼내 초대장을 자세히 살폈다.

"이거 대단하군. 스칸디나비아에서 제일 유명한 영화감독과 함께하는 디너라니. 이번 영화 촬영에 협력해주신 분들에게 감사의 뜻을 담아, 라고 하네. 협력한 기억은 없지만, 뭐 그런 거야 아무래도 좋아. 나도 모르는 사이에 도움을 주었겠지. 그건 그렇고 문문과 비타와 바로 내가 같이 초대를 받았다니 도대체 이해가 안 가는군. 이상한 조합이야. 뭐, 그것도 아무래도 상관없어. 솔직히 말하면 배 여행에 초대되는 것보다 디너가 훨씬 고맙지. 선실에 내 마음에 드는 가구가 갖춰져 있을지 없을지도 수상쩍고, 애인을 혼자 두고 여행을 떠나는 것도 안 내키니까, 게다가 애인을 데려가기 위해 자비를 쓰는 것도 경제적으로 아까운 노릇이지. 어라, 디너는 오늘 밤이군. 8시부터야. 이것 참 큰일인데. 서둘러 집에 가서 옷을 갈아입고 와야겠어. 병원에는 택시도 가 없다고."

베르마는 날듯이 방을 뛰쳐나가다가 문을 닫기 직전 뒤돌아 귀찮은 듯 나와 비타를 보았다. 그러고는 눈가에 주름을 지어 웃으며,

"저녁 7시 45분에 차로 이리 마중을 올 테니 그때까지 좋은 옷으로 갈아입고 멋을 부려둬."

라는 말을 남기고는 귀신처럼 순식간에 자취를 감추었다. 베르마는 정말이지 친절한 사람이다. 비타는,

"영화 기뻐, 스튜디오 기뻐, 감독 너무 좋아."

어쩌고저쩌고 제멋대로 가사를 넣어 노래를 하며, 팔을 허리에 올리고 숫자 8을 그리며 다시 춤을 추기 시작했다. 배를 못 탄다는 건 잊은 듯하다.

어느새 창밖이 어스름해지고 방 안에는 '이제 집에 가자', '슬슬 숙소로 돌아가자'라는 분위기가 차올랐다. 나는 시간을 멈추기 위해 서둘러 이런 말을 꺼냈다.

"여러분 모두에게 선물이 있으니 가시기 전에 제 방에 들러주세요."

"생일 선물인가."

Susanoo가 부드럽게 팔을 어루만지며 말했다.

"오늘 누구 생일이야?"

크누트가 의아하다는 듯이 물었다.

"아니야. 먼 여행을 떠난다는 건 다시 태어나는 것이나 마찬가지잖아. 오늘이 우리 모두에게 두 번째 생일이지."

Susanoo가 나를 대신해 대답해주었다. 실제로 그렇게 생각했는지는 나도 잘 모르겠다. 하지만 Susanoo가 나 대신 설명해주었다는 게 기뻤다. 역시 이 사람은 나의 형이다.

"그렇습니다. 여행을 떠나는 사람에게는 선물을 주는 게 맞습니다."

내가 설명했다.

"그건 선물이라기보다 나쁜 혼령으로부터 여행자를 지켜주는 부적이겠지."

나누크가 그런 건 누구나 다 알고 있다는 듯한 어조로 말했다.

"송별회 선물."

Hiruko가 말했다. 송별회라는 게 뭘까. 아무래도 상관없다. 나는 모두를 지하로 안내했다. 행렬을 이루어 복도를 걷는 우리를, 지나가는 간호사들이 이상하다는 듯이 바라보았다. 엘리베이터를 타자 멀리서 별이 신음하는 듯한 소리가 들리기 시작했다. 별은 신음하지 않는다고 비타가 말했지만, 나는 신음한다고 생각한다. 이 엘리베이터는 상승할 때는 곧장 가고자 하는 층에 도달하는데, 하강할 때는 하염없이 내려가서 망령이 제멋대로 조작하고 있는 것만 같은 한기가 느껴진다.

반지하에는 병원에서 쓰는 식기를 씻는 작업장이 있다. 은색 기계와 접시가 반짝이는 공간을 빠져나가면, 그 안쪽에 거실과 침실이 있다. 불을 켜고, 모두가 발 디딜 틈을 만들기 위해 바닥에 흩어져 있던 옷가지를 전부 침대 위로 집어 던졌다.

"자자, 어서요, 이쪽이에요."

크누트는 커다란 몸을 둥글게 말아 안으로 들어왔다. 내 방은 그만큼 천장이 낮지도 않고 문이 작지도 않은데 크누트는 그렇게 느낀 모양이다. 노라는 신기하다는 듯이 방 안을 둘러보았다. Hiruko와 Susanoo는 남매의 방으로 들어가는 아이처럼 주저 없이 성큼성큼 안으로 들어왔다. 아카슈가 벽에 붙어 있는 별자리 지도를 손끝으로 가만히 만지며 중얼거렸다.

"우아, 여기가 네 방이구나. 멋있다. 선물이라는 건 뭐야?"

나는 커튼을 치고 방의 불을 껐다. 밖에서 가로등 불빛이 비쳐 내가 펀치로 커튼에 뚫은 구멍으로 빛이 새어 들었고, 구멍은 별처럼 반짝이기 시작했다.

"오, 네가 직접 만든 플라네타륨이구나."

아카슈가 흥분해서 소리쳤다.

"맞아요. 지금부터 여러분에게 별을 선물하겠습니다. 여행의 부적으로 가져가주세요."

나는 커튼에 크레용으로 그린 노란 선을 더듬어 레굴루스별을 찾아냈다.

"나누크, 이건 당신의 별입니다. 레굴루스별이에요. 사자의 심장이라는 의미가 있어요."

"인간을 행복하게 해주는 별이죠."

옆에서 그런 말을 하는 노라는 누군가가 자신을 행복하게 해주리라고 믿고 있을지도 모르겠다. 그 누군가는 나누크일까. 하지만 사자의 심장이 사람을 행복하게 해준다는 말은 처음 듣는다.

"노라, 당신은 아르크투루스별입니다."

"그 별이 아닐까 하고 나도 생각했는데. 고마워."

"당신은 큰곰자리를 쫓아 북으로 여행을 떠납니다."

"곰은 누구일까. 곰을 잡으면 곰과 결혼하는 거야?"

"아르크투루스별은 아내와 남편이 함께하는 두 별로 이루어져 있습니다. 그러니 처음부터 부부입니다."

나는 이 대사를 점성술책에서 읽고 암기하고 있었다. 어려운 책이라 글자를 주워가며 몇 번이나 반복해서 읽는 것은 귀찮은 일이다. 읽고 또 읽는 일이 없도록 맨 처음 읽을 때부터 암기했다. 노라는 내 말을 듣고 눈을 크게 떴지만 아무 말도 하지 않고 아르크투루스별이라고 불리는 커튼 구멍을 좌우로 바라보았다. 아쉽지만 구멍은 구멍이기에 아무리 들여다보아도 부부 별처럼 보이지는 않겠지만.

"문문, 너는 별자리를 연구하고 있니? 존경스럽다."

아카슈가 칭찬해주었기 때문에,

"당신을 위해서는 붉은 별을 준비했습니다."

하고 감사를 담아 말했다.

"오호, 별 이름이 뭐야?"

"베텔게우스입니다."

"멀어?"

"상당히 멀지요. 하지만 많은 사람이 늘 바라보고 있습니다. 그러니 고독하지 않습니다. 그것은 크누트도 마찬가지입니다."

"나는 무슨 별인데?"

"크누트는 이 별입니다."

나는 커다란 구멍을 가리키며 말했다.

"가까워서 밝고 쉽게 찾을 수 있어요."

"시리우스네."

노라가 끼어들었다.

"맞습니다. 아, 그리고 여러분, 태양에서 멀어지면 어두워지기 때문에 멀리 떨어지지 않도록 조심하세요."

"태양은 Hiruko겠군."

Susanoo가 말했다.

"아닙니다. Hiruko는 카펠라입니다. 만약 태양이 아주 멀리 있는 별 가운데 하나였다면 카펠라와 똑같은 얼굴을 하고 있을 거예요."

Hiruko는 생각에 잠긴 표정으로 말했다.

"별은 멀기에 친절. 태양이 가까우면 위험."

"그래도 태양 빛이 없다면 생물은 모두 죽을 거야."

아카슈가 입을 삐죽이며 항의했다.

"태양이 아주 조금만, 우주에서 보면 의미가 없을 정도로 아주 조금만 가까워져도, 우리는 전부 불에 타 죽어."

Hiruko는 자기가 다가가면 모두가 죽을 거라는 듯한 어두운 표정을 지었다. 나는 황급히 말했다.

"카펠라는 사람을 죽이지 않습니다. 카펠라는 외롭다고 다른 별에 다가가거나 하지 않고 멀리서 있습니다."

그 말을 들어도 Hiruko의 낯빛은 구름 낀 하늘이었고, 그다지 밝아지지는 않았다.

"넌 여러 개의 존재가 중첩되어 만들어진 별이야. 두 그룹의 커플이 너를 구성하고 있어."

노라가 Hiruko에게 말했다. 아무래도 노라 역시 별을 좋아하는 동료의 일원인 듯하다.

"노라, 너는 별 박사구나."

"그런 게 아니야. 시리아인 애인을 쫓아 알레포까지 간 적이 있었는데, 결국 그 사람은 못 찾고 하는 수 없이 사막에 들어가 한 달 정도 지냈어. 밤이 되면 외로움으로 몸이 식고, 별이 보석처럼 우툴두툴 하늘에 달라붙어서 손을 뻗으면 잡을 수 있을 것 같았지. 하지만 잡히지가 않는 거야, 당연한 이야기지만."

"별은 배에서도 잘 보일까."

그렇게 말하는 크누트의 마음은 이미 배를 타고 있는 듯했다. 나는 좋아하는 만화영화 대사를 인용해 Susanoo에게 말을 걸었다.

"가장 사랑하는 형제, 알타이르여. 하늘 높이 날아오르는 커다란 새가 되기를!"

말을 하는 동안 눈에 눈물이 고였다.

"배 여행이니 Susanoo가 수로를 안전하게 안내하는 카노푸스가 되면 좋겠다는 생각도 했어. 하지만 그건 아무래도 안 되겠지. Susanoo가 수로 안내인이 된다면 배는 가라앉을 거야. Susanoo는 새가 되어주길 바라. 그러면 배가 가라앉아도 익사할 염려가 없으니까."

눈물 두 방울이 또르르 흘러내렸다.

"견우."

Hiruko가 중얼거렸다.

"견우가 누구야?"

Hiruko가 하는 말은 늘 흥미로워하는 크누트가 물었다.

"견우는 직물을 짜는 여자를 찾아 헤매는 남자. 여자 이름은 직녀."

Hiruko가 대답했다. 그걸 듣고 Susanoo가 고개를 숙이며,

"나는 직녀의 몸에 큰 상처를 내고 말았어. 그녀를 찾아가 이야기를 해야만 해."

하고 순순히 말했다. 직녀. 들어본 적 없는 별 이름이다. 크누트가 말했다.

"자, 이제 슬슬 돌아가 여행 계획을 세우자. 게다가 문문과 비타는 오늘 밤 초대를 받았으니까 더 이상 방해해서는 안 돼."

이 말을 신호로 모두의 마음이 별에서 멀어지고 말았다. 나는 일단 엘리베이터 앞까지 배웅하러 갔고, 거기서 깔끔하게 이별하기로 했다.

"그럼 다들 건강해. 포옹은 안 할게."

그렇게 말한 뒤 나는 그대로 휙 뒤돌아 방으로 돌아왔다. 비타가 침실에서 꺼이꺼이 울고 있었다.

"왜 여기서 울고 있어라라?"

"문문이 슬퍼하니까 대신 울고 있어라라."

"앞으로 얼마나 더 울 생각라라?"

"7분에서 9분 정도라라."

반지하 창문에서는 언제나 건물에서 나가는 사람들의 다리가 보인다. 그 사람들은 내가 보고 있을 거라고 생각도 하지 못하겠지만. 유리창에 코를 대고 잠시 기다리자, 크누트가 가벼운 발걸음으로 걸어 나왔다. 황토색 신발은 표면이 여우처럼 생겨서 만져보고 싶다는 생각이 든다. 크누트의 발이 멈추더니 뒤늦게 나온 Hiruko와 나란히 문을 향해 떠나갔다. Hiruko의 발목은 가늘고 복사뼈를 감싼 피부도 얇다. 저래서는 뼈 모양이 훤히 다보인다. 펌프스가 아니라 등산화를 신고 여행을 떠나는 게 좋을 것이다. 누구든 다리만큼은 제대로 보호해야 하니까. Hiruko를 뒤따르듯 파닥거리며 아카슈의 샌들이 나왔다. 큰 보폭으로 걷는 운동화가 나누크이리라. 그 뒤를 쫓는 노라의 발걸음은 견고했다. Susanoo는 병원에서 묵고 있기 때문에 이쪽 출구는 사용하지 않을 것이다.

피로가 파도처럼 덮쳐왔다. 울고 있는 비타의 눈물을 수건으로 닦으며, 파티용 드레스를 입으라고 설득했다. 나도 갈아입을 옷을 찾아야지. 모처럼 디너에 초대되었으니까. 일단 집으로 돌아간 베르마가 차로 데리러 올 때까지 시간이 그리 많이 남은 건 아니다. 하지만 딱 5분만 자고 싶다. 아주 조금이라도 좋아. 눈꺼풀이 무겁다. Susanoo가 상반신을 벗은 차림으로 바다거북 등딱지에 앉아 있다. 뭐야, 배로 여행을 떠난다더니, 배가 거북을 말하는 거였구나. 거북에 올라탄 건 즐거워 보이지만, 잡을 곳이 없으니 떨어질 것 같다. 다른 친구들은 모두 어디로 갔을까. 혹시라도 아까 내가 Susanoo가 수로 안내인이 되면 배가 가라앉을 거라는 소리를 해서 다들 도망간 것일까. 쓸데없이 불길한 말을 했다. Susanoo는 거북의 등에서 내려와 바닷물 속으로 들어가더니 내 쪽을 향해 자유형으로 헤엄치기 시작했다. 해초가 팔에 걸려 헤엄치기 어려워 보였다. 해초는 투명했고, 알디, 네트, 비르카 같은 슈퍼마켓 로고가 붙어 있었다. Susanoo는 필사적으로 해초를 뿌리치며 헤엄쳐 온다. 이윽고 얕은 곳까지 온 Susanoo가 일어섰다. 어라, 몸 전체에 비늘이 나 있다. 흰색 반바지를 입었지만 다리도 배도 가슴도 팔도 뱀 같다. Susanoo는 웅크리고 앉아 무언가 찾고 있다. 드디어 발견한 듯 주워 든 것은 작고 검은 조개였다. 어금니로 열심히 깨물어 열려고 한다. 꽤나 배가 고픈 모양이네. 하지만 완강하게 입을 꽉 다문 조개는 이미 예전에 죽었기 때문에 먹으면 안 돼. 주의를 주려고 했지만 목소리가 나오지 않는다. 그렇구나, 이 여행에 나는 동행하지 않았구나. 말하자면, Susanoo가 있는 곳에 나는 없는 것이다. 바람이 불더니 토악질이 날 것만 같은 냄새가 났다. 돌아보니 모래 위 좌초된 어선 옆구리에 잿빛으로 물컹한 것이 달라붙어 있다. 썩은 플라스틱 같은데. 플라스틱도 썩나. Susanoo는 조개 먹기를 포기하고 바다에서 멀어지며 터덜터덜 걷기 시작했다. 어촌이라고는 해도 그림책에 나오는 바닷가 마을과 달리 스틸 벽으로 둘러싸인 상자 모양 집이 늘어서 있다. 창문도 없고 대문도 없다. 햇살이 몹시 강하고, 그 빛이 길에 반사되어 길이 전혀 보이지 않을 정도로 눈이 부시다. 이 빛을 계속 보고 있으면 분명 시력이 손상되리라. 그런 기분이 들었다. 가로수 기둥이 투명해 보인다. 나뭇잎은 모조리 지면에 떨어져 개똥색으로 굴러다닌다. 멀리 고층 빌딩이 많이 보였지만, 전부 새카맣게 불탔다. Susanoo가 집 뒤로 돌아 들어갔다. 따라가니 외벽에 드레스 지퍼가 달려 있고, Susanoo는 그걸 열어 안으로 들어간다. 집 안은 병원 병실처럼 희고 정중앙에 베틀이 한 대 놓여 있다. Hiruko가 앉아서 작업을 하고 있다. 손끝부터 몸이 점차 실이 되더니 직물에 짜여 들어가 더 이상 머리가 없고 어깨도 거의 사라졌다. 완성된 천은 Hiruko의 얼굴 문양이 되었다. 옷감이 되어서도 Hiruko는 Susanoo에게 말을 걸고 있는데, 의미를 0퍼센트밖에 이해할 수 없는 언어였다. 묘하게 추운가 싶더니 옆에 커다란 스피커가 있고 거기서 음악이 아닌 냉풍이 나오고 있었다. 따뜻한 털실 스웨터가 있으면 좋으련만.

그 생각을 하다가 잠에서 깼다. 아무래도 창문이 스스로 자신을 열어젖힌 모양이다. 달이 관장하는 시간에 부는 선뜩한 바람이 실내로 불어 들어왔다. 심장이 두근두근 울렸다. 그때, 말끔히 눈물을 닦고 축제의 드레스를 입은 비타가 저편에서 다가오는 모습이 보였다.

수다쟁이들의 민주주의

수다쟁이 아카슈가 있다. 이 책에 나오는 인물들은 모두 어느 정도씩은 말을 하기 좋아하고 가슴속에 쌓아두었던 것을 둑 허물듯 쏟아내는 경향이 있지만, 그중에서도 아카슈는 핑퐁 게임처럼 주고받는 대화를 즐기는 사람이다. 그런 아카슈가 예기치 않게 오토바이를 타게 된다. 예전부터 타보고 싶다고 생각은 했는데, 막상 누군가의 오토바이 뒷좌석에 올라타 아우토반을 달리자 기분이 울적해진다. 오토바이 모터가 내는 압도적인 음량에 입이 봉인되어버린 탓이다. '나는 침묵이 힘든 사람이다.' 아카슈는 속으로 중얼거린다. 콩나물시루 같은 만원 열차 안에서도 요가를 가르치며 갑갑한 시간을 알차게 보내는 아카슈지만, 자유롭게 말할 수 없는 상황에 놓이자 평정심을 잃고 멀미한다.

즐거워야 할 여행이 고통과 인내의 순간이 된다. 말을 하고 싶지만 입을 다물어야 할 때, 아카슈는 자유를 박탈당했다고 느낀다.

Susanoo는 어떤가. 의뭉스러운 이 남자는 입을 꾹 다물고 있다. 1부 《지구에 아로새겨진》의 마지막 부분에서는 실어증이 의심되는 듯했으나 2부 《별에 어른거리는》에서 진상이 드러난다. Susanoo에게 유효한 대화란, '영혼이라고 불리는 주택의 문 자물쇠와 경첩 나사를 전부 풀어버리는 것'이다. 인간은 본능적으로 자기의 상처와 약점을 숨기고 감추며 대화하기 마련이다. 아픔이 다 드러나는 대화는 곪은 상처를 뜨거운 태양 아래 드러내놓는 것처럼 쓰라리니까. 하지만 Susanoo는 바로 그 쓰라린 대화를 원한다. 빗장을 모조리 열어젖힌 대화를 원한다. 그 외에는 차라리 입을 다물기를 바란다. Susanoo는 자신의 병문안을 오는 친구들의 마음속에서 그들 자신조차 알지 못했던 분노와 어둠을 끄집어내려 한다. 마치 인간이 종교를 통해 자기 고뇌와 부끄러움을 고백하여 치유에 다가가듯이, Susanoo는 말로써 자정작용이 일어나기를 바라는 것일까. 그 밖의 말들에는 관심 없음. 그러나 겨우 몇 마디 말로도 Susanoo의 마음을 움직인 사람이 있다.

병원 반지하에서 설거지하는 소년 문문이다. 이 순수한 소년은 사람들이 '납작해진 인간의 영혼'과도 같은 접시에 소스 자국

368

언어를 남기며 자신에게 말을 걸어온다고 생각한다. 자신이 '다른 별에서 태어나 지구로 뚝 떨어졌는지도 모를 일'이라며 조금은 특별한 차원에서 세상과 관계를 맺는다. 별을 좋아해서 자기 방 커튼에 여러 종류의 별을 만들어 붙여두었는데, Hiruko와 친구들이 먼 여행을 떠날 때 안전하길 기도하는 마음으로 한 사람 한 사람에게 그 사람과 닮은 별을 선물한다. 자신에게 도움을 요청하는 사람이 있으면 기꺼이 돕고, 길을 헤매는 사람이 보이면 다가가 도와주며, 편견 없이 세상을 바라보는 따뜻한 마음의 소유자다. 뱀처럼 혀가 길어 말투가 특이한데, 같이 일하는 동료 비타와는 라라체를 쓴다. 예를 들면 이런 식이다. "우리는 모두, 영화 속에 살고 있는 거라라."

매번 영화보다 극적인 오페라 무대 연출처럼 등장하는 노라도 있다. 이번 2부에서 노라는 열성적인 환경운동가가 되어 사람들이 여행을 통해 얼마나 많은 지하자원을 쓰고 대기를 오염하는지 열변을 토한다. Susanoo의 병문안을 가기에 앞서 비행기와 자동차와 열차 가운데 어떤 이동 수단이 가장 적은 배기가스를 분출하는지 알아보다가 급기야 룩셈부르크에서 코펜하겐까지 걸어가는 수단을 따져보는데, 에너지 사용량을 알려주는 인터넷 사이트로 확인한 결과 '총 피자 58판'이 걸린단다. 인간이 지구를 오염하지 않으려면 침대에 가만히 누워 있는 게 가장 좋은 방법이다. 하지만 그럴 수는 없으니, 아무튼 쓰레기가 가장 덜 나오고, 지하자원을 가장 덜 쓰며, 바다와 하늘을 가장 덜 오염하는 방법을 매 선택의 순간에 생각하며 살자고 한바탕 수다를 떤다. 하지만 이렇게 똑 부러진 노라가 제일 멀리 빙 둘러 여행하게 되었으니 이 또한 인생의 아이러니다.

인생 자체가 빙 도는 완행열차 같은 나누크도 있다. 고향은 그린란드고 에스키모인데 덴마크 코펜하겐으로 유학을 왔다가 어학 수업이 지루해 여행을 떠났고 독일 트리어에서 노라를 만나 직업이 스시 요리사인 일본인 행세를 한다. 노라의 집에 얹혀살다가 노르웨이 오슬로로 스시 요리를 선보이러 떠나는가 하면 Hiruko와 친구들을 만나 프랑스 아를로 Susanoo를 찾으러 가고 이제는 다시 트리어에서 코블렌츠와 함부르크를 거쳐 코펜하겐으로 돌아오는데, 나누크 자신도 어디에 정착하지 못하고 표류하는 우유부단한 자신이 지긋지긋한 모양이다. 결국 코펜하겐 왕립병원의 괴짜 의사 베르마 박사와 성격을 맞바꾸기로 결심한다. 요리사가 되었다가 의사가 되었다가 마치 직업체험관을 도는 어린이처럼 지구를 도는 나누크는 진짜 자신이 누구인지 찾아가는 여정 중에 있다. 누군가에게는 인생의 낭비처럼 보일지도 모르는 나누크의 여행이 실은 젊음의 계절에 꼭 필요한 방황인지도 모른다. 그 계절을 직선으로 통과하면 당장은 빨라 보여도 언젠가는 대가를 치르게 된다.

중년의 베르마 박사는 그 대가를 톡톡히 치르고 있다. 세상 사람들이 어쩌면 하나같이 그렇게 느려터졌고, 자기 맡은 일조차 제대로 하지 못하며, 사고력은 졸렬하기 짝이 없는지. 베르마는 평생 그렇게 생각하며 살았다. 명석하고 정확하게 엘리트 코스를 밟아온 인생이었다. 그러던 어느 날, 잉거라는 여인을 만나 사랑에 빠진다. 그리고 그제야 세상 모두가 자기를 미워하고 있다는 사실에 눈뜨게 된다. 잉거를 만나기 전에는 자신이 미움을 받는다는 생각은 해본 적도 없고, "'나'라는 이름의 즐거운 어둠 속에 살고 있었다". 하지만 지금 거울을 들여다보면 지적이고 멋진 미남은 간곳없고 지치고 괴팍한 늙은 남자뿐이다. 아아, 나의 젊음은 어디로 갔나. 나의 아름다움은, 나의 부드러운 부분은, 아이처럼 곱고 사랑스러운 성격은 모두 어디로 사라졌단 말인가. 그러다 '해달처럼 팽팽한 영혼'을 가진 나누크를 만난다. 사랑에 눈이 먼 베르마는 '너구리처럼 차분한' 자신의 그릇에 나누크를 넣기로 결심한다. 더욱 뜨겁게 잉거를 사랑하기 위하여.

잉거로 말할 것 같으면 기가 찰 노릇이다. 잉거가 사랑한 건 해달이 아니라 너구리였으니까. 닐센 잉거는 살면서 행복감을 느낀 적이 별로 없는 사람이다. 닐센 부인은 말한다. "어쩌면 '행복'이란 공기의 상태를 드러내는 낱말이고, 그 공기에 싸인 인간과는 관계가 없는지도 모르겠습니다. 그러니까 불행한 인간이 행복이라는 이름의 공기에 폭 싸인 경우도 있는 겁니다." 행복이라는 공기에 감싸인 불행한 인간. 이 얼마나 고통스러운 감옥인가. 상상만 해도 숨이 막힌다. 성실하고 다정한 남편에 갓 태어난 귀엽고 건강한 아들이 함께하는 단란한 가정. 누가 보아도 행복한 그림 속에서, 잉거의 내면은 공허와 불안으로 짓무른다. 그런 시절을 뚫고 지나와 이제야 진정으로 사랑하는 사람과 느긋하고 안정적인 가구와 같은 연애를 즐기려 했는데. 다시 행복이라는 이름의 거추장스러운 베일을 둘러써야만 하는 청춘으로 돌아가야 한다니!

이런 중년 여인의 신세 한탄에 차갑게 고개를 돌리는 아들 크누트도 있다. 자식은 대개 자기 부모의 수다에 관심이 없는 모양이다. 태어나서부터 쭉 부모의 말을 받아내는 쓰레받기 역할을 해왔기 때문일까. 새싹 언어학자 크누트의 관심은 오직 Hiruko다. Hiruko가 내뱉는 신기한 말 판스카다. 크누트가 걱정되어 집으로 찾아가겠다면서 Hiruko는 이렇게 말한다. "걱정은 우정의 지붕." 이렇게 신비롭게 다정히 말해주는 친구를 어찌 사랑하지 않을 수 있을까.

그리고 Hiruko. 모두를 한자리에 불러 모아 유대하게 하고 여행을 떠나게 만든 장본인이다. 이들은 모두 우연히 어느 시간의 고리에서 만나 친구가 되거나 연인이 되거나 지인이 되었다. '세상에는 수없이 많은 인간이 있고 그중에서 누구를 만날지는 단순한 우연'이라는 나누크의 말을 굳이 곱씹어보지 않아도, 우리는 안다. 우리가 사는 이 별이 우연이라는 그물로 어른어른하지만 아주 촘촘하게 짜여 있다는 것을. Hiruko는 이제 자신이 만든 빛나는 언어의 그물 위에 선 친구들과 함께 바다라는 끝없이 출렁이는 세계로 나간다. 그리고 이들은 멈추지 않는 파도처럼 끊임없이 입을 놀려 말하고, 말하고, 또 말한다. '말을 하고 있다는 사실이 다른 무엇보다 살아 있다는 증거'라는 아카슈의 말대로 수다만큼 확실한 생명의 신호는 없다.

그리고 다와다 요코는 말한다. "오늘 뭐 먹을까? 이번 일은 누가 맡나? 같은 실용적인 대화가 있지요. 한편으로 토론회나 수업, 인터뷰처럼 격식을 차린 대화가 있습니다. 실용적인 대화와 격식을 차린 대화, 그 사이 어딘가에 있는 '중간의 수다'가 민주주의 사회를 지탱하고 있다는 생각이 듭니다. 사람들이 모여서 역사나 정치에 대한 자기 소신을 이야기하고 그 대화 자체를 즐기는 것이죠. 일본에는 그런 자리가 드문 듯합니다. 독일에는 식사 모임 같은 데서 친구의 친구쯤 되는 관계의 사람들이 하나의 테이블을 둘러싸고 하염없이 수다를 떨고는 합니다. 가족이나 학교, 직장에서의 대화도 물론 중요하지만, 지나치게 가까운 거리나 여러 이해관계 때문에 허심탄회하게 이야기를 꺼내기 힘들 때가 있어요. 저는 수다를 떠는 연결 고리가 무수히 이어져 사회가 만들어진다는 사실을 코로나 사태를 통해 새삼 의식하게 되었습니다. 그것이 작품에 반영된 것인지도 모르겠습니다."[*]

나로 말할 것 같으면, 가장 즐거운 '중간의 수다'는 어린 시절을 공산주의 사회에서 살다가 남한에 정착한 북한이탈청년들과 대화를 나눌 때다. Hiruko가 자기 고향 사람이라고 추정되는 Susanoo를 만나 폭발적으로 자기 모어를 쏟아내는 장면이 있는데, 이 부분을 번역하며 꼭 그렇게 내 앞에서 폭포수처럼 말을 쏟아내던 한 사람이 떠올랐다. 북한이탈청년이 남한 사회에 적응할 수 있도록 돕는 멘토링 프로그램의 일환으로 만난 그 사람은, 처음에는 나를 경계하여 그리 많은 말을 하지 않았다. Susanoo처럼 입을 꾹 다문 건 아니지만, 그렇다고 아카슈처럼 신이 나서 말을 마구 던지지도 않았다. 그저 내가 던지는 실용적인 대사에 실용적으로 받아쳤을 뿐이다. 반년쯤 꾸준히 만나면서 밥도 먹고, 영화도 보고, 서로의 관계에 믿음이 쌓여가던 어느 날, 그 친구가 갑자기 둑이 터진 것처럼 말을 쏟아내기 시

---

[*] 다와다 요코 인터뷰, 「'수다'가 민주주의 사회를 지탱한다」, 마이니치 신문, 2022년 12월 10일.

작했다. 고향의 돌배가 얼마나 맛있는지, 아빠가 고이 기른 오이 한 개를 똑 따서 몰래 혼자 오이 마사지를 했는데 그때 그걸로 식구들 다 같이 오이냉국을 만들어 먹지 못한 게 얼마나 한이 되는지, 연중 딱 하루 남의 집 김치움에서 김치 서리를 하는 게 허락되는 정월 대보름 밤이면 친구들과 김치 맛집을 돌며 이웃집 김치를 맛보는데 그게 얼마나 즐거웠는지, 한 시간이고 두 시간이고 이어지는 말이 멈출 줄을 몰랐다. 그때 누구나 입이 봉인된 시간만큼 입을 열 시간이 필요하다는 걸 알았다. 공산주의 체제에서 살아온 사람과 민주주의 체제에서 살아온 사람이 같은 모어로 이야기할 수 있다는 사실 자체가 내겐 더할 나위 없이 신비로웠다. 아랫동네 사람들과 윗동네 사람들이 다와다 요코가 말하는 '중간의 수다'를 자유롭게 할 수 있는 날이 온다면 적어도 한반도의 군사적인 위기감은 훨씬 줄어들 텐데. 혼자 그런 생각을 하며, 한반도라는 테이블에 전국 팔도의 수다쟁이들이 모여 온갖 즐거운 이야기를 나누는 상상을 한다. 싸우기도 하고, 웃기도 하고, 울기도 하고, 같이 뭘 먹기도 하고, 한데 어울려 춤을 추기도 하고, 그러다 배를 타고 다 함께 여행도 떠나는 Hiruko와 친구들처럼.

정수윤

은행나무세계문학 에세 • 12

별에 어른거리는

1판 1쇄 발행 2023년 8월 31일

지은이·다와다 요코
옮긴이·정수윤
펴낸이·주연선

(주)은행나무
04035 서울특별시 마포구 양화로11길 54
전화·02)3143-0651~3 ㅣ 팩스·02)3143-0654
신고번호·제 1997—000168호(1997. 12. 12)
www.ehbook.co.kr
ehbook@ehbook.co.kr

ISBN 979-11-6737-348-9 (04800)
ISBN 979-11-6737-117-1 (세트)